早春晴朗
- 03 -
姑娘別哭 著
YY —— 繪
高寶書版集團

# 目錄
CONTENTS

# 第二十三章　兩隻鬥雞

欒念覺得自己不大看得懂女人了，或許是這幾年跟女人接觸太少。尚之桃打那通電話的時候聽起來那麼誠懇，他現在都覺得當時的誠懇是錯覺了。

靠。

尚之桃真他媽氣人，氣得他睡不著覺。

第二天上班的時候臉色還很差，在電梯間遇到尚之桃，她還像從前一樣打招呼，欒念當沒聽見。一起進了電梯，都不再講話。尚之桃也不是在抗爭什麼，但她心裡那根隱刺埋於肉中，不時癢痛，她置之不理。

欒念身上用了男士淡香水，尚之桃猜他今天要去見客戶。他恪守禮儀，討厭在見人的時候不夠得體。下電梯的時候阿姨剛拖了電梯口的地，尚之桃腳滑身體向後仰一下，欒念的手掌抵在她後背，將她推平穩：「投懷送抱呢？」

「地滑。」

「地滑我怎麼不倒？」

「……」

尚之桃被他嗆了這一句，又無從還口，吃了個啞巴虧。兩個人表面沒什麼風浪，內心裡都像住了一隻鬥雞，誰也不服誰，總覺得早晚得幹一架。

尚之桃走到工位，看到 Lumi 破天荒已經到了，正靠在椅子上睡覺，姿態特別疲憊。她輕手輕腳坐下，打開電腦，開始工作。直到同事們陸續來了，Lumi 才睜開眼。

尚之桃問她：「妳怎麼了？」

「別提了，昨天晚上我爸被救護車拉走了。」

「怎麼回事啊？」

「中風了。」Lumi 說起來平淡，但能看出來很煩：「我得請個假去。」

「叔叔沒事吧？」

「沒大事了。也不知道 Will 這人會不會讓我請假。」Lumi 眉頭緊皺，心情並不好。Will 是市場部新的負責人，中文名是涂明。是欒念高價請來的市場專家，年輕有為貴公子。但跟 Lumi 合不來。看不上 Lumi 吊兒郎當，在會上批評過 Lumi 幾次。

「為什麼不讓啊？」

「昨天剛說我天天踩點上下班，對工作不負責任。」Lumi 站起來：「我先去了。」

尚之桃見她站起身，進到了欒念隔壁的辦公室。

Lumi 不喜歡涂明。她覺得他太過挑剔，她安心混日子，沒耽誤工作，礙他什麼事？你他媽管我幾點下班呢！再看涂明，往那一坐，像個中年人一樣老氣橫秋。在 Lumi 心裡，三十多歲的男人得像欒念那樣，得有獸性，涂明可沒有獸性，看起來就是個陰險小人。

「Will，我想請幾天年假。」Lumi站在他辦公桌前，她那身材往那一站，跟涂明的老氣比起來還挺好玩。

「我可以問問原因嗎？畢竟今年的巡展妳還有幾站沒盯完。」

「我爸住院了。」

「哦。那妳休吧，交接一下工作。希望叔叔早日康復。」

「謝謝。」

Lumi心想你還算有點底線，轉身出了他辦公室。收拾好東西準備走，尚之桃送她下樓，問她：「叔叔在哪住院呢？」

「不告訴妳。」Lumi背著包看她一眼：「不用來看我爸，他就喜歡遛鳥，不喜歡看人。」

「妳沒事吧Lumi？」

「沒事。」

「張擎呢？」

「今天早上分手了。」

「為什麼？」

「我凌晨從醫院回家換衣服，在我家附近看到那個垃圾跟一個女生親嘴呢！剛從夜店出來，喝得跟個傻子一樣。操他媽的，我打了張擎一頓。」

尚之桃沒想到Lumi也會遇到這種事，終於知道她剛剛為什麼看起來那麼疲憊了，沒了魂一樣。

「要不然我也去揍張擎一頓吧？」尚之桃很認真的說。

Lumi噗哧一聲笑了：「滾蛋！就妳？樓下螞蟻妳捏死一隻讓我看看！」

尚之桃見她笑了，心放下一點：「阿姨沒事吧？」

「我媽在醫院守著呢，我去換人，再找個看護。」

「好的。叔叔在哪住院？」

「積水潭。」

「好的。」

尚之桃送走Lumi，心裡有點堵，Lumi說不定難受成什麼樣呢。男人可真夠垃圾的，出軌就跟吃飯一樣平常。尚之桃也學Lumi在心裡罵了一句髒話。

她在準備與大客戶workshop的文件檔案，問題定位、策略分析，滿滿當當的各種資料占滿螢幕。

Grace走到她這裡問她：「有遇到什麼困難嗎？」

尚之桃點頭：「有幾個問題。」打開她做的筆記，「第一個是這個客戶今年的整體策略是主打年輕用戶，做市場下沉，我們為客戶的線上線下廣告方案裡，沒有三線及以下城市。

這就沒辦法下沉了；第二個是客戶的線下廣告投放比例在執行的時候跟線上比例是七比三，這個跟年初我們提案的策略不一致；第三是客戶現在要全平臺資料，但電視廣告的我們還沒有回收。所以……」

Grace 認真聽著，在尚之桃講完後朝她豎拇指：「Flora 厲害！妳發現的這三個問題正是這個客戶的三個核心問題，也是我們本次去 workshop 首要解決的問題。」

「是嗎？還有其他問題嗎？」尚之桃問。

「沒有。」Grace 笑道：「解決這三個就很厲害了。第一個問題的核心是客戶拒絕專櫃價三線以下城市的投放預算，認為那部分人群沒有購買力，這其實是跟產品本身以及產品單價相關的，我認為客戶沒有搞懂這個邏輯；第二個問題是客戶的邏輯還沒有轉變，看不到線上廣告帶來的商機，所以我們需要列舉同行案例；看第三個問題……」Grace 想了想，小聲道：「讓 Luke 解決。電視臺那邊他熟，他開口比我們管用。」

「好的。」尚之桃點頭：「那我先做方案，做完了寄給 Grace 姐看。」

「好，我幫妳把關，然後妳再跟 Luke 對。別讓他挑出什麼問題。」

尚之桃點點頭，繼續認真寫方案。到中午的時候，她出了門直奔積水潭醫院。在醫院附近找了家店買了鮮花和水果，然後打電話給 Lumi：「我在醫院了，叔叔在幾病房區幾床？」

『折騰什麼？不累啊妳！』Lumi 一邊訓她一邊掛了電話出來接她，看她站在住院部門口，天太熱了，她出了一身汗。

Lumi 神經大條，卻有一點感動：「天這麼熱妳還折騰！」

「那我也要看一眼。」尚之桃跟她上去，Lumi 爸爸住雙人病房，但另外一張病床沒有人。尚之桃把花放在窗臺，水果放到床前，又從錢包裡拿出提前準備好的錢，遞給 Lumi：「我知道妳不缺錢啊，但我們那興這個。叔叔生病了，這是我的心意，妳別推託。」

Lumi 看了眼那錢，挺有厚度，尚之桃出手可真大方。她平常也不是什麼奢侈的人，這時拿兩千塊錢出來，是因為心中看重 Lumi。

Lumi 沒跟她客氣，收起錢，尚之桃問她：「妳吃飯了嗎？」

「沒呢。」

「那我請妳吃飯好不好呀？我中午還沒吃呢，有點餓。」

「走。雖然我吃不下。」

尚之桃跟 Lumi 坐電梯下去，電梯門一開一關，Lumi 突然哭了：「這他媽都什麼事啊！」

尚之桃忙拍她肩膀，醫院裡不知道多少人會崩潰，她哭，其他人只轉過頭看一眼，也不覺得奇怪。尚之桃把 Lumi 的頭拉到自己肩膀，擋住別人的視線。Lumi 已經很堅強了，父親生病，男朋友出軌，都趕在同一天，心裡的煎熬別人一定不懂。

兩個人走出醫院，Lumi 的眼淚還沒乾。尚之桃知道她心裡難受，就站在那陪她。她也不知道該說什麼，從前她心中的 Lumi 是一個無堅不摧的女戰士，鬥天鬥地，今天的 Lumi 脆弱得像個孩子，崩潰來得猝不及防。

Lumi 哭夠了擦乾了眼淚，問尚之桃：「我哭完是不是挺醜的？」

「梨花帶雨，也一樣好看。」

Lumi 噗一聲笑了：「妳怎麼這麼油嘴滑舌。」

「跟妳學的。」

尚之桃看過 Lumi，就覺得微微放下心，跟她匆匆吃了口麵又往公司趕，到了公司又埋進辦公桌裡，趕在六點前把方案寄給 Grace，Grace 看得非常快，提了幾個修改點，讓尚之桃修改後直接寄給欒念。

尚之桃改完方案的時候已經晚上八點多，欒念還沒走。她將方案寄給他，對他說：『Luke，這是青橙 workshop 我們要講的方案，請您看看。』

欒念打開來看，尚之桃的PPT做得好看，算是上等水準。看了一下對她說：『妳過來一下。』

『好的。』

尚之桃進了他的辦公室，欒念指指他辦公桌對面的椅子：「坐。」

尚之桃端正坐下，微微垂首等欒念從電腦前抬頭。他們已經有一段時間沒有單獨相處了，尚之桃仍舊覺得不自在。欒念仔細批註完她的方案，拿過電腦起身坐到沙發上：「過來吧。」

尚之桃又走過去坐在他身邊，真皮沙發坐上去發出澀響，尚之桃身上起了一層雞皮疙瘩。

欒念的餘光看到她雪白腿上起的雞皮疙瘩，起身拿了他的睡毯丟給她。尚之桃順手接過蓋在腿上。

「workshop的流程一般是客戶先陳述，也就是他們的想法和訴求；然後是我們講解決方案。最後是自由討論，我讓市場部在深圳安排了晚宴。」欒念眼看著電腦，尚之桃身上的梔子味擾到他思緒，眉頭不經意皺起。

「妳先從第一頁講給我聽。」

「我來講嗎？」

「難道我講？」

「……」

尚之桃剛做完PPT，記得每一頁的大概內容，但詳細的數字她看不清。就微微傾身上前，距離欒念微微近了一點。髮梢擦到欒念肩膀，帶起一小陣涼風，他向左移出一人距離。

尚之桃察覺到他的疏離，安靜兩秒：「第一頁我做了一個集合頁，策略、鏈路、素材、資料概況都在這一頁體現，並將內容做出了提煉，同時指出客戶的三個核心問題。」

尚之桃講到中途，聽到欒念在喝水，他喉結滾動的樣子突然出現在她腦海，讓她忘了接下來要說什麼。

盯著PPT愣是想不起要說的話。

欒念伸手闔上電腦，尚之桃詫異的看著他。

「妳去做 workshop 就準備這樣停頓嗎？」欒念問她。

尚之桃沒有講話，她沒有解釋。沒什麼好解釋的，剛剛她胡思亂想了。

「陳述部分重新準備，準備好了再進來過。」

「好的。」

尚之桃長舒一口氣，她剛剛滿腦子奇怪的念頭讓她沒辦法正視自己。將睡毯拿下疊好放到一邊，上面還有她的體溫，拿起電腦向外走。

她在外面坐了一下，同事們都走光了，她不想進欒念辦公室了，就對他說：『Luke，我還有事，明天我再找您演練好嗎？』

『好。』

欒念回了個好字，起身收拾東西。他身體裡有想將尚之桃拆了吞了的暴戾念頭，他怕控制不住自己。

欒念知道自己那可笑的驕傲，也知道自己從來都不是一個很好的人。他沒有同理心，也討厭麻煩，他徹頭徹尾就是一個極其自私的精緻的利己主義者。

所以他必須斷乾淨。

Lumi在醫院熬了一夜，第二天早上睏得沒有人形，走路都晃。盧阿姨來了換她回家，她走到社區門口看到被她打得鼻青臉腫的張擎。張擎攔住她：「我那天喝多了。」

「滾蛋！」Lumi丟給他一句：「你他媽再碰我一下試試？弄死你！你也不看看你那德行！」

「妳罵，罵完了我們兩個好好說。誰他媽沒個丟人現眼的時候啊，我以後不喝酒了。」

「你喝的那是酒嗎？貓尿吧！」Lumi甩開他上前的手：「別碰我啊！以後我他媽見你一次打你一次你信不信？」Lumi轉頭去找武器，找到不知道誰扔的孩子玩的棍子，朝張擎身上打，張擎跳著躲開：「盧米妳有病吧？妳天天跟吃了槍藥似的除了我誰他媽喜歡妳啊！」

「讓你喜歡了？你給我滾蛋！」

Lumi回到家，把張擎留在她那的東西都打包好，下了樓丟給張擎，對他說：「我在你那的東西你直接扔了就行，別讓我再看見你了，我噁心！」

Lumi這個人性子是真烈，也從不讓自己受委屈，大不了一句去你媽的，難受就一陣，反正都能過去。她回到家蒙頭大睡，尚之桃這個缺心眼的卻在傍晚來找她。

那天是週六，她學法語的地方就在附近，結束了就去看Lumi。看到Lumi精神狀態好了一點，就放心了。

「所以妳今天幹什麼了？」

「今天老娘痛打落水狗了。」Lumi把揍張擎的事跟尚之桃說了一遍，尚之桃聽到她說

「有一棍子差點杵到他命根子」的時候笑得直不起腰。

「那妳還難不難受？」

「我他媽不難受了。週一我爸出院我準備去夜店玩。男人不是到處都是嗎？」

「對對對。」

Lumi絕對是夜店王者，隨隨便便就有男人貼上來。但她每次都是喜歡熱鬧，根本不是為了釣男人。用Lumi的話說：「我釣男人幹什麼？我自己不夠有錢嗎？」

她陪Lumi聊了一下天，陪她走到積水潭醫院，上去看了盧爸爸一眼，這才離開。

尚之桃覺得張擎出軌這件事如果換作她，她應該不會有Lumi處理得漂亮。她想了想，如果她男朋友出軌，她大概會哭哭啼啼好多天，也不一定能堅定的分手。說不定要牽扯一段時間。

Lumi可真厲害，我要向Lumi學習。

她上了地鐵才看到萬鈞的訊息：『請我吃飯嗎？』

尚之桃想了很久才回他：『抱歉我剛看到。好啊，請。想吃什麼？』

『自助吧。我吃自助不會虧。』

『好。』

兩個人選了距離尚之桃家幾個站牌的地方，見面時已經八點左右了。萬鈞週末很忙，背著一個冰球球包，對尚之桃說：「剛上完課。」

「冰球棍？」

「想不想看看？」

「想。」

萬鈞將長包打開，拿出冰球棍給尚之桃：「試試。」

尚之桃比劃一下：「這樣嗎？」

萬鈞糾正了一下她的姿勢：「這樣。」

尚之桃又嘗試一下，還給他。萬鈞對吃沒有那麼矯情，自助吃一百九十八的價位就好，尚之桃喜歡吃海鮮，就去拿蝦蟹，萬鈞去拿牛排。兩個人倒是有很多話可以聊，萬鈞講得多一點。他是一個很簡單的人，自詡頭腦不好用。指指自己的腦袋：「我最討厭動腦。」

「那很巧，我也沒腦子。」她這樣說，突然想起欒念也曾經說她。

——「妳長腦子不會用嗎？」

——「妳腦子幹什麼用的？」

——「今天沒帶腦子？」

尚之桃也不知道為什麼飯吃得好好的，想起欒念突然就沒了胃口。這家店的牛排也不好吃，沒有欒念煎的好吃。於是吃了幾隻蝦就停下了。

「怎麼了？」萬鈞問她。

「吃飽了。」

「吃這麼少？在保持身材嗎？」

尚之桃忙搖頭：「不是不是，剛剛見你之前在同事家裡吃了一點零食。」

「那就好。」萬鈞笑了：「別太瘦，健康一點挺好。」

「我覺得自己過於健康了。」她在孫雨那的資料倒是沒說謊，一百七十一公分，五十四公斤，相對健康了。讀書時候風靡「好女不過百」，她也煞有介事減肥了一段時間，那時減肥沒什麼科學手段，就是生餓著。她餓得頭暈眼花，跟辛照洲逛操場的時候差點摔倒，辛照洲跟她急了，狠狠教育了她一頓。

萬鈞認真看了眼尚之桃的身材，說：「妳很健康。」甚至透過運動學分析起尚之桃身上的肌肉占比和水分占比，儼然一個專家。

兩個人吃到十點鐘，走路送尚之桃回家。萬鈞搞運動的，做什麼事都直接，過馬路的時候順勢握住尚之桃的手腕，再向下時，尚之桃抽出了手。她覺得太快了。她經歷了一次跟欒念的荒唐關係，知道男女之間要有正當開始才會有好結果。她不想再跟任何一人重走一次與欒念的老路。

萬鈞看到尚之桃煞有介事的樣子，笑了：「我嚇到妳了嗎？」

「沒有。」

「抱歉，我一直都挺直接的，喜歡一個女生就衝。」

「那你應該經常衝。」

「不是。」萬鈞說：「我不常這樣。」

這時是在尚之桃家的社區外，兩個人面對面站著，聽萬鈞講話。此時的萬鈞就像當年的辛照洲，有一點羞澀，無論怎麼看都陽光明朗的樣子。

「我們坐在大理古城吃菌子鍋的時候，我就偷偷看過妳，覺得這個女生真可愛。妳能感覺到，我們在大理所有的偶遇，其實都是我費了心的。直到我離開那天，還在為沒有妳的聯絡方式苦惱。後來我去找了酒吧老闆，從他那要到了妳的聯絡方式。這段妳不知道，不重要。妳覺得快，那我就慢下來。但妳得知道，我挺喜歡妳的。」萬鈞撓撓頭，有一點不好意思。他也談過戀愛，那時是女生追他，他第一次追女生，手段不那麼熟練。甚至因為太直接，看起來有一點輕佻。

「我很榮幸。」尚之桃說的也不算客套話：「我不討厭你，跟你相處也很輕鬆，我真的覺得太快了，快到我們還沒有了解對方。」

「我想慢下來。」

「好啊。」萬鈞笑了：「那就慢下來。明天我有一場冰球比賽，要來看嗎？」

「明天不行哦，明天上午我要準備工作資料，收拾行李。明天下午我要飛去深圳。我們公司在深圳有三個超級客戶，下週會在深圳。」

「好，那下次。」

尚之桃揮手與他再見，上了樓。

奇怪的是，她工作好幾年了，去過那麼多地方，卻從來沒去過深圳。這是她第一次去深圳，深圳在尚之桃心裡是特別的，因為那裡有一個叫辛照洲的人。

人都是很奇怪的，總是對最初的事情記憶尤深。比如第一次戀愛，第一次分手，第一次旅行。

分手的時候，他們一個向南，一個向北，做好了一輩子不再見面的準備。

後來尚之桃從同學口中聽說辛照洲拿了政府政策，在深圳開了一家外貿公司，起初生意艱難，父母把積蓄都拿出來支持他。去年開始生意好轉，做了幾宗大宗買賣，突然一躍成為辛總。

辛照洲打過一通電話給她，是在深夜的時候。他從同學那裡要來她的電話，聽起來好像喝了點酒。他在電話裡含糊的說：『尚之桃，我有錢了。妳來深圳做闊太太好不好？妳不需要工作，我養妳，養妳一輩子。』

可尚之桃不是當年的她了。她愛上了別人，也找到了工作的快樂。她永遠做不了待在家裡做美容瑜伽的闊太太，因為她喜歡工作。

「對不起啊辛照洲。我不能去深圳跟你結婚，但我去深圳的時候會聯絡你哦。」見個面，敘敘舊，畢竟他們一起走過人生最單純最純粹的那段時光。

可尚之桃卻沒有聯絡他。

她收拾行李，看到一個來自深圳的手機號碼傳訊息給她：『妳要來深圳出差？辛照洲。』

尚之桃想起她約了兩個在深圳工作的大學同學吃飯，八成是被辛照洲知道了。就回他：『是。』

『如果我也去，妳會不會轉身就走？』

『不會。』

『那就讓我請大家吃飯。』

『破費了。』

尚之桃想起讀書時候，他們生活費都不算特別多。辛照洲週末帶她出去改善伙食，有時是烤肉、有時是火鍋、有時是自助餐，總之不願意自己的女朋友受苦。

她感激那段被辛照洲愛著的時光。

登機前看到欒念，跟他打招呼：「Luke 好。」坐到他同排隔幾個位子的地方。從包裡翻出書來看。周圍人來人往，也不見她抬頭。欒念買咖啡一去一回，她姿勢都沒變過。

登機之後都朝經濟艙走，空中巴士 330 寬敞，靠窗的位子是兩人座。尚之桃登機報到晚，位子靠後。琢磨著欒念不坐頭等艙也挺奇怪，那經濟艙好歹也要安全出口或第一排，可他一直向後走，到她座位那排停了下來放行李。

尚之桃看看自己的位子，擔心自己看錯，他們座位靠著。欒念冷眼看她自己放行李箱，在她手抬起露出雪白腰線的時候終於站起來接過，無聲幫她放。

欒念不大明白，世界上好看的衣服那麼多，為什麼她要選露腰的那一件。側過身讓她進去，後者則屏住呼吸頭微微後仰，避免跟他身體接觸，坐下的時候暗暗鬆了口氣，欒念沉默著坐在靠走道位子。

兩個人都不講話，欒念拿出手機回訊息，尚之桃跟廣州分公司的同事報備行程，他們會安排車來機場接他們。她沾了欒念的光。塞上耳機閉眼睡覺，可能是辛照洲的訊息擾亂她，昨晚她睡得並不好。這時有一點睏了，飛機起飛她都不知道。

待飛機升空，強光照進來，欒念側身去關遮光板，收手時看到尚之桃睜開眼，臉相距不足十公分，尚之桃聞到欒念熟悉的剃鬚水的味道。

她故作鎮定，向後調座椅，躲開欒念帶來的壓迫感。他目光幽深，又有一點薄涼，好像尚之桃惹到他。

欒念坐回位子，忽略剛剛的心猿意馬。

兩個人心中的鬥雞又各自鬧騰起來，尚之桃那隻鬧騰的分外厲害。縮著身子，誓死不肯跟欒念有任何接觸，哪怕衣服摩擦她都不願意。

飛機落地，尚之桃開了機，一通電話第一時間進來。這個號碼昨天晚上剛傳過訊息給她，辛照洲的。想了想接起：「Hi。」

她有好幾年沒有聽到過辛照洲的聲音了，那聲音帶著舊時的味道：『桃桃。』

他叫她桃桃，當年他變著花樣叫她名字，尚之桃、桃桃、之桃、桃子，都隨他心意。尚之桃沒有講話。

『妳落地了是嗎？』辛照洲問她。

「是。」

『我來機場接妳，一起坐一下嗎？』

「好。」

尚之桃想拒絕他，可她又覺得她心裡坦蕩，沒必要再躲著他。他們之間的事情已經過去好幾年，都各自開始自己的工作和生活，物是人非，不必追溯了。

她掛了電話又打電話給廣州分公司的同事：「Lee，你接 Luke 就好。」

「是的，我有朋友在深圳，剛好來機場接我。」

「嗯，也是在停車場，我跟 Luke 一起過去。」

尚之桃掛斷電話，跟欒念說了登機後第一句話：「Lee 派車來接你了，就在停車場。稍後會把位置傳給我，我帶你過去。」

「嗯。」

嗯就嗯，但他坐著不動。尚之桃看人陸陸續續下機，欒念坐著不動，忍不住問他：「不下飛機？」

「急什麼？」

尚之桃收了聲，看人下得差不多了，欒念終於站起身，拿了自己的行李向前走，不管尚之桃的。

尚之桃知道他故意的，踮起腳拿下行李，小跑好幾步追上他。

「今天晚上沒有工作安排對嗎？如果沒有我就單獨行動了。我約了朋友。」

「朋友？」

「前男友。」尚之桃將這三個字說得清清楚楚，對欒念笑笑。

尚之桃有點想不起最後一次見辛照洲時他的樣子了。只依稀記得他帶著陽光氣息的球衣，還有他被曬黑的那張臉，笑的時候露出一口雪白牙齒。也是被很多女同學記掛著的男同學。

她帶欒念去找 Lee，聽到身後有人喊她名字：「尚之桃。」她轉過身，看到二十歲的辛照洲和二十五歲的辛照洲怪異的重合在一起，組成一個新的人，一個她覺得有一點陌生又無比親切的人。

「辛照洲。」她笑了。

欒念回過身站在那，一手插在口袋裡，一手放在行李拉桿上，沒有開口的打算。辛照洲卻有禮貌，對尚之桃說：「不介紹一下嗎？」

「哦好。」

「這是我老闆 Luke，這是我……朋友辛照洲。」

「不是前男友嗎？」欒念揭穿她，故意讓她尷尬。

辛照洲有點意外，但他還是點點頭：「是，前男友。」

「去跟前男友敘舊吧，我自己去找 Lee。」朝辛照洲點點頭，轉身走了。尚之桃前男友不錯，二十多歲，人生最好的時候。這他媽跟我有什麼關係？

Lee 接上欒念，見他板著臉，以為他對廣州分公司的工作不滿意，就對他說：「Luke，今年上半年這幾個客戶的問題，並不在我們意料之中。今年市場有變化，客戶的產品線也變化，不給我們一點準備時間。但我們也有責任，後面我們多做預判，避免這種情況。」

「好。」欒念只應了這一聲，出機場的時候看到一旁的車，開車的人是尚之桃前男友，車不錯。她前男友叫什麼？辛照洲。

Lee 的車先一步繳了停車費出場，欒念向後看了眼，尚之桃坐在她前男友的副駕上，看起來並沒有十分自在。兩個人彆彆扭扭，倒像是還有幾分舊情。

尚之桃說不清自己對辛照洲的感覺，別人見前男友的時候是像她這樣嗎？生怕辛照洲開口提起當年。偷偷傳訊息給 Lumi：『張擎算是妳前男友了，如果有一天妳跟張擎見面，會聊點什麼呢？妳會緊張嗎？』

Lumi 回她：『見不見張擎我不知道，我只知道我在夜店遇到了 Will。真他媽刺激，穿的跟修道士一樣，衣釦扣到脖領，我都替他勒得慌。』

過一下 Lumi 又傳來一則訊息：『我靠，Will 看到我了。他揪著我的領子問我不是家人生病了嗎？還去夜店。我跟他解釋我爸本來明天出院，結果今天自己跑回家了。妳聽他說什麼？他說我滿口胡言！』

『我他媽哪受過這樣的氣啊，我跟他說再揪我領子我跟他急。結果他好像練過功夫，把我丟出夜店了。』

『嗚嗚嗚。我只是想玩而已。』

『我進去了，他又把我趕出來了。還說讓我明天在公司跟他解釋為什麼騙假。我他媽騙什麼假了？』

尚之桃見 Lumi 這一則又一則，噗一聲笑了。辛照洲聽到笑聲看她一眼，看到還是讀書時候的她，笑起來眼裡都是光。他的心「咚」的一聲落下一塊巨石，將他心裡的深潭砸個水花四濺。

「是我同事。」尚之桃對他說。

「工作後遇到的同事還好嗎？」辛照洲問她。

「除了個別同事難相處，大多數人都很好。」

「剛剛那位 Luke 老闆看起來不好相處。」辛照洲說。

尚之桃想起欒念那雙能殺死人的凶眼，「嗯」了聲：「還行。別惹他就行。」惹了他，抽妳筋扒妳骨還不解恨，還要把妳挫骨揚灰。

「妳惹過他嗎？」

「沒有。」

辛照洲笑了：「看來我的桃子在公司混得不錯。」談戀愛的時候他總是說，我的桃子很厲害，我的桃子很可愛，我的桃子很聰明。

同學們說辛照洲長著一張桃花面，不知多少學妹惦記，早晚會出軌。可辛照洲對她一心一意，辜負了他的好皮囊。

尚之桃過了很久才回他：「其實很辛苦。」

她這幾年熬過很多夜，經歷很多挫折，受過很多委屈，偷偷哭過很多次，有幾次覺得要堅持不下去了。

「我知道。」辛照洲說：「妳一個人在北京，只有姚蓓姐一個舊相識，能挺到今天不容易。」

「我有時候會想，如果當初我不來深圳，而是跟妳一起去北京，我會不會也能像妳一樣，挺到今天？」

「我聽姚蓓姐說妳的同事喜歡妳，妳認識了很多新朋友，工作還算順利，升職加薪每一年都沒落下，說妳獨立接了大項目，運籌帷幄。每當姚蓓姐說這些的時候，我都在想，當初我捧在手心裡的女孩長大了。是我把她推出去的，讓她獨自面對這份艱辛。」

辛照洲把車停在路邊，搖下車窗。他不想讓尚之桃看到他眼底的濕意，因為他知道他們回不去了。辛照洲對尚之桃是感到抱歉的。他抱歉他不夠堅定，在畢業的時候選擇來到父母身邊。那時的他缺少底氣，也缺少奮不顧身的勇氣，儘管他自詡尚之桃是他這一生最愛的人，但他卻在她迷茫的時候，選擇讓她獨自戰鬥。

他是自私鬼。

「過去的事不要再提啦。」尚之桃看向車窗外：「第一次來深圳，發現你選擇回到這裡是有原因的，這座城市很好呢。是不是買化妝品方便？你經常去香港嗎？」

「之前一週去一次，現在公司員工多了，我一個月去一次。妳辦港澳通行證了嗎？我可以帶妳去看看。」

「去永利街嗎？聽說《歲月神偷》在那裡取景，看電影的時候就想去看看。有一段時間很喜歡這部電影，去廣州出差的時候還特地去蓮香樓買雙黃蓮蓉月餅寄給老尚大翟。」

「好。如果妳想去的話。」

「開玩笑的，沒有通行證。」

想去，但不能跟你一起去。

尚之桃是有底線的，故人相見，吃一頓飯，散一下步，隨便聊些什麼，這樣就夠了。她不求更多。

再多的東西，她給不起，也要不起。

辛照洲看著尚之桃，笑了：「妳還像從前一樣不會說謊。妳說謊的時候，不敢看我。」

「我怎麼不敢！」尚之桃看他，看到一雙滿是笑意的眼，又轉過頭去。

「妳的通行證就在妳的背包裡，我知道。但我呢，從來不會逼迫尚之桃做任何事。」

尚之桃笑了。

她是想在週五工作結束後去香港過週末的，Grace 還讓她幫忙帶兩罐新生兒奶粉。

辛照洲帶尚之桃去紅樹林看海，開車著實不遠，風景卻有一點好。他對尚之桃說：「我週末會帶父母過來，我們在這附近買了一間兩房的房子，父母早上會去逛菜市場，晚上會看夕陽。」

「挺好的。這是你當初想要的生活。你實現了願望，感覺一定很棒吧？」

辛照洲點點頭：「其實最開始那兩年我過得不好，外貿生意不好做，父母雖然有一些關係，但拿到的都是小訂單。後來我父母把一間大一點的房子賣掉了，給我壓貨款，我才有了新的機會。去年年後接了第一筆大訂單，然後有了起色。」

「那叔叔阿姨的房子還給他們了嗎？」尚之桃問。

「還了。上個月還的。」

「真好。」

尚之桃真的替辛照洲開心。之前跟孫雨聊起，孫雨說希望他前男友斷子絕孫，可尚之桃沒有那樣的想法，因為她和辛照洲不是因為背叛，而是因為選擇。他們都選擇了自己想要的生活，所以恨意並沒有那麼多。只是剛分手的時候，尚之桃覺得辛照洲不夠愛她。

辛照洲買了一根冰棒給她，挑了她從前最喜歡的紅豆口味。尚之桃所有的喜好他都還記得，小龍蝦、紅豆冰棒、牛奶麵包片、櫻桃、草莓。

尚之桃接過來，道了謝，辛照洲的冰棒解了深圳夏夜的悶熱，甜滋滋涼絲絲，真美好。

「明天同學聚會你還去嗎？」尚之桃問他。

「去。去結帳。」

「好的。辛總。」

「別，比起你們的客戶差遠了。希望我經過不懈的努力，可以成為你們的甲方。然後指定妳來為我服務。」

「我覺得這一天不會太遠。」

兩個人刻意迴避了當年很多事，都覺得不能打破這美好的夜晚。

尚之桃覺得辛照洲像她的老朋友，不一樣的老朋友。這個老朋友與她有著親密無間的過去，現在又站在恰到好處的位置，不管怎麼樣，那段過去沒辦法抹去。

尚之桃在飯店門口對辛照洲說：「辛照洲，我知道明天同學聚會，大家都會提起當年。我想對你說的是，我從來沒後悔過跟你談戀愛，但我怨恨過你為什麼不能跟我去北京。我那時太小了，太幼稚了。」

辛照洲點點頭，拍拍她的頭：「我知道。過去的過去了。」

「我能在今天跟妳擁抱一個嗎？我怕我明天喝多了，就沒辦法擁抱妳了。」辛照洲說。

他知道明天過後尚之桃不會再見他了，這是他自己用盡辦法尋求的一次見面，因為他太想見一見當年那個單純快樂遲鈍的女生了。在那之後，好像沒有哪一個女生像她，又好像每一個女生身上都有她的影子。

尚之桃沒有回答他，卻伸手捏住他襯衫。你看，當年穿運動T恤的男孩現在也穿上了皮鞋襯衫，人總歸要長大的不是嗎？

向前一步靠近辛照洲，頭貼在他胸前。

尚之桃不是鐵石心腸的人，這是她愛過的人。儘管那愛在當時、在現在都沒有穿雲破日一樣的強烈，但那愛是涓涓的、緩緩的滲進心裡的。

辛照洲過了很久才伸出手抱緊她。

他尤其記得當時，他們第一次擁抱，手都不知道該放在哪裡。一晃就過了七八年。

他用了十成力氣，把尚之桃抱在懷裡，對她說：「尚之桃，不管什麼時候，不管妳遇到什麼困難，只要妳開口，我就會幫妳。」

「好的，謝謝。」

尚之桃看著辛照洲上車，轉身進了飯店。一個熟悉的身影進了電梯，不是欒念是誰？尚之桃站在電梯間等了一下，她可以光明正大跟辛照洲道別，卻連跟欒念坐同一班電梯的勇氣都沒有。

欒念覺得自己最近真是捅了尚之桃的男人窩了，室友、運動男、前男友，真他媽太逗了。回到房間回完郵件，突然不知道該幹什麼。

打開音響聽歌，聽的是年代粵語歌。

欒念偶爾也浪漫，在不同地方亦有不同靈感，譬如現在，打電話跟服務中心要冰塊，開了小冰箱裡的洋酒，點上一根雪茄，空氣都是港風味道。

林子祥的〈敢愛敢做〉最符合這等心境，雪茄夾在指尖，在地上輕微舞動，跟著音樂大聲合唱，自己哄自己玩。門鈴響了，他搖頭晃腦去開門，伸出手去接冰塊，卻看到有點錯愕的尚之桃。

四周有點安靜。

尚之桃跟欒念相處幾年，沒見過他這樣。哦不對，他任命第一年在臺上唱歌，也是這個模樣，不羈瀟灑。也是那天，在欒念的家裡，尚之桃全線崩潰。

欒念沒想到是尚之桃，他以為是服務生來送冰塊。順手關上門，過了幾秒才又打開，一切恢復秩序：「怎麼了？Flora？」

「你說去見客戶前還要演練一次？」

「我什麼時候說的？」

「上週五。」

「客戶活不到明天了？」

「不是，剛剛Lee通知我，客戶將會面時間提前到明天上午。下午客戶想帶我們參觀他們的工廠。」

欒念側開身體，將門開著：「進來吧。」

音樂還沒關，林子祥還在唱呢：狂抱擁，不需休息的吻，不需呼吸空氣……

尚之桃退也不是，進也不是。

「怎麼了Flora？不演練了？」

「哦。」

她手放在門把上，聽到欒念說：「門開著。」

大有光明正大問心無愧之意。尚之桃點點頭，隨他走進去。他住宿標準不一樣，祕書幫他訂套房。欒念去關掉音樂，坐在沙發上，沙發前有茶几，他手揚起：「找妳自在的地方坐。」

雪茄還沒抽完，抽了一口滅掉放到菸灰缸上搭著，屋裡的雪茄味道淡淡飄著，尚之桃不敢用力呼吸，怕那菸裡有毒。不，她怕忍不住撕了欒念的衣服。

人與人相處就像人馴化寵物一樣，時間久了都會彼此相像。比如尚之桃，她滿腦子想撕碎欒念，或者狠狠咬他。像極了欒念。

服務生送冰塊，打破尚之桃靡色的念頭。欒念起身去拿冰塊倒在玻璃杯裡。他出差依然有潔癖，自己帶杯子，前段時間陳寬年送他一個骷髏玻璃杯讓他用來喝洋酒，收拾行李時順手塞進行李箱。

冰塊倒進去，洋酒倒進去，拇指食指捏著杯身上沿，仰頭喝了一大口，也順口咬了一塊冰塊嚼著。

冰塊清脆的碎響還有欒念那痞壞的樣子讓尚之桃誤以為自己進了黑道的老巢，黑幫老大正準備凌遲倒戈的叛徒。她莫名緊張，雙膝緊緊併在一起，身體裡有什麼東西湧了一下。靠。尚之桃學 Lumi，我他媽怎麼就這麼沒出息？

她這樣想，卻不肯認輸。我心裡養著一隻鬥雞呢，我不能輸！打開電腦，眼盯著：「那我開始？」

「隨便。」

欒念將酒杯放到茶几上，玻璃杯碰到桌面，砰一聲。他坐到沙發上，沙發向下陷進去，尚之桃險些坐不住，回頭看他，他已經將身體靠在沙發背上：「開始吧。」

「Flora 妳抓緊時間，別耽誤我過夜生活。」

「什麼夜生活？」

「活色生香夜生活。快點。」

尚之桃看著 P P T，認真回憶：我要怎麼講？

過了半天才開口講話：「第一頁……」

欒念電話響了，尚之桃聽到一個女人的聲音：『到你飯店樓下了。』

「好。我現在下去。」欒念站起身把杯裡的酒一口喝完，站起身：「自己演練，明天呈現不好就從企劃部離開。」

尚之桃坐在那，啪一聲闔上電腦，來了脾氣。

抬腿向外走，欒念跟在她身後關上門一起去電梯間。尚之桃臉都被氣紅了，挺好看的。欒念看著她被氣紅的臉，突然開口：「Flora，怎麼不跟前男友好好敘舊？」

「好好敘舊指什麼？」

「重溫舊夢？睡一次？」

尚之桃想了想：「明天要講方案我緊張，沒什麼心情。明天晚宴結束後，我們約了。」她講得認真，還看著欒念。她又沒說謊，明天本來就是要見的。

欒念嘴角扯了扯，皮笑肉不笑，上了電梯。

尚之桃也上電梯，房卡失靈了，去不了她的樓層，就看著欒念。

「求我。」

尚之桃才不，去了一樓前臺，準備驗證資料重新做卡。看到一個女人迎向欒念，女人差不多一百七十、八十公分左右的樣子，穿著一件細吊帶背心，一件薄牛仔，帶誇張耳飾，特別野性，特別美。

欒念跟她向外走，卻突然回頭，將尚之桃的窺探抓個正著。朝她揚眉，然後拿出手機，問她：『我前女友怎麼樣？』

『……』

出了飯店，那女生對欒念說：「想去哪啊弟弟。」

「別叫我弟弟。」欒念瞪她一眼。

「不叫你弟弟叫什麼？」欒思媛「切」了聲：「別跟我端著啊，惹急了我告訴我叔叔。你又不是第一次來深圳，憑什麼讓我請你吃宵夜？你自己吃不起？我這按時計薪的人還要伺候你，你賠償我損失？」

欒念聽她念叨，也不說話。

他心情不好，滿腦子都是想弄死尚之桃的念頭。但他又覺得自己該忍住，人家挺好的女生，跟誰約會不行？憑什麼就在他這吊著。

欒思媛見他不講話，就問他：「啞巴啦？」

「……」

欒念從小就說不過她，她嘴比欒念還損。欒家長輩一個比一個溫文爾雅，到了他們這一代，一個比一個叛逆。

欒思媛見欒念像一隻鬥敗了的雞，垂著腦袋，挺逗。就說：「我那昂首挺胸的弟弟呢？」

「我那不知天高地厚的弟弟呢？」

「我那目空一切的弟弟呢？」

「我那自視甚高的弟弟呢！」

「我那……」

「姐！」欒念終於開口叫她，他知道如果再不開口，欒思媛會把她知道的所有不好的成語都用這種方式講出來，喋喋不休，沒完沒了，異常聒噪。

欒思媛哈哈大笑：「哎！乖弟弟！姐姐帶你去喝粥！」

破粥有什麼好喝，欒念心裡罵她小氣，手機亮了，欒念打開來看，是尚之桃。

『你前女友真好看，身材也好。但我也有優點，比如……』

『我胸大。』

幹！欒念終於罵了出來！

欒思媛聽到這聲罵睜大了眼睛：「你罵我？」

「不是。」

「那你罵誰呢？」

「我自己。」

尚之桃身邊接連出現的男人都令欒念覺得新鮮，她怎麼那麼招人？那些男人都從哪冒出來的？她好像在跟自己鬥法一樣，自從他拒絕了她，她身邊男人就沒斷過。好像在跟他叫板，看見沒？本人搶手著呢！你不要可有人要哦！

「你罵自己？你原本不都是罵別人？」欒思媛覺得他今天有點奇怪：「你不會嗑藥了吧？」

欒念看她一眼：「那家破粥店在哪呢？妳窮成這樣了？我們多長時間沒見了，妳就請我喝粥？」

「別不知好歹啊，別人想吃老娘還不帶呢！」欒思媛帶欒念轉進一條街道，路邊有一家小粥鋪，兩個人進去喝砂鍋粥。砂鍋粥味道濃郁，不比潮汕的差。

「怎麼樣？」

「差強人意。」

「就你這嘴能找到女朋友？」

「妳嘴那樣，男朋友也沒斷過。」

兩個人一邊拌嘴一邊喝完了粥，又問了雙方老人的身體情況，欒思媛把欒念送回飯店。然後在家人群組裡說：『我弟弟不對勁，我弟弟魔怔了。』

梁醫生立刻問：『我兒子怎麼了？』

『八成是中了情毒了。』欒思媛看人多準啊，就欒念那樣，肯定是栽在女人身上了。

『希望我兒子這毒解不了。』

欒念看到群組裡一則又一則，將手機丟在一邊，沖了澡上床。躺到床上，關了燈，就是尚之桃緊緊合著的膝蓋，還有她紅著的臉。

一個尚之桃把他弄成這樣，讓他自己都不解。就這麼生熬了一夜，第二天見客戶時仍舊清爽，但因為心情不好，看起來很嚴肅。Lee悄悄問尚之桃：「Luke沒事吧？」

能有什麼事？八成昨天晚上不舉了吧。不然他黑著一張臉幹什麼。

「我不清楚欸。你知道的，Luke 嚴肅，平常大家能躲就躲。」

「也對。」

尚之桃今天非常用心的打扮了一番，穿了一身黑白灰搭配的正妝，化淡妝，塗嫩粉唇膏。水靈靈一個人，讓青橙的人眼睛一亮。欒念坐在她身邊，看她淡然坐在那，認真聽客戶的發言，還記筆記。到她的時候，她緩緩起身，也不見緊張，開始她的呈現。

她昨晚不知道練了多少遍，PPT 裡所有內容她都清清楚楚，閉著眼睛都能講完。功課做得足，人就格外自信，甲方問的每一個問題她都輕鬆解答，甚至不需要 Lee 和欒念開口。一個人搞定了這場 workshop。

從在面試電話裡顫抖著聲音，時至今日一個人搞定一場 S 級客戶的 workshop，她付出了常人不能想像的努力。欒念想，尚之桃真的是他見過最努力的人了。他見過很多很多人，他喜歡有才華的人，但是面對尚之桃這樣沒有天分靠努力追平的選手，他第一次見。

他覺得驚奇。那時 Tracy 對他說：「我要搞一場用人實驗。我要證明一件事，那就是天賦型選手會有短期爆發，但持續努力的人才會帶來驚喜。」

「尚之桃是我第一個實驗對象，我覺得她會成功。不是今天，但可能是明天，後天。我們要給她機會。」

尚之桃抓住了這個機會。

workshop 結束後，青橙的人主動加了尚之桃的聯絡方式，並拉了一個專項小組，希望尚之桃繼續為青橙服務。尚之桃的分寸感時刻都在，她說：「今天的內容是在 Grace 的指導下完成的，Grace 因為孕晚期不能來，但她付出了很多心血。所以這個專項小組我要拉 Grace 進來，有她，我才能不出錯。」

Lee 在一旁與欒念小聲說：「也不知道這是個傻子，還是太過正直。她知道青橙對於她來說意味什麼嗎？」

欒念相信尚之桃是清楚的，她這樣做，是因為她真的正直良善。她可以有狼性，但不是面對自己的導師，尤其是大著肚子即將生產的導師。尚之桃具有強大的同理心，她知道她不能那樣對 Grace。

在等 Lee 去開車的時候，尚之桃問欒念：「Luke，我想知道今天的 workshop 我的缺點是什麼，還有哪裡可改善？」

欒念想了想：「妳很棒，如果說有缺點，那就是以後不要單兵作戰。記得跟妳一起來的是一個團隊。」

青橙是 Lee 的客戶，Lee 需要在客戶面前建立權威，尚之桃需要把話語權適當交給 Lee，讓他去傳遞一些資訊。不然他以後怎麼把控客戶呢？欒念的批評尚之桃認同。於是點點頭：「我明白了，謝謝 Luke。」

「不客氣。」

尚之桃客客氣氣的，可不是昨天晚上說她胸大的人了。欒念突然發現尚之桃就是披了一張羊皮，內裡壞著呢！蔫壞蔫壞說的大概就是她。

他們去參觀客戶在福田的現代化工廠，然後是晚宴。

這樣的晚宴自然要喝酒，尚之桃說她不喝，也沒人逼她喝。欒念推託自己在喝中藥，還拿出了病歷，就真的一口都沒喝。但青橙的人會勸酒，尚之桃盛情難卻，對方又是甲方，於是在酒局即將結束的時候喝了一小口。

欒念眼風掃過去，卻也沒制止。

喝酒就是這樣，喝第一口，就有第二口，尚之桃酒量不太好，四兩白酒下肚，醉了。尚之桃還行，原來幾錢的量，硬生生練到四兩。欒念心裡哼了聲。喝多了挺好。

酒局結束，Lee 已經酩酊大醉，廣州分公司的同事送他回去，欒念帶尚之桃回飯店。她喝多了，有點鬧騰，拍著欒念胸脯叫他王八蛋。

可真是膽大包天了。

欒念懶得理她，一手將她按在座椅上，一直按到下了車。尚之桃走不穩，又拍欒念後背，口齒不清：「背我！」

背妳大爺！

欒念走幾步，回過頭，看她站在原地搖晃，哧了一聲：「出息！」走到她面前，彎下膝蓋，拉住她雙手，將她拉到自己背上。尚之桃還行，不重。她資料裡說她五十四公斤應該沒說謊。尚之桃趴在他背上，突然變得安靜。

欒念後背很舒服，儘管尚之桃喝多了，但還有殘存的理智，頭枕在他頸側，轉了轉，是欒念的耳朵和脖子。

尚之桃的呼吸有點熱，噴到欒念肌膚上，感覺怪異。在電梯裡欒念要放下她，她卻扒著死活不下去，僵持之間，一口咬住欒念脖子，舌尖掃過他肌膚。欒念呼吸重了下，接著是他的耳垂，尚之桃濡濕的唇含住他耳垂。

幹！

欒念又罵了髒話。好不容易到她房間，將她丟到床上。轉身去燒水。

尚之桃電話響了，欒念看了眼接起：「你好。」

『請問這是尚之桃的電話嗎？我應該沒打錯。』這聲音欒念聽過，尚之桃前男友。她前男友叫什麼？對，辛照洲。

「是尚之桃的電話。」

對方安靜幾秒，然後才開口：『勞煩把電話給尚之桃，我們今天有聚會，說好了我來接她。』

「她喝多了。」欒念嘴角揚了揚，看著癱在床上的尚之桃，又開始氣人：「癱在床上，動也不能動了。大概馬上要去吐了。」他話音剛落，就聽尚之桃嘔了一聲，欒念起身對她說：「忍著！」傾身上前一手夾著她去了洗手間馬桶邊：「吐！」

辛照洲一直沒掛電話，聽著那頭的動靜，他知道尚之桃不能喝酒，擔心她酒後吃虧。想了想問欒念：『我能去照顧她嗎？』

「來唄！」欒念迅速報了房間號，吐起來怪噁心的，誰愛照顧誰照顧。

辛照洲到的時候尚之桃還抱著馬桶吐得洶湧，欒念坐在椅子上玩手機。

「麻煩您了，Luke。」

「不麻煩。」欒念的臉從手機上抬起，朝辛照洲笑了笑，笑容挺友好。

辛照洲走到尚之桃旁邊，看她旁邊放著一杯水，就拿起來問她：「漱漱口，去床上？」

「不！我要抱著我的馬桶！這樣我才覺得安全！」尚之桃頭垂在馬桶上沿，是酒後的放肆和嬌憨。欒念噗一聲笑了。

辛照洲驚訝的看著欒念，他覺得尚之桃這個老闆沒有什麼同情心。尚之桃已經那麼難受了，他還笑得出來。想了想對他說：「謝謝您送桃桃回來，已經不早了，要不然您先回去休息？」

「那不行。」欒念坐在那一動不動：「我得為我司女員工安全負責，把醉酒的她單獨留給一個男人有點風險。」

「我是她……」

「前男友是吧？前，不是現。」欒念在椅子上換了個姿勢：「沒事，你照顧她。我坐在這裡不影響你們。」

欒念這時候就是一塊滾刀肉，辛照洲看出來了。

尚之桃這個老闆不是什麼好人。但他說的沒有一點毛病。於是點點頭：「那您辛苦了。」

「不辛苦。」

欒念換了個地方，坐在飯店的轉椅上，腳搭在辦公桌上，身體靠進去，無比舒服。睇著眼看洗手間的辛照洲和尚之桃。辛照洲拍尚之桃後背，輕聲問她：「桃桃，妳是不是還想吐？」

「嗯！想！我吐不出來！我得等一下！」尚之桃喝完酒有一點亢奮，講話聲音比平常大，又像是在撒嬌。

「我陪妳，妳喝口水。」

辛照洲餵尚之桃喝水，又起身找到紙巾，而後盤腿坐在地上，目不轉睛看著她。

尚之桃的前男友還不錯。欒念想，分手了還這麼殷勤也是少見。

尚之桃又吐了一次，吐完了喝口水，然後開口罵人：「欒念！王八蛋！你他媽不是人！」

辛照洲聽她罵了半天，身體後仰，看著坐在那裡的欒念：「欒念是誰？」

欒念聳聳肩：「不認識，八成是她暗戀的某個男人？」

馬桶真是尚之桃的好朋友，她抱著馬桶一直抱到半夜兩點多。罵欒念也罵夠了，整個人沒什麼力氣，辛照洲把她扶到床上為她調好空調，蓋好被子。

然後坐在小凳上看著欒念。

尚之桃的老闆很奇怪，除了他問他的時候，其餘時間幾乎不講話。半夜兩點多，還目光炯炯，看不出倦怠。

「您……不休息嗎？」他問欒念。

「不。」欒念皮笑肉不笑：「你不回去？」

「我不放心她。」

「嗯。」欒念點點頭：「我不放心你。」

「……」辛照洲並不覺得怪異，反而覺得尚之桃的老闆很有責任感。他這樣做是對的。

於是兩個人各守著房間一角，睡了。

# 第二十四章 一起冒險

第二天早上，兩個人都不得不走，欒念看尚之桃那樣也死不了，於是跟辛照洲一起出門了。欒念走之前到前臺重新做了尚之桃房卡，甚至叮囑前臺除了他和房客本人不允許任何人進去。

尚之桃喝廢了，這一天的客戶欒念只能跟其他同事一起見。Lee宿醉狀態不好，見尚之桃沒來就問欒念：「Flora沒事吧？」

「廢了。」欒念說：「她同學照顧她一整夜。」顧忌尚之桃的名聲，特地加了這麼一句。

這一週就這麼過去了，見客戶稱雄一天，喝趴停擺兩天，給欒念和Lee當襯景一天半，至週五中午，工作結束了。尚之桃醞釀蹺班。她訂了香港的飯店，準備過關到香港去，投身到燈紅酒綠之中。

跟Lumi互相問候，也問Lumi家裡情況以及工作的事。Lumi有點蔫，回她：『這一週什麼都沒幹，被Will訓了五次。』

市場部日會，每天挨訓一次。

Lumi 就覺得稀奇了，市場部那麼多人，還有幾個千年擺爛人什麼活都不幹，她至少還幹活呢，卻被 Will 盯上了。心裡一邊罵 Will 一邊跟尚之桃說：『老娘總結了，打不過他就加入他。』

『怎麼加入？』

『沒想好。總之不能讓他天天盯著我了。』

兩人聊了一下，Lumi 傳了一個購物清單，又轉帳五萬給尚之桃：『去吧朋友，這個包給姐姐買回來。』

『哦。』

在回飯店的路上，尚之桃看準了時機問欒念：「Luke，我們下午沒有安排了對嗎？可以自由行動了對嗎？」

欒念正在休息，眼都沒睜，「嗯」了一聲。

尚之桃心花怒放，下了車直奔房間，收拾行李。她只背一個雙肩包去香港，包裡是換洗衣服，裝好證件和錢包，其餘行李拖到前臺寄存。

然後直奔福田口岸。

排隊通關的時候，看到旁邊隊伍站著一個男人，戴著墨鏡，一副拒人千里之外的樣子，不是欒念是誰？尚之桃轉過身去，假裝沒看到他。又轉身站到隊尾，連續換了兩次，看到欒念過了關。

尚之桃醉酒的時候有一小段記憶是空白的，但辛照洲說她抱著馬桶一直在叫一個名叫欒念的人，她老闆也不知道欒念是誰。

欒念這個人一向奇奇怪怪，不承認自己是欒念也沒什麼錯。

過了關，就變成另一個世界。關對面是各種舉著牌匾條幅發傳單的人，尚之桃不知道他們說的是什麼，接過來看了一眼，速速裝進包裡跑了。

跑了幾步看到欒念站在那，對尚之桃說：「什麼都敢接？」

「我不知道。」

「來之前不做功課？」

「哦。」

尚之桃低著頭哦了聲，欒念見她見到自己跟霜打的茄子一樣，氣焰就又囂張了一些：「妳見我躲什麼？」

「怕你以為我跟蹤你。」

「我有病？」欒念瞪她一眼：「還是妳有病？」

尚之桃不想回答他們誰有病的問題，只想快點脫身。正琢磨跟欒念告別，卻看到欒念前女友走了過來，本來就個子高的人，今天穿著高跟鞋，個頭跟欒念齊平，手臂繞到欒念脖子上：「幹嘛呢弟弟，把妹呢？」

尚之桃驚奇的看到欒念一張臉騰地紅了，他嫌棄的拉開欒思媛的手臂：「不是說在茶餐

聽見？」

「這不是巧合遇到了嗎。」欒思媛身上痞氣全露，看了眼尚之桃：「妹妹叫什麼啊？」

尚之桃沒想到欒念前女友是這樣的，她怕說錯話，就很認真的回答：「您好，我叫尚之桃，是Luke的下屬。」

「哦哦哦，來香港玩？」

「是，來香港玩，順便幫朋友帶些東西。Luke我不打擾你們啦。」尚之桃轉身要走，卻被欒思媛的手臂攬了回來：「幹嘛去妹妹？來都來了，一起吃飯唄，不吃飯哪裡來的力氣逛街？」

欒思媛比欒念年長一歲，可她長得好看，又穿得前衛，根本看不出年齡。此時這樣的人站在香港街頭著實太惹眼了，不知多少人回頭看她這個人間尤物。

尚之桃不知道這些，她只是覺得站在欒念前女友身邊有點彆扭：「別了，謝謝您，我不好打擾你們約會。」

「約會？姐姐跟弟弟約會？」欒思媛眼睛睜大：「妹妹妳覺得我能看上這種男人？」

欒念身上所有的高傲都在此刻被擊碎，他只想讓他這個口不擇言的堂姐閉嘴。冷著臉叫她：「欒思媛，妳注意一下妳的措辭。」

欒思媛。

尚之桃在心裡念一遍這個名字，又看看他們的長相，竟然看出了有一點點像。突然就明白了欒念那高傲冷峻的外表之下，藏著的那顆幼稚而好鬥的心。欒念倒是不覺得這有什麼丟人，丟給尚之桃一句：「妳看什麼？」

尚之桃收回眼，對欒思媛說：「Luke 跟同事吹牛，說您是他前女友。」

「Luke 還說前女友特別聽話，隨叫隨到。」

欒念沒說過這些，尚之桃胡說八道的。她也是第一次看到欒念怕一個人，就很想多看看。這樣的欒念她沒見過，偶爾巧合看到這麼一次，深感有趣。覺得他身上突然附著了一層人氣，這人氣讓他對她的拒絕也顯得不再突兀。

都是凡人。

都有各自喜好。

沒有誰跟誰睡得久了就一定要在一起。

他只是誠實而已。

尚之桃釋懷了，心中那隻鬥雞撒腿跑了。

她站在那聽欒思媛訓斥欒念胡說八道，還說他那破性格能有前女友真是老天爺照顧，她看他就帶著點要孤獨終老的樣子。認真聽了一下，看了眼時間終於打斷欒思媛：「思媛姐，我真得走了。感謝您的好意，我今天安排了很多事情。再見啦。」

也對欒念友好的笑笑，轉身走了。

她青少年時期看港片，聽粵語歌，很多地名都在她心裡。這一天下午的安排是徒步香港，手中拿著一張城市地圖，從旺角到尖沙咀，沿著彌敦道緩步而行，途徑永旺行、九龍行、油麻地、廟街，一路是接踵行人，耳邊是英語、粵語、生硬中文。尚之桃包裡放著防狼噴霧，還有她提前換好的港幣零用錢，累了就找一家牛奶公司喝雙皮奶，天黑以後，她去到橋頭辣蟹，為自己點一份避風塘炒蟹。

欒念跟欒思媛等兄弟姐妹喝了下午茶，一直心不在焉。欒思媛踢他一腳：「不願意跟我們在一起就滾蛋！女孩子一個人來香港不安全。」

欒思媛多聰明呢，欒念看那女生的眼神是他自己都意識不到的專注，兩個人站在一起彆彆扭扭，幼稚可笑，又挺稀奇。欒思媛覺得他們之間有一種「金風玉露一相逢」的味道。欒念站起身，欒思媛又當著兄弟姐妹的面問他：「她叫什麼名字？」

「尚之桃。」

欒念問尚之桃在哪裡，尚之桃傳了定位給他。那家避風塘炒蟹欒念也去吃過幾次，還偶遇了港星。

『加瀨尿蝦、乳鴿、乾炒牛河。我很快到。』

尚之桃加了菜，炒蟹放上來，欒念就到了。老店悶熱，吃飯的人都流著汗。欒念一向清爽乾淨，此時臉上也附著幾滴細汗。

兩個人坐擁擠二人桌，周圍有點吵鬧。

「欒姐姐呢？」

「跟其他人去夜店。」

「你怎麼不去？」

欒念看她一眼，沒有直接回答她的問題，反而問她：「喝點嗎？」

「一罐啤酒吧？不敢多喝了。喝多了難受。」

「喝多了還罵人呢！」

尚之桃笑出聲：「辛照洲告訴我了。抱歉，我不知道我喝多了是那個德行，你別介意哦。」

「辛照洲人不錯。」欒念這樣說。是看辛照洲對尚之桃，才對她大學時代的愛情有了輪廓的。男孩一定把女孩捧在手心，不忍她受委屈。尚之桃在自己這裡，卻是什麼委屈都受了。

兩個人對酌，都只喝了一點小酒，吃了這頓好吃的橋底辣蟹後欒念帶尚之桃去維多利亞港看夜景。

燈光璀璨，夜色綺麗，人也溫柔。

「尚之桃。」欒念不叫她 Flora 了：「過去幾年，在我身邊，是不是一直覺得委屈？」

尚之桃沒有講話，她聽欒念說。

「我其實是一個很糟糕的人。我從青少年時期就很陰暗暴力，如果不是我家人十分愛我、遇到幾個可靠的朋友，又拚命自我約束，我現在可能在監獄裡。」

「我看辛照洲照顧妳，還有妳那個室友幫助妳，覺得妳或許適合跟那樣的男孩在一起。因為我沒有愛人的能力。儘管我會刻意修正自己的行為，但妳一定會時常覺得委屈。」

「很高興妳陪我一起度過這麼長一段時間，我談戀愛也不過三五個月而已，沒想過跟妳一起度過四個年頭。我希望妳能有更好的人生。妳真的很出色。值得擁有一切。」

「加油。」

尚之桃是在欒念這些溫柔的話中徹底想清楚一些事的。她知道有些上癮的東西必須要戒掉，一些遙不可及的人不能再奢望，她清醒而深刻的意識到，她對欒念美好的情感徹底止步於那通電話掛斷的時候。那之後她有過不解，她不明白人都是有感情的，為什麼她耗了四年，欒念卻仍舊站在原地。她想氣他，與他鬥，像一個跳梁小丑，無非是心有不甘。

可她在這一天放下了。

她知道人生就是這樣，這一生人來人往，所有人到最後都是要再見的。哪怕當時的她覺得那真的太過可惜，但她不能再奢求了。

止步於此，很好。

從此每一次見面，都稀鬆平常。那段隱祕的故事再不被提起。

也是在那一年年三十，她帶著盧克坐在冰城的家裡一起看煙火。盧克緊緊靠在她腿上，有時看煙火，有時仰頭看她。尚之桃的手放在牠頭上輕輕的揉。

煙火燦爛，能照亮前路。

是在零點的時候，仍舊用舊方式寄了一封郵件給欒念：『Luke，祝你新年快樂，一切都好。』

欒念沒有回她。

Lumi把電腦放在辦公桌上，察覺到有一道陰森森的光，又拿起來輕輕放下。

尚之桃抬頭看她，又看向Will的會議室，嘿嘿笑了兩聲。

「笑屁啊！」Lumi小聲抗議，一屁股坐到椅子上，像霜打的茄子。

尚之桃傳訊息給她：『怎麼了嘛，我的Lumi女士不是說了嗎？世上男人千千萬，哪怕是龍在妳面前都得盤著。怎麼現在連放電腦都不敢大聲了呢？』

『靠。』Lumi回她一句：『那大哥太他媽嚇人，看在他救我一次的分上，我忍了。』

Will救過Lumi一次。

在公司樓下，張擎來糾纏Lumi，剛巧被Will遇到，徒手揍了張擎和他朋友一頓。Lumi後來想起，一個老古板一樣的男人，將電腦丟到一邊，跟張擎那個髒辮刺青肌肉男纏鬥，一打二，沒怎麼吃虧。

用Lumi的話說：「真挺嚇人的。大概是倔驢招的人都像他。」話是這麼說，以後再也不大敢惹 Will。

尚之桃看她一眼，又收回眼。她正在看眼前派駐的專案。去西北城市，配合政府部門做產業基地。是未來一年凌美的S+級專案。

Lumi 將椅子移過來，看到尚之桃在看這個。就問她：「想去？」

尚之桃點點頭：「我明年想升專家，Grace 姐對我說我的專案數量、服務品質還有綜合評分都問題不大，但只有一點，我沒帶過S+專案。這個機會挺難得的。」

「西北哎！」Lumi 捏她臉：「妳有病吧？十四個月，不是十四天，妳知道妳回來會變成什麼樣嗎？這張嫩嫩的臉不見了，臉蛋上掛兩顆紅蘋果。」

尚之桃咯咯笑出聲：「我知道啦。但我真的想去。」

她從抽屜裡拿出她的願望清單，指給 Lumi 看：「妳看，我距離達成這個願望，只差一個『專家』了哦！」

Lumi 看了看願望清單，看起來有一些年頭了，紙上有了毛邊，上面寫著：「三十歲前要實現的願望。」

「好吧。」Lumi 把願望清單推還給她：「要不然我也報名這個專案吧，反正閒著也是閒著。不過我們市場部開會的時候說過，每個月只要去半個月就好。不像你們這樣，要求長期派駐。」

「妳不怕臉上掛兩顆紅蘋果啊？」尚之桃逗她。

Lumi嘖嘖一聲：「我怕被Will這傻子罵。」她將椅子滑回工位：「特別煩人！」

尚之桃認真衡量自己報名這個專案的可能，思考很久還是決定聽聽Grace的看法。Grace拎著吸奶器向外走，看到尚之桃迎面過來就說：「走，陪我吸奶。」

哺乳區沒有人。好像在凌美工作的女性對生孩子都不會特別感興趣，Grace開始吸奶，吸奶器發出嗡嗡聲響。尚之桃對她說：「Grace姐，我想報名那個基地專案。妳覺得我行嗎？」

「現在的情況是，給多少錢都沒人願意去。雖然是S＋專案，那出事了也就是大事。風險與機遇並存。」

「如果是妳呢？」

「如果是我，二十六七歲，單身，沒有牽絆。我會去。」Grace直接說出她的想法：「有風險，但也有機遇。趁年輕，去冒險。不然呢？等老了嗎？」

尚之桃點頭。

她從前不喜歡冒險，一步又一步，克己穩妥。可正如Grace所說，年輕時候不冒險，難道要等老年嗎？成年人要有為自己選擇負責的能力。

如今的尚之桃覺得自己具備這樣的能力。

回到工位又坐了片刻，然後傳訊息給欒念祕書：『Hello，我想諮詢一下Luke今天的排程。想預約十五分鐘左右的時間跟他溝通一點事情。』

欒念自從年後特別忙，在北京的時間很少，偶爾在公司，也被各種會議和約見占滿，所以祕書開始了預約排期。尚之桃可以單獨傳訊息給他，但她不想那樣。她不想再越界。

『稍等。』五分鐘後回她：『Luke 中午有半個小時。我現在為他訂餐，也一起幫 Flora 訂哦。你們邊聊邊吃。』祕書情商高，總不能欒念吃著她看著，索性訂兩份，緩解尷尬。

『好的，謝謝。』

到了中午，尚之桃看到 Will 從他辦公室出來，果然祕書對她說：「來吧，Flora。」尚之桃起身去欒念辦公室。

這時是早春四月，她穿了一件杏色蠶絲襯衫，下緣隨意放進復古牛仔褲裡，清爽溫柔。欒念抬起頭看她，對她笑笑：「坐。」

「謝謝。」

他們好像很久沒有單獨相處過了。尚之桃坐下的時候看到欒念垂首時好看的鼻峰，心中仍有悸動。卻不像從前那樣強烈。時間大概真的會掩掉一些東西。

尚之桃坐在他對面，接過他推來的餐食。祕書訂了牛排和蝦仁套餐。她打開來吃了一口：「好吃。」

「薪水不夠妳吃真正好吃的東西是吧？」欒念嘲諷她一句。她吃什麼都說好吃，這讓欒念看不慣。

「勉強每個月能打牙祭。所以今年能幫我多漲薪水嗎？」尚之桃趁機提出要求。

「不能。」欒念掃她一眼，才四月，她坐在陽光下鼻尖就有細汗。怎麼會有人這麼愛出汗？「所以想跟我談什麼？」欒念吃了口牛排，放下叉子問她。

尚之桃也放下，鄭重地看著他：「我想申請那個派駐專案。」

「十四個月，每個月只允許回來兩天。還有高風險。」欒念提醒她。

「那我也想去。」

「為什麼？」

尚之桃想了想：「因為我還年輕，我想去冒險。」

欒念挑挑眉，低頭吃飯。昨天晚上宿醉，早上沒吃東西，這時饑腸轆轆。尚之桃將自己的蝦和牛排分他一半，欒念就那樣吃了。

安靜的吃完飯，尚之桃問他：「你會批准我去嗎？」

「我沒意見。」

「好的，謝謝。」

「盧克怎麼辦？」欒念突然問她。

「到時我再想辦法，不行我就帶走。」盧克的確是問題，尚之桃開始思考帶盧克走的可能性。

「可以寄養在我這。」欒念提議：「在妳出發前可以帶來我這裡熟悉環境。」

「可你也會出差。」

「我們社區有遛狗阿姨了。」

「哦哦。好的。」尚之桃笑了：「可你不喜歡盧克。」

「妳倒是了解。」欒念喝了口水，眉頭皺了皺。

祕書敲門：「Luke，時間到了。」

「好。」

尚之桃站起身，對欒念說：「謝謝 Luke。那我回去提系統報名了。」

「好。」

尚之桃出門想起他今天看起來好像不太舒服，回到工位上坐了半晌傳訊息給他：『你不舒服嗎？』

『？』

『你一直皺眉。』

『胃疼。』

欒念近日接連出差，工作強度很大，他覺得自己的身體好像出了一點問題。腹部有一點墜脹感，他問梁醫生可能是什麼情況。梁醫生想了想，閃爍其詞。欒念不耐煩，讓她有話直說。梁醫生嘿嘿一笑：問他是不是有不潔性愛。欒念氣得掛斷電話，在她心裡他怎麼就那麼不挑？還不潔性愛。他就差出家做和尚了。抬頭看了眼正在跟 Lumi 講話的尚之桃，她們兩個不知道在聊什麼隱祕話題。Lumi 滿臉的八卦遮不住，尚之桃嘴張成O型，好像有點驚訝。

她們講的八卦是Will。

Lumi無意間認識了Will前公司的同事，知道了一個八卦：Will離婚兩年了。這個八卦讓Lumi驚掉了下巴，可她驚訝的點不是Will結婚了離婚了，而是：「我靠！一個血氣方剛的男人單身兩年？這個離婚的原因就值得推敲了。」

尚之桃見Lumi那滿臉壞相，後背泛起涼意：「妳準備怎麼推敲？」

Lumi嘿嘿一笑：「記得本人的名言嗎？」她朝尚之桃擠眼，又壓低聲音：「打不過，就加入。」

「……怎麼加入？」

Lumi挑挑眉。尚之桃恍然大悟，連忙勸她：「妳別胡來啊，就Will那老夫子性格，妳胡來他還不收拾妳？」

「收拾唄。有本事床──上──見。」Lumi拉長聲音，心情出奇得好。尚之桃拿她沒辦法，嘆了一口氣。

尚之桃坐回工位，開始研究這個S＋政旅專案。是凌美和科技公司和政府的專案，政府負責出錢劃地，凌美和科技公司負責項目設計，最終要呈現全國一流風景區。專案前期考察規劃以及設計需要半年時間，另外八個月做落地。

這就有意思了。

尚之桃沒參與過這種政府級專案，公司自上而下很緊張。欒念去當地不知道多少次，三方前期建立合作意向就用了將近半年時間。近日合約流程才走完。

凌美的創意設計是頂尖的。

專案需要一個專案經理。按以往的標準，尚之桃的資歷是不符合的，公司至少要派出 Grace 這樣的專家做專案經理。但正如 Grace 所說，專案艱苦，沒人願意去。

尚之桃願意。

這是她的機會。

她將自己的願望清單放進抽屜，下一次再拿出來應該是年底了。如果公司真的同意她的申請，那她七月份就要成行，正式回來的時候已經是明年九月。

時間真的不禁過。從前合作客戶覺得她是小女生，現在已經叫她尚小姐，再過幾年，就變成尚女士。

尚之桃把專案資料研究完，再抬頭時已經是十點多。她收拾東西準備回家，看到欒念在辦公室裡伏案。

他從來沒這樣過。

辦公室裡同事走的走，出差的出差，回家辦公的回家辦公，除了她和欒念沒有別人了。

她隱隱有點擔心，想了想，去敲他辦公室的門。欒念聲音有點抖：「進。」

「Luke。」尚之桃住了嘴，她看到欒念頭上斗大的汗珠：「你怎麼了？」

「疼。」

急診室裡人來人往，儘管欒念努力保持體面，但他的身體仍舊微微彎著，眉頭緊鎖，是真的很疼了。

「你坐在這不要動，我去掛號。」尚之桃叮囑他，然後跑去掛號。醫院人多，掛號要排隊，她怕欒念出事或者著急，就不時傳訊息給他：還有十個人，還有五個人，到我了。掛了號又跑向等候區找他。欒念難得脆弱，尚之桃從前以為他無堅不摧。帶著他去診室候診，他很疲憊，頭靠在尚之桃肩膀上，呼吸有點急。

尚之桃的心軟了又軟，伸手輕拍他手背，柔聲說：「沒事的，我在呢。」

過了一下又說：「我覺得應該打電話給梁醫生。」

欒念嗯了聲，閉著眼睛，卻沒有打電話給梁醫生。尚之桃再問，他就說：梁醫生很忙。欒念並不想打給梁醫生，打給她她大驚小怪，找個認識的人幫他看病，弄得草木皆兵。欒念不喜歡。

他很少依賴什麼人，好像也沒被什麼人依賴過。他不喜歡來醫院，醫院這樣的地方到處都是生離死別。兒時去找梁醫生，也見過幾次家屬抱著梁醫生痛哭。

上一次來醫院是幾年前，帶著高燒咳嗽的尚之桃。

尚之桃的手溫熱，只拍兩下就收回去，十分有禮貌，不逾矩。

看診，驗血，拍X光片，一折騰就到了後半夜。最後確診腎結石，零點五公分。醫生為他開止痛針和排石散，並寫了醫囑。

打點滴的時候欒念好了一點，看到清清爽爽的尚之桃皮膚上也泛起油光，卻還不時問他：「好一點了嗎？」

「要喝一點水嗎？」

「醫生讓你踮腳或爬樓梯，你要記得。」

過一下又說：「醫生還說以後要少喝碳酸飲料，你冰箱裡還有可樂和蘇打水嗎？如果有你記得扔掉。」

「你餓不餓？」

欒念生病，她無比著急。腎結石而已，在她心中卻是一場頑疾惡疾，怕他難受怕他遭罪。

她一直講話，欒念偶爾應一聲，尚之桃的嘮嘮叨叨像極了梁醫生。他心裡有一點暖，就安慰她：「腎結石而已，死不了。」

「但是要遭罪呢。」

再過一下，尚之桃太睏了，欒念拍拍自己的腿，她就橫在長椅上，頭枕在他腿上，睡了。欒念的指尖觸到她耳垂，像從前一樣輕輕的揉捏。這是屬於他們之間的親密動作，儘管他們已結束那段關係很久了，可今天尚之桃並不抵觸。她枕在他身上睡得安穩，卻也偶爾皺眉，欒念俯首看她，不時將她的愁眉撫平。

打完點滴已經是清晨，早春天光乍現的時候，少見的紅雲燒了半邊天，車上的兩人都有一點驚嘆。驚嘆過後欒念閉上眼：「我把我的命交給妳了。」他記得尚之桃車技很爛。

尚之桃不服氣：「那我們也算有了過命之交。」她的車技已經很穩了，穩到欒念坐在副駕上睡著了。尚之桃開車載他回家，在他社區門口，看到了那個保全。

五個年頭過去了，小夥子已經成家立業了。在去年尚之桃最後一次從欒念家裡出來的那個中午，他還問候她。

今天看到尚之桃開車回來，也不見他驚訝，一如既往微笑：「尚小姐。好久不見。」

「好久不見。」

「如果需要幫您攔車，您打電話到保全室就好。」

「好啊，我也可以用叫車軟體啊。」尚之桃對他說。突然覺得時間過得太快了，從她在深夜送資料給欒念保全幫忙攔車到現在叫車軟體開始普及，儘管他們刻意忽略，但時光飛逝是一刻不曾等誰的。

欒念的家裡還是那樣，冷冷清清，沒有什麼人氣，還好早春的陽光足夠好，讓屋子有了被光照耀的熱鬧。她讓欒念躺在沙發上，輕聲問他：「Luke，阿姨呢？」

「今天阿姨不來。」

欒念還是不喜歡有人在他家裡，他仍舊不習慣。來他家裡最多的人就是尚之桃。每週阿姨會在他不在的時候來三次，打掃過房間就走，欒念甚至不記得阿姨的長相。只有付薪水的時候阿姨會多留一下等他。

「那你有沒有可以聯絡的朋友？」

欒念沒有回答她。尚之桃想，他難道跟所有的朋友絕交了？

然而他病成這樣尚之桃沒有把他一個人丟在家裡，醫生說石頭排出來要用一兩天或三四天，排出來之前都需要照顧。

「那我……今天請假？」尚之桃問他，畢竟他是她老闆。

「提線上吧。」

我請假照顧你還要提線上？尚之桃睜大眼睛，心裡罵他一句。

「那我請假理由是什麼呢？照顧生病的老闆？」尚之桃不服氣，問他。

欒念嘴角揚了揚，沒有講話。

尚之桃才不提假呢，對 Grace 說：『Grace 姐，我今天有急事不能去公司。』

Grace 起得早，回得也快：『放心，有事我聯絡妳。』

尚之桃收起手機對欒念說：「你先睡一下，我去煮粥。」見欒念有點抵觸，就說：「我粥煮得還是可以的。」過年回家的時候大翟擔心她以後餓死，非拉著她教她煮粥，尚之桃學會了。

大翟的粥真的是一絕。尚之桃用大翟的手法為欒念煮粥，文火煮，也別急，用大翟的話說：「跟過日子一樣，急不得。好粥都是熬出來的，大火煮粥容易焦。」

「那是水放少了吧？」尚之桃抬槓。被大翟拍了兩巴掌。

鍋裡開始咕嚕咕嚕冒熱氣的時候，尚之桃突然想起那年自己生病，欒念照顧她。欒念照顧她可比她照顧他好多了，至少人家還四菜一湯呢，自己只會煮粥。

粥熟了，欒念還在睡。尚之桃將煮蛋器裡的雞蛋拿出來，剝了皮，又覺得寡淡，可她炒菜不好吃，猛然想起自己有一次買過榨菜，就打開冰箱保鮮層，那兩袋榨菜完好無損，還在那放著。尚之桃手頓了頓，將榨菜拿出來。

然後去叫欒念吃飯。

欒念喝了口粥，黏稠的粥，還有一點說不出的香甜，尚之桃竟然學會了煮粥。所以她現在不會餓死自己了。欒念對尚之桃廚藝的要求低到令他自己髮指，吃過一次她做的飯，就發誓不肯再吃，除非餓死。

這下好，他沒餓死，光是一塊零點五公分的小石頭就能讓他低頭。吃了飯上樓忍痛沖了澡，然後去床上補覺。

腎結石這種病真的折磨人，明明不是什麼大病，疼起來卻要人命。那排石散吃起來又噁心，吃得他吐了兩次，把他搞得心情很不好。

尚之桃聽到他在臥室裡折騰，就站在門口問了兩次：「Luke你需要幫忙嗎？」

「比如？」欒念正在漱口，口腔裡都是嘔吐的味道，這令他覺得噁心。

「比如……」尚之桃比如兩次，都沒想出還能幫他什麼，乾脆學他講話：「比如你真不行了替你收屍。」講完關上客房的門，也不管會不會氣到欒念。

欒念為客房換了新床品，比從前更舒服，尚之桃將被子翻來覆去的看，覺得如果別人住過她就睡客廳沙發。可那被子乾乾淨淨，沒有用過的痕跡。她又去開衣櫃，裡面空空蕩蕩，什麼都沒有。

尚之桃躺到床上，轉眼就睡了。她真的是累壞了，之前加了兩天班，昨天一整夜又沒怎麼闔眼，這時睡得熟，什麼動靜都聽不到

睜眼的時候已經是傍晚，她一骨碌從床上爬起來，想起盧克還在家裡，從早到晚沒有遛過。孫遠翥在西北，孫雨去廣州考察。她有一點懊惱，慌亂套上衣服開了門，看到欒念臥室的門已經開了，他人不在。

尚之桃下了樓，聽到欒念坐在客廳裡講電話。

「嗯，走路了，跑步了，踮腳了。」

「還沒出來，昨天晚上醫生拍X光片說已經很靠下了，這幾天就能出來。」

「妳不用擔心，有人照顧我。」

「誰照顧我？」欒念講到這裡停頓兩秒：「女朋友。」

「我談戀愛也沒必要告訴妳吧？我多大的人了，不能談戀愛嗎？總之妳不要讓方叔叔幫我安排檢查。我這石頭排出去就好，沒任何問題。」

「我沒有心情不好。」欒念語氣緩和下來：「我只是著急去踮腳。」

尚之桃聽到這裡，忍不住捂著嘴笑了。欒念嘴硬的毛病永遠改不了，跟梁醫生講話也是這樣，真真假假，假假真真。欒念聽到笑聲回過頭來，電話還沒掛斷呢，梁醫生在電話那邊問：『你家裡有人？』

「我不是說了嗎？」

『那我可以跟她講話嗎？』

「不行。」欒念拒絕。

梁醫生這次非常堅持：『我覺得我詢問你女朋友你的病情沒有任何問題，除非你有什麼事情瞞著我。』

欒念不想聽她嘮叨，將電話丟給尚之桃，看到她滿臉錯愕，就說：「梁醫生想了解我的病情。她以為我得了不治之症，不肯讓她朋友幫我看是怕她知道。」

「哦哦哦。」

尚之桃長吸一口氣接起電話：「您好。」

梁醫生那邊安靜了幾秒，這幾秒裡，拚命對欒爸爸招手，讓他湊到電話前，手機點了擴音。

『妳好，怎麼稱呼妳？』

「梁醫生您叫我……Flora 就好。」尚之桃頓了頓，用了這個稱呼，察覺到欒念眼風過來，卻面不改色。

『我想問問欒念的病情，真的只是腎結石？』

「是的，等等把X光片傳給您。醫生也說了注意事項，就是剛剛 Luke 跟您講的那些，過兩天石頭排出去再拍個X光片就好。」

尚之桃安慰梁醫生：「您別著急，好在不是大病。」

梁醫生聽到這句，看了眼欒爸爸，突然問她：『Flora 貴姓？』

是在香港，欒思媛問欒念他要去見的女生姓名，欒念說：尚之桃。欒思媛嘴快，轉眼就在家人群組裡說：『我弟弟喜歡的女生叫尚之桃。』尚之桃這個名字梁醫生熟悉，在相親軟體上梁醫生跟叫尚之桃的女生聊了很久，甚至聊到了父母職業和生子打算。

尚之桃並不知道這些，她正在思索如何避開這個問題，欒念搶過電話：「好了。這下知道我死不了了。就這樣吧，再見。」

電話掛斷，尚之桃問他：「女朋友？」

「騙她的，要不然她要讓一個醫生朋友照顧我。那個醫生朋友，女兒是適齡青年。」

「哦。我要回去了，我諮詢了一下懂醫的朋友，除了疼痛嘔吐，應該不會有什麼危險。有事情你再打給我。」

尚之桃掏出手機準備叫車，聽到欒念微微哼了一聲，放下手機，看到他靠在沙發上，眉頭緊鎖，似乎是很疼。

「很疼嗎？」她問他。

「沒事。妳走吧。」欒念這樣說，又哼了一聲。

尚之桃想了想，把手機放回口袋，朝他伸出手：「你能借我一下車鑰匙嗎？我開回去遛一下盧克，然後再來。」

欒念指指門口：「自己拿。把盧克一起帶來吧，明天早上遛方便。」

尚之桃應了聲好，去取了鑰匙，然後搭電梯去車庫，電梯門關上的時候，看到欒念嘴角揚了揚，眨眼又恢復如初。她以為自己看錯了，或許是疼得齜牙咧嘴也說不定。

盧克很久很久沒有來過了，但狗的記憶力怎麼那麼好，尚之桃把牠從地下車庫放下來，牠自己竄了出去跑到電梯邊朝尚之桃汪汪。

「你急什麼！」尚之桃訓牠，帶牠坐電梯。然後在一樓，眼見著盧克衝向客廳，跳到了躺在沙發上的欒念身上。

尚之桃傻眼了，在後面嚷嚷：「你下來!他身上有石頭!」

盧克不聽，牠急瘋了，用爪子刨欒念，急需欒念給牠一個擁抱。欒念看著這隻傻狗，心想真沒白餵你吃肉帶你玩，坐起來抱住牠。

盧克嗚嗚嗚的叫，好像受了天大的委屈，在欒念懷裡發出嗚咽聲。

說不清為什麼，尚之桃突然紅了眼睛。

欒念也是。

狗比人單純，想念一個人從來不藏著，想就是想，想你就是要告訴你，就是要你抱著我。像盧克，牠真的想念欒念，就窩在欒念懷裡，前爪搭在他肩膀，頭靠在他肩上，不時伸舌頭舔他。

欒念哄了牠半天，牠才乖乖去到地上。相認環節結束了，仰頭對欒念汪汪。

欒念當然知道牠是什麼意思，就對牠說：「你等等。」

門鈴正好響了，欒念要尚之桃去開，尚之桃開了門，看到一份新鮮的像便當一樣的東西。

「這是？」

「您好，這是您家訂的鮮肉狗糧哦。根據您的要求，減了鹽量，多加了肉。」

「？」尚之桃回頭看欒念，他對她勾手指：「拿進來，給我笨朋友吃。」

尚之桃接過鮮肉狗糧，看到裡面擺的十分好看的上等食材，還有一個小盒子，單獨裝水果和狗零食。什麼時候要這樣餵狗了？什麼時候開始有這種業務了？盧克被慣壞了後面回去還怎麼養？

盧克已經聞到味道了，急得上躥下跳，直到尚之桃把飯盆放到地上，盧克衝上去，臉埋進盆裡，像多少天沒有吃過飯一樣。

「這是什麼業務？現做狗糧送上門？」

「嗯哼。」欒念靠在沙發上，半死不活嗯哼一聲。聽到盧克吃飯吃的直哼唧，沒來由心情好。

「多少錢一份？」

「二百。」欒念少說了，二百五，他覺得不好聽，付了二百四十九。

「……」

尚之桃有點心疼那錢，站在欒念面前開始嘮叨：「錢都不是大風颳來的……」

「我是。」欒念兩個字提醒她，他還算有錢。

「……那盧克也不能這樣吃，多少孩子吃不上飯，牠卻吃得這麼奢侈。如果牠餓了我可以做給牠吃，反正我不讓牠吃這個。」

「哦。」

欒念從沙發上站起來：「我去爬樓梯。晚上還喝粥？」

「不喝。餓著。」尚之桃來了小脾氣，看盧克不爭氣的坐在那舔嘴唇，顯然覺得好吃。這麼嫌貧愛富的狗她真的見識到了，就教育牠：「好吃嗎？再好吃也就吃這一次，回到自己家你還是乖乖給我吃狗糧，不吃就餓著！」

「我告訴你啊，你不要以為人家跟你是朋友，都快煩死你了，你還不自知。」

「你離他遠點，他肚子裡有石頭，萬一你把他踩壞了宰了十個你賣肉都不夠。」

她說得多了，盧克聽著煩，就坐在那裡跟她幹架，汪~嗚~汪汪！

一人一狗把欒念家裡鬧得不得安生。

欒念爬樓梯來回爬了十次，又踮了十分鐘腳，尚之桃還沒跟盧克幹完架，腦子不好用一樣。跟一隻狗有什麼好吵的？狗嘛，寵著就得了，哪那麼多毛病？

但他什麼都沒說，身體好像好了一些，喝了很多水，就尿頻，奔往二樓洗手間。解手的時候異常不舒服，低頭一看，馬桶裡有紅色尿液，裡面隱約一塊小小結石。身體跟打通了任督二脈一樣通暢，欒念沖了馬桶，洗了手，又下了樓，靠在沙發上。

尚之桃見他又躺倒，就趕他去踮腳。

欒念看起來病懨懨，過半天才吐出幾個字——

「踮不了，疼。」

尚之桃在欒念家裡接連照顧他三天，第三天是週六，她約了老師上法語課。起床後聽到欒念也已經起來了，就敲門站在門口問他：「Luke，你怎麼樣了？今天感覺好些了嗎？」

「見好。」見好兩個字，模稜兩可，也不說究竟是好了還是沒好。

尚之桃點點頭：「見好是不是石頭就快要排出來了？不是說快排出來的時候最疼？」

「應該是，因人而異吧。」欒念開了門，臉色有一點白。

尚之桃覺得他看起來真可憐，就說：「你氣色真的不好。我燉隻雞給你補補吧？」她這幾天把自己學的那幾道菜輪番拿出來炫耀了一下，味道都一言難盡。但欒念都逼自己吃了下去，難得有同理心，不忍拂她好意。他有時也會納悶，油、鹽、醬油、花椒、蠔油，不就那幾樣調味料嗎？她愣是弄不明白，不是這個多放了，就是那個忘記放了，總之沒有好吃的時候。這時聽到她說要燉雞，就搖搖頭：「我想吃點別的。」

「什麼別的？」

「海鮮吧。」怕尚之桃堅持，就掏出手機打電話給朋友：「幫我送一份餐吧？」然後開始點菜，尚之桃聽到鮑魚、龍蝦、海參，就跟在後面：「你好像不……」尚之桃想說你還沒好呢，最好不要吃這些東西。

「噓。」欒念食指放在唇前噓一聲，讓她保持安靜。訂了餐，又坐到沙發上，看起來病懨懨的。

尚之桃坐到他旁邊與他討論病情：「那天醫生說快則一兩天，慢則三四天，總該出來了。」

「嗯。」

「所以今天應該差不多。」她手指向他下腹：「你有什麼感覺嗎？」

她指的地方有點敏感，欒念低頭看了看，跟尚之桃看的根本不是同個地方，咳了一聲：「沒有。」

「哦。」

過了一下尚之桃又問他：「那你還疼嗎？」

「陣痛吧。」

「那你覺得你可以自己一個人待著嗎？我覺得你看起來比那天好了很多，我可以帶盧克走了。我週末約了人。」

「約誰？教冰球那個？」欒念問她。

「你怎麼知道我有一個教冰球的朋友？」

欒念挑挑眉，想知道還不容易嗎？公司茶水間什麼東西聽不來。Lumi 那個大嘴巴恨不得人盡皆知。

他們說的是萬鈞。起初尚之桃和萬鈞每天保持聯絡，尚之桃的心態也是積極向上的，她不討厭萬鈞，孫雨對她說妳總不答應人家，看起來像是在吊著他。雖然尚之桃堅持AA，萬鈞送她禮物她也等額回禮，但消耗的時間也是無形資產。

尚之桃有想過跟萬鈞開始慢慢的戀愛，總得嘗試不同的可能。是在萬鈞第一次上樓做客，看到盧克露出厭惡神色，對尚之桃說：「我不喜歡狗。如果我們戀愛，肯定是要把狗送人的。」

那是一條小生命，說送人就送人？我還沒認識你的時候就有盧克了呢，你算老幾？當天就封鎖了他。

這段故事她跟 Lumi 講過，Lumi 拍著她肩膀誇她：「幹得漂亮！今天讓妳把狗送走，明天讓妳把爸媽送走，最後都得聽他的。封鎖得好。」

尚之桃倒是不覺得萬鈞會讓她送走爸媽，只是覺得他不接納盧克，這讓她很難接受。

欒念轉過頭來看她，盧克坐在他們面前。欒念神情專注，像帶著一副透視鏡，好像要把尚之桃看個透徹。

「尚之桃。」

「嗯？」

「妳那天說妳二十多歲想去冒險。」

「是。」

「妳願意再冒一次險嗎？跟我。」

從他們在維多利亞港分開那一刻起，欒念就覺得他失去了什麼。尚之桃給他的恰巧是他身體裡缺失的那一部分，那一部分太過珍貴。他找不回來了。欒念從來都知道自己其實很差勁，他從前不懂，現在卻想去嘗試一種新的可能。

尚之桃看著欒念，那天在橋底辣蟹，他走進那破舊的餐館，像從天上來到人間。那一刻她以為他們會再發生一些什麼。可是維多利亞港那麼美，他卻沒有拉住她的手。她是釋懷了的，也想向前走，她在這段時間裡跟男生見面，努力約會，都是想打破那樣的處境。

她不能再回頭。

「不。」她笑著對欒念說：「那不算冒險，只是重走舊路。我不喜歡。」她站起身對盧克說：「走啦，該回家啦。」

牽著盧克向外走，春天陽光多好，盧克瞇著眼睛特別開心，以為尚之桃帶牠遛一圈還會回去。尚之桃走到門口，保全隊長問候她：「遛狗嗎尚小姐？」

尚之桃停下，問他：「這個社區有人做鮮肉狗糧你知道嗎？」

「知道。過年前站在這裡發過廣告傳單。」

所以欒念拿了廣告傳單，並沒有扔掉嗎？他是準備再養一條狗還是他認識的別人養狗？他到底怎麼想的？尚之桃牽著盧克往回走，她想去求證。

欒念開了門，她徑直問：「鮮肉狗糧的廣告傳單還有嗎？」

欒念指指鞋櫃，她打開來看，赫然躺在裡面。

「你為什麼要留這個？你又沒有狗。」

「萬一盧克來……」

尚之桃拉著他的衣領吻住他，她不想聽他講話，他總是言不由衷讓她難受。她覺得欒念這個人其實是值得推敲的，他嘴裡總是說最堅硬的話，可他的行動又柔軟。比如他說他不喜歡盧克，卻買那麼多吃的給盧克對牠那麼好；比如他說她笨，懶得教她，卻從五年前開始一直教她，從沒停止過，哪怕他們結束了關係；比如他說他不喜歡她，可他照顧她，保護她。他有一張最壞的嘴，也有一個柔軟的心腸。尚之桃看懂了。

她吻得太過急切，牙齒咬住他嘴唇，恨不能咬掉他這張不會講話的嘴。卻在用力時心疼，舌尖代替牙齒，柔軟取代鋒利。讓欒念那顆堅硬的心歡騰不已。

抓著他衣領的手不肯放開，也不許他撤退。是他邀請她一起冒險的，她來了。唇貼著他的，神智很難清醒，鼻息滾燙：「這是我的冒險之旅嗎？」

欒念將她推到牆上，身體壓上去，手探進她襯衫，有點暴戾：「別後退。」掌心的粗糲重重碾過她如玉的肌膚，牙齒咬在她脖頸上，舌尖又抵上去。尚之桃輕呼一聲，拱起身體適應它，胸口起伏，被他的手隔開，又被他推回牆上。背上一下鈍痛，尚之桃悶哼一聲，欒念堵住她的唇。

她的襯衫太礙事，欒念不喜歡，用了很大力氣，釦子崩了一地，嚇得一旁的盧克跳起來，呆愣的看著他們，根本不懂他們在做什麼。

尚之桃在釦子落地的聲響中面向牆壁，後背貼著他滾燙胸口，在他指尖的動作之下潰不成軍。

「欒念……」她叫他名字，要他進來。

門鈴不懂事地響起，兩個人如驚弓之鳥，尚之桃屏住呼吸，動作滯在一起。她轉過身來在他懷裡喘氣，總覺得那口氣吊在心口怎麼都出不來。她有點埋怨他招惹她，已然忘了是她先吻他。撕下克己禮貌面具，撒了半年多以來第一個嬌：「欒念……」

這一聲欒念真是要了他的命，彎腰打橫抱起她上樓，尚之桃著急拍他胸口：「門鈴。」

「去他媽的！」

欒念不喜歡門鈴，他現在只想放任自己的兄弟在尚之桃身體裡冒險。將尚之桃扔到床上，襯衫狼狽，露出半個雪白細嫩肩膀。欒念的目光像要吃人，尚之桃突然畏縮退到床頭，他的手拉住她腳踝，最終將她拉至自己身下。

頂至最深處，尚之桃腳尖蜷起，雙眼迷濛喚他名字：「欒念。」

「我在。」他回應她，因為動作凶狠，聲音也顫著。他熟悉她的身體，知道她最怕哪裡，她怕哪裡，他就頂哪裡，水意越發的濃，尚之桃在一片亮光中潰不成軍。

透徹。

# 第二十五章　西北之行

欒念喘勻了氣，拿起電話，看到有五六通未接來電，還有很多訊息：『不是訂海鮮？人呢？』

『讓送貨員放你家門口了，自取。』

欒念沖了澡隨便套上衣服下樓取過海鮮餐盒，整整五盒鮮活海鮮。進了門準備湯底，想吃海鮮鍋。

身後站著恍然大悟的尚之桃：「欒念，你的結石……排出來了？」

欒念背對她，神情變了變，過一下才說：「不知道。但不難受了。」

他並沒有預見到自己有一天會將計就計用了苦肉計，起初原因很簡單，想跟她多待一下。多待一下，又生了貪念，想跟她一起冒險。

欒念覺得他過去活那三十多年未見得真正有什麼顏色，認識尚之桃後開始接受人的多元化，開始看到大多數生活的那點人間煙火氣，開始了解人的弱點和人真正的欲望。維多利亞港夜色綺麗，他應該講一些浪漫的話，他卻自私如是，將她推走。他日再回頭看，就察覺出自己的荒唐。

欒念向來不光明；為達成目的不擇手段。偷過她鑰匙，也裝過病。男人嘛，能屈能伸，他不覺得丟人。只是今時今日的裝病與那年那日的偷鑰匙又有不同，那時只喜歡她的身體，或許也喜歡她這個人，但並不深刻；而此時，是想與她一起，好好去冒一次險，看看他們之間還能不能有什麼不同。

感情的事沒有好壞與對錯，無非是兩個人想奔向哪裡。這一次欒念調轉了車輪，朝尚之桃駛去。

尚之桃從身後環住他腰，埋怨又帶著一點溫柔：「排出石頭是好事，瞞著就是你不對。你怎麼這麼有心計？」

欒念一邊收拾海鮮一邊說：「男人嘛，哪有好人？」

欒念說男人沒有好東西，有一個算一個，連帶著自己，都狠狠罵了一通。尚之桃覺得他挺逗，那張嘴毒起來連自己都不放過。

她跟欒念聊起這次申請去西北，欒念問她究竟為什麼要去。

她想了想：「我明年申請晉升專家，還缺一個 S+ 專案。Grace 也建議我去。」

「Grace 建議？」

「是。」

「Grace 為什麼建議妳去？妳想過嗎？」

「為什麼？」尚之桃問他。

「妳自己想。妳不是二十二歲什麼都不懂了。」

欒念不願意把話說得太清楚，職場複雜，各懷鬼胎。尚之桃在企劃部站穩了腳跟，並且升職迅速，很快就要成為Grace的競爭對手。這次Grace建議她去西北，她離開大本營，遠離同事，專案又有風險，無論怎麼權衡，都是弊大於利。

但尚之桃是成年人，成年人就該為自己的選擇負責任。好在人生漫長，她還有機會修正。

「你的意思是，Grace在忌憚我。」尚之桃問他。

欒念將調好的酒遞給她：「嘗嘗。」算是回答。

尚之桃喝了一口，酸酸甜甜，像極了兒時老平房門前種的小草莓的味道，有一點好喝。咂摸咂摸嘴唇問他：「這酒叫什麼？」

「失控。」

欒念的身體從吧檯探出來，唇貼在她的唇上，舌尖舔舐她唇邊，又勾著她的。尚之桃頭向後縮，被他手攔住，覆在她後腦，開口抱怨：「躲什麼？我嘗嘗我調的酒。」

為什麼叫失控呢？大概是這酒酸甜可口，令人不必設防，飲之又飲，難免貪杯。欒念舌纏著她的，看到外面人影晃過，去跑步的酒吧服務生們回來了。

欒念放開她，亦咂嘴：「果然，一流。」

不知道是在誇酒，還是在誇她。

此時盧克在酒吧前面自己玩，尚之桃坐在吧檯外，她臉還紅著。欒念站在吧檯裡，為尚之桃調酒。他調酒屬於玩票性質，自己調來喝，不對外販售，調給尚之桃的酒也依他自己心情，並沒有什麼章法。只有一點，每次只調一點，她一口喝完，多喝幾樣，不至於喝多。

酒吧經理沒有換，還是那個人。尚之桃好奇欒念究竟開了什麼樣的薪水給他，畢竟這個行業換工作家常便飯。而他的酒吧經理又是難得一見的帥哥。

欒念卻笑笑，什麼都不說。

尚之桃手機響起，她聽到 Lumi 有些激動的聲音：『我靠！尚之桃！妳猜怎麼樣！』

「哈？」尚之桃有點迷糊：「妳怎麼了？」看了眼欒念向外走，她跟 Lumi 的通話總是有一些不能讓別人聽的內容，聊天紀錄也是。尚之桃有時會想，如果她手機不見了，她和 Lumi 的聊天紀錄傳到網路上一定會突然爆紅。兩個人真的百無禁忌什麼都聊。

Lumi 意識到自己過於激動，長喘一口氣：『來，姐姐告訴妳怎麼了。』

「怎麼了？」

『昨天，姐姐我，差點睡到 Will。』

「……」

尚之桃聽 Lumi 東一句西一句的說，終於拼湊了完整故事。

Lumi 週末經常跟一大家子人一起出去吃飯，選一家城裡的老餐館，一吃一下午。趕上春天天氣好，吃完飯再去衚衕裡看看自己家的老房子，回憶回憶過去的苦日子。

那一天還是去吃飯，吃清真老號飯莊，桌子一併，一家人圍在一起，燒羊肉、醋溜木須剛上，Lumi就聽到門口有人說話：「兩位。」這聲音她熟，每天訓她跟訓傻子一樣。伸長脖子一看，果然是那位神仙，旁邊跟著一個大家閨秀，看起來像約會，但兩個人又疏離。Lumi把脖子縮回去，半頓飯過去不敢抬頭。生怕被抓個正著。

奶奶看她異狀不樂意了，大聲訓斥她：「盧米！妳怎麼跟霜打的茄子似的！我們盧家的精氣神呢！」奶奶聲若洪鐘，半個餐館的人都轉頭頭來看，Lumi想捂奶奶嘴，已經晚了。Will目光已經過來了。

要說事情也巧，Will一起吃飯的對象是他前妻。他們起初聊的是他前妻工作的事，前妻在科學研究室搞研究，Lumi偷偷抬頭看，長得真是端莊大方。可兩個人吃飯卻不愉快，Lumi偶爾聽到Will對他前妻說：「妳別汙衊我。」

這下好了，Lumi看到Will的短處，突然覺得自己在凌美的日子算是到頭了。諂媚的朝Will笑笑，然後對奶奶說：「我的奶奶，快走吧，您的衚衕等著您視察呢。」說完攙著奶奶向外走，想溜之大吉。

出了門，還沒走二十公尺，就被人揪住衣領，她剛想開罵，回頭看到是Will，立刻住了嘴。心裡是真怕他。

「妳躲什麼？」Will對奶奶點頭，然後問Lumi，鬆開她的領子。Will也挺怪，他平時一個老古板，單單看到Lumi壓不住火，屢次三番抓她領子，想把她扔出去。

「我……這不是不想窺探您隱私嗎……」Lumi偷聽了大半頓飯，就差把耳朵割下來放他桌子上了，這時這麼說就有點心虛。

奶奶在一旁不願被冷落：「認識？」

「我上司。」

「奶奶好。」Will嚴肅歸嚴肅，對Lumi奶奶倒是尊重，修養還是有的。

「老闆好，老闆好。」奶奶背著手，跟Will點點頭，而後跟著子孫們去視察衚衕了。剩Lumi站那不知道該說什麼，只得解釋：「您平時批評我什麼我都認，可有一樣啊，今天這事可不是我樂意的。我怎麼知道家庭聚會遇到您了呢？再說離婚這事，多大點事，離了再找。」

「妳有病吧？」Will向來忍受不了別人每天上下嘴唇一碰就胡說八道，Lumi講話沒一句正經，他聽著都覺得腦仁疼：「誰跟妳說我離婚了？」

「沒離？」

「……離了。」

「那不就得了。您快回去陪前妻，萬一能復婚呢，不是省得再找了嗎。」Lumi扔下這一句，跑了。

跑幾步，一回頭，看到Will在路邊站著，顯然心情不好。大哥可別從二環橋上跳下去。

於是買了一打啤酒，跑了回來，自己開一罐，給 Will 一罐。

兩人坐在那乾喝了四罐啤酒。Lumi 越喝越餓，終於提議：「要不然您看這樣，坐這一直喝啤酒也不是事。好歹得有點下酒菜您說是嗎？」

「嗯。」

「那您去我家裡，我炒兩道給您？」Lumi 這人鬼心眼子多，都說交人交心，她炒兩道菜給 Will，兩人往後也算是朋友了，他再罵她的時候說不定也能思量思量是不是下口太重。

Will 竟然沒拒絕。他不覺得跟 Lumi 能有什麼，他從小接受正統的家庭教育，父母都是高級知識分子，最不能接受 Lumi 這樣的女人。行事魯莽，言語粗鄙，每天上班像是混社會，透著一點放蕩不羈。

一個離了婚的單身男人，從前做人端端正正，還是在臨了被人妄加罪名。看 Lumi 那一家人的樣子，八成是暴發戶。Lumi 當然也不會對他有什麼非分之想。

跟著 Lumi 去到她家。她住的地方位置好，二十七坪左右，按 Lumi 在公司炫耀的話說：「這樣的房子她有好幾間。」她自己就那點破事，讓她抖的乾乾淨淨。

Will 脫掉風衣，放眼望去，Lumi 家裡沒有能坐的地方，沙發上堆著她的衣服，最上面那件是一件超薄內衣。她審美豪放，那內衣穿著也不一定能有什麼用。

Lumi 看到他眼神過去，忙把自己的衣服抱走：「見笑了見笑了。平時也沒人來，我媽都懶得來，嫌我屋子小，不夠她散步。」又炫富了。

安頓了 Will 就去炒菜，Lumi 炒菜還行，反正就那點東西，胡亂放，炒出來都勉強能吃。四個熱菜，加上稻香村買的半張羊臉、四寶、雞肉腸、酸豆角，湊了八個菜。一邊擺盤一邊對 Will 諂媚：「國賓待遇。但凡換個人我就讓他啃鹹菜了。架不住您地位高，尊貴，我得好好招待。」

她話太密了，一句又一句，又都不著邊際，說的 Will 腦仁一跳一跳的疼。

兩個人喝酒，Will 坐得筆直，像個古板的老學究，Lumi 腿翹到椅子上，還勸 Will 呢：「別拘謹，別拘謹，自己家。喝多了喝熱了您就脫。您要是不好意思，我也脫，陪您。」講話是一句都不正經。

Will 今天難得沒有訓她，就聽著她那些不入流的話一個人喝悶酒。他從前回家，家裡乾乾淨淨，兩個人都有潔癖，前妻喜歡折騰花鳥魚蟲，家裡也就都是這些東西。他本人沒什麼情趣，成績好，腦子好，誤打誤撞管了市場，又因為人正直，就把市場工作管得像樣。欒念挖他的時候他剛離婚，覺得換個環境也好，一切重新開始。結果上班第一天站在電梯角落裡就聽一個女人流裡流氣的講話，滿口北京腔：「這麼說吧，沒有搞不定的男老闆。大不了老娘睡他一睡。」電梯裡的人都在笑，另一個女生制止她：「妳快別胡說八道了。說得跟真的一樣。」那個要睡男老闆的女人就是 Lumi，制止她的女生就是尚之桃。

這兩個人只要在公司就跟長在一起一樣，經常把腦子湊在一起，不知道偷偷說什麼渾話。

Will因為第一印象，斷定了這女人隨隨便便，又見她每天吊兒郎當，他忍不了部門裡有這樣的下屬，逮到機會就訓她。

就這個下午，聽著Lumi講話，還挺下酒，慢慢的就喝多了。

Will喝多了臉紅得跟關公一樣，衣袖挽到手肘，體脂低的人手臂上有一條青筋，前情又有他在公司樓下一打二救Lumi那次，當時就覺得他是一個純爺們，今天再看那皮相，就動了色心。

她把椅子搬到他旁邊喝酒，手狀似不經意放到他腿上拍了拍，像兄弟一樣。心裡卻在盤算：肌肉結實，是塊好料，當睡不當睡？當睡！心裡天人交戰，不行今天就辦了他，辦了他，自己痛快痛快，往後也能少挨點罵，她混日子也能自在點。

她那點小動作落在Will眼裡都覺得稀奇，這女生怎麼缺心眼似的？Will有心看她能折騰出什麼花樣來，就坐著不動。Lumi心想嘖嘖，男人。手支在桌子和椅子上，微微起身湊到他面前，舌尖掃過他唇角：「Will熱不熱？我們脫了衣服涼快涼快？」

捨不得他那張好看的嘴，忍不住咬了一口。牙齒將他唇咬起，Will甚至覺得有點疼。他頭向後仰，躲開她的進攻。對她說：「妳先脫。」

Will的話聽起來有點妳先脫為敬的意思，Lumi怕什麼，脫掉自己的薄衫，裡面是一件膚色吊帶背心，因為喝了酒，肌膚敷上一層薄粉，挺好看。手捧著他的臉，靠，怎麼這麼燙，指尖動了動，低頭吻他。他一動不動，還沒怎麼樣呢，她自燃了。

這爺們真挺好。

Will 跟前妻也算有過好時候，但兩個人話都不多。沒見過親熱的時候這麼話癆的，突然憋不住，破功了，噗哧一聲笑了。將 Lumi 抱起來丟到沙發上，對她說：「妳少說兩句多好，多說多錯。歪腦筋也少動點，睡了妳老闆就能不幹活嗎？公司又不是我開的。妳這麼缺心眼，吃虧的時候自己都不知道吧？」

Will 今天跟前妻這點氣都撒在 Lumi 身上了：「還有啊，妳身材不行，以後在外面多穿點。有料妳露我能理解，沒料妳露什麼？揭自己短呢？」

一邊訓她一邊穿風衣：「多謝款待，最後這道菜一般，色香味都不大行。」

Lumi 第一次聽 Will 說這麼多話，每句話都挺損，她卻一點也不生氣，這爺們挺逗。八成是不大行。

她問尚之桃：『妳說他到底行不行？』

「行不行跟妳也沒關係啊。」

『怎麼沒關係啊，他把我癮勾起來了啊！』

「妳快老實點吧，回頭他舉證妳職場性騷擾。」

『我不怕。妳等著尚之桃，老娘必須睡了他，明年妳升專家，讓他幫妳全打滿分，也不枉妳我相識一場。』

Lumi嘿嘿一笑掛斷電話，尚之桃一看，這通電話兩人聊了一個小時。將手機揣在口袋裡，進門聽欒念說：「妳們有什麼好聊的？公司裡聊不夠！」

尚之桃又不能對他說Lumi要睡Will的事，就假裝沒聽見，坐在地上幫盧克梳毛。

也不知道為什麼。盧克在欒念這裡特別開心，跑得比從前還要多，而且牠聽欒念的話，欒念叫牠牠用跑的。八成是因為欒念用吃的拉攏牠。

「我去西北的時候，你可以照顧盧克嗎？」

欒念嘴角揚了揚，半晌丟出一句：「怎麼照顧妳別管。」

尚之桃對他提條件：「不能訂鮮肉狗糧，不能吃太多零食，別慣著牠……」她絮絮叨叨一堆，欒念終於忍不住：「要不然送寄養？」

「不。」

週日的午後，小病初癒的欒念，馥郁的青山，自在的盧克，還有閒聊的他們。

再過一下，前面開來幾輛車，車上下來一群年輕男女。尚之桃說：「你來客人了。我去後面。」

「妳見不得人是吧？」

「……」就這樣坐在吧檯前，面前的酒剛喝了一半。

尚之桃聽到有人叫：「龔老師。」就回過頭去，看到龔月。她身邊站著一個看起來很體面的男人，正在跟欒念握手。欒念招呼尚之桃：「尚之桃，妳來。」

她跳下高腳凳走過去，聽欒念介紹她：「我女朋友，尚之桃。」

女朋友這三個字嚇到了她，以為自己聽錯了，就看看欒念，他卻拉過她手腕：「這是龔月老師。」

「龔老師好。」尚之桃站得筆直，從小怕老師的人對龔月有一種自然而然的敬畏。龔月認真看她，笑了，對尚之桃說：「這是我男朋友，孫霖老師。」

「孫老師好。」

「那我們先去做讀書會。」龔月對欒念點點頭，帶著男朋友走了。

尚之桃有心追溯一下「女朋友」三個字，欒念卻已先行一步去了吧檯，還招呼她：「還不快走？女朋友。」

龔月問譚勉：『欒念談戀愛了你知道嗎？』

『不知道。』

『叫尚之桃。』

『不認識。』

譚勉跟龔月不算太熟，當然不會說太多。欒念跟他講過龔月每個星期都帶學生去，八成是有了壓力，找個人搪塞，並沒往心裡去。也沒打算問欒念。

「幫忙上酒，女朋友。」欒念將調酒師調好的酒推給她，尚之桃聽到這三個字心裡十分怪異，又說不清什麼感覺，就看著他。

欒念頭都沒抬，說了一句：「不是要一起冒險嗎？」

龔月他們在酒吧裡搞讀書會，尚之桃坐在一邊認真的聽。心裡卻想著欒念所說的「冒險」。

欒念也坐在她身邊，問她：「好玩嗎？」

「什麼？」

「讀書會。」

「挺好玩。」尚之桃喜歡這樣的氣氛，大家彼此交流一本書和讀它的體悟，讓人不再是孤島。

「參加過？」欒念問她。

「參加過。跟……」尚之桃想說跟孫遠翥一起，想起去年欒念在電話裡拒絕她，說妳跟妳那個曖昧不清的男室友合租，她不想讓孫遠翥遭到這種非議，哪怕此刻他並不在。於是說：「跟一群朋友一起。」

她有一點恐懼，因為萬鈞在確定關係前讓她丟掉盧克，辛照洲讓她跟他去深圳，所以在她心裡，戀愛也代表著一定情況下的條件交換，要有所犧牲的。

欒念見她含糊其辭，就問她：「妳要不要搬來跟我一起住？」

「什麼？」

欒念又一次嚇到了她，如果是從前，比如第一年、第二年，他這樣問她，她一定很開心的答應。但現在，她會問：「什麼？」

什麼，代表拒絕。

欒念不再講話。過了一下站起身：「走吧，不早了。」

「好。」

兩個人還是去吃魚，老闆看到尚之桃就笑了：「好久沒來了啊。」

「嗯！有點忙。」

話音剛落，想起盧克上次在這裡抓魚，忙回過頭去找，晚了，盧克又下水了。

尚之桃這一次鎮定了一點，在岸邊喊盧克：「你給我上來，我不打你。」

盧克不聽她的，還特別高興，今天我表現一定很好，所以帶我來游泳，於是更加賣力。

今天魚莊裡人多，大家紛紛跑到池塘邊看那隻好看的薩摩耶抓魚，薩摩耶可真厲害呀，轉眼就抓了四條大魚。尚之桃抓不到盧克，氣得直跺腳：「你給我等著！」又對欒念怒目相對：「你想想辦法！」

欒念看夠了熱鬧，這才將手指放到唇邊，吹了一個響哨，盧克聽到就往回游，跳上岸，抖抖毛，坐下看著欒念。尚之桃突然有點難堪，自己養了幾年的狗，竟然聽欒念的話。

「看到了嗎？狗，也是需要訓的。妳天天管牠吃東西，該教的一樣沒教，跟妳在一起能學到什麼？」欒念這話有點故意氣人的意思，尚之桃氣得瞪他好幾眼，他卻像沒看到一樣。

尚之桃找店主要了一塊大浴巾幫盧克擦身體，一邊擦一邊低聲訓牠：「你嫌貧愛富是吧？誰給你肉吃你跟誰好是吧？那我還天天遛你養你呢！你怎麼這麼沒良心？」

盧克不服氣，自然要頂嘴。牠頂嘴，尚之桃更生氣，一人一狗吵起來了。

欒念站在一邊看她訓狗，心想尚之桃的腦子大概永遠這樣了。跟一隻狗吵得這麼熱鬧，都不如他拿兩塊肉訓一次管用。

剛剛修復的關係，都不敢太過用力。生怕哪一下不對了，再回到原點。欒念把尚之桃送回家，在她下車的時候問她：「家裡有人嗎？」

「沒有。」

「我上去坐坐？」欒念主動提議上去坐坐，尚之桃有點意外，下意識問他：「為什麼？」

「？」

「我跟室友們約定，都不許帶陌生人回家。」

「我沒記錯的話，昨天晚上我們很親密。」

尚之桃臉微微紅了，下了車牽下盧克，對欒念說：「不早了，晚安。」

日子就這樣波瀾不驚的過，期間尚之桃去了兩次西北，在那個小縣城租了一間房子。

Lumi滿腦子都是睡了Will，但Will再沒給過她機會。該看她不順眼還是不順眼，該訓她還是訓她。到了夏天的時候，尚之桃的派駐終於即將生效，她非常開心，傳了一個地址給孫遠翥，問他：『距離你多遠？』

孫遠翥到了中午才回：『抱歉，剛剛在做測試。離我不到三十公里。怎麼了？』

尚之桃特別開心，將電話打過去，電話接通就是她雀躍的聲音：「孫遠翥，我申請了一個S＋專案的派駐，剛剛傳給你的是我租的房子！」

『真的嗎？』孫遠翥顯然很開心：『派駐多久？妳什麼時候到？』

「半個月以後我就到！」

『那我要請假當妳兩天的導遊，帶妳去玩好不好！』

「好。」

尚之桃掛斷電話，Lumi 湊了過來，問她：「見遠翥兄這麼開心？」

「好朋友嘛。」

「不考慮讓妳的好朋友轉正？」

尚之桃忙搖頭：「別瞎說。」

Lumi 笑了兩聲，然後對她說：「知道嗎，聽說你們企劃部新來一個女生，二十二歲，哥倫比亞大學畢業，說是讀書期間就得了大獎，而且帶資進組，公司高薪聘請來的。」

「哇，二十二歲。那職級給得很高吧？」

「跟妳同個職級。」Lumi 拍拍她肩膀：「姐妹，企劃部的生存環境太差了，競爭特別激烈，要不然妳回市場部得了！」

「你們 Will 不知道為什麼，也很討厭我。我也不回市場部。」兩個人嘻嘻哈哈就過了。

Lumi 跟尚之桃八卦的第二天，那個女孩就來了。二十二歲的女生，穿著一件高級訂製連身裙，氣質幹練簡約，又長得好看，站在那自然就成了一幅畫。Tracy 將她帶進欒念辦公室，尚之桃看到欒念站起身來迎接她，他們手握在一起，那女生微微紅了臉。

Lumi 傳訊息給尚之桃：『Flora，妳知道我剛剛聞到什麼味道了嗎？』

『什麼味道？』

『男才女貌，天造地設，奸情的味道。』

『胡說八道。差了好多歲呢！』

『妳確定嗎？小女生會嫌棄 Luke 這樣的男人年紀大？小女生會撲上去，然後帶給身邊的人炫耀。男人是不是有魅力，跟年齡關係不大。年齡影響的是時長、硬度、耐力，但這些東西，可以被技巧和虛榮補齊。妳太天真了。』Lumi 又開始胡說八道。

『確定年齡影響時長、硬度？』尚之桃問她。

Lumi 傳來一個思考的表情：『我也沒睡過歲數太大的人，Will 這種三十多歲的妳等我睡完告訴妳。』

尚之桃忍不住在工位上笑了出來，心想我可以告訴妳，目前判斷沒有影響，也或者人家二十多歲更勇猛，她沒體驗到而已。

Lumi如今算是中毒了，每天都在思考怎麼樣能睡到Will。她們兩個每天早上問好的第一句話就是：Lumi今天能睡到Will嗎？

睡前說晚安的時候，最後一句肯定是：Lumi今天沒睡到Will，明天還得努力啊！

尚之桃沒有再講話，卻也在裝水時看了欒念的辦公室一眼。他們不知道在講什麼，辦公室裡的三個人都笑了。

女生名叫宋鶯，英文名Yilia，跟她本人很相配的名字。欒念親自帶她出來認識企劃部同事，尚之桃聽到欒念對人介紹：「這是Yilia，少年天才，來幫我們搞定幾個很難的項目。」欒念從沒說過請誰來幫我們搞定很難的項目，在他眼中沒有很難的項目，只有很笨的人。也從沒有人在剛進公司就有欒念親自帶人的待遇，所以大家在看Yilia的時候，就有一些虛假的友好。來自權威施壓的友好。到了尚之桃這裡，也是那幾句。

「Yilia就坐Flora旁邊，Flora過段時間去西北派駐。趁她還沒走，多跟她熟悉工作。公司的所有流程她最熟。」

「Hello，Flora。」宋鶯朝尚之桃伸出手：「請多關照。」

尚之桃從來沒握過那麼軟的手，有那雙手的主人一定被上天憐愛，什麼苦都捨不得讓她吃。

「Yilia，我要向妳多多學習。」

「教學相長。」Yilia這樣說，不卑不亢。

尚之桃突然想起自己剛入職那天，像一隻驚弓之鳥，生怕自己因為出錯被幹掉，一顆心誠惶誠恐。沒有 Yilia 這樣的自信姿態。

五年就這樣過去了。

她坐下的時候想。

Yilia 也不像 Kitty，她履歷比 Kitty 漂亮，性格卻十分好，快下班的時候就已經跟同事們打成了一片，除了一直埋頭研究專案資料的尚之桃。尚之桃陪 Grace 吸奶時，Grace 說：「Yilia 像小太陽一樣。Luke 應該很滿意，她的入職導師是 Luke。」

「有才華真好。」尚之桃由衷讚美她。但那時她只是這樣說，她無法想像一個真正有才華的人是什麼樣子的。是在她遠行的前一天，在會議室裡，Yilia 拿出一個客戶的設計稿。全手繪，精美絕倫。

「我獲取了很多資訊，但不知道自己理解的對不對。根據客戶的調性，我希望他們的平面廣告以這種風格出現。」她從地上拿起一疊畫紙，展示給大家：「我要講的故事是在天邊住著一個種花人，她的花，十年只開一輪，這十年，她需要一直守在那裡，等花開。這是這個鮮花客戶想體現的匠心精神。」

「花開後，百子求花，種花人放眼人世間的男女，將十朵絕美的花送給他們，寓意花贈有緣人……」

Yilia 認真地講，尚之桃覺得她真的耀眼。她的手中是她的親筆畫，將神話與花、人與愛融入在一起，她的陳述連貫而有邏輯，每一句都契合客戶的需求、基調，她是真正會講故事的人。

這麼年輕的女生，這麼閃閃發光的人。

尚之桃看到欒念笑了。

他幾乎從不在會議上微笑，今天卻笑了。看向 Yilia 的眼神裡有炯炯的光。

大家都在稱讚 Yilia，覺得這女生真的厲害。Grace 看著尚之桃對她說：「好在她明年不跟妳競爭專家。公司的要求必須入職五年以上，否則很難說妳們誰會勝出。」

「她很厲害。」

是尚之桃永遠沒有辦法擁有的厲害。有的人從出生起就具備這樣的能力，有的人即便後天再努力，也還是相差甚遠。

散會的時候尚之桃看到 Yilia 走到欒念面前，認真問他：「Luke，這版創意應該怎麼調？我想你給我一些意見。」

欒念拿過她的畫看了看，對她說：「我沒意見，交給客戶和市場校驗。」

「謝謝你前幾天指導我，讓我茅塞頓開。」Yilia 真誠對他道謝。

教與學，施與受，時間轉了一圈，好像回到原地。只是這次的人不一樣了，她漂亮、聰明、才華橫溢，又冷靜謙卑，那麼耀眼。是欒念非常欣賞的那種下屬、學生。

晚上尚之桃收拾東西的時候，看到 Yilia 和另一個同事還在欒念的辦公室裡，他們相談甚歡，欒念是真心喜歡工作的，尚之桃知道。他喜歡跟聰明人一起工作，那會令他愉快。他終於在工作中察覺到了愉快。

尚之桃也替他開心。

她上了地鐵接到他的電話：『怎麼不等我？』

「我回家收拾行李啊。」

『說好的事妳臨時改主意？』

他們原本說好今天下班後欒念陪尚之桃收拾行李，明天送她去機場。

「我看你還在工作，時間又不早了。」

『妳直接說，妳怎麼了？』欒念有一點生氣，他不懂為什麼尚之桃會臨時改主意。他生氣，語氣就不會很好。

「時間太晚了，我要回去收拾行李。」

『下午的飛機妳急什麼？』

「我改了早上的航班。」

『為什麼？』

「我想早點去。」

『早點去幹什麼？有妳急著見的人嗎？』欒念掛斷電話。他討厭尚之桃沒來由的鬧彆扭，也討厭她在臨行前不跟他好好告別的態度。

尚之桃在地鐵上紅了眼睛，但她吸吸鼻子。低頭傳訊息給欒念：『我訂了家用電器，今天那邊打給我協調送貨上門時間，提前到明天下午。』

儘管她很生氣，還是想跟欒念解釋一下。

欒念到家才看到她的訊息，又開車出了門。深夜不塞車，二十分鐘到她社區門口，問她：『收拾完了？』

『收拾完了。』

『下來。』

『好。』

尚之桃下樓，看到欒念靠在車上吸菸，她把菸拿過來掐滅，丟到垃圾桶裡。看到他表情不好，就站在他對面，手環在他腰間，抱住他。

是在討好了，示弱了。

見欒念沒有動作，就拉過他的手環在自己腰上，踮起腳親他下顎，碰不到嘴唇。欒念終於笑了：「小矮子。」

「我一百七十一點五。」尚之桃不服。對零點五公分錙銖必較。

「妳一百七十二，四捨五入。」欒念揉揉她的頭，打開車後門，拿出一個已經拆了包裝的雙肩包：「換個包吧。」

「……哦。你為什麼拆包裝了？」

「不然放在妳家裡落灰？」欒念讓她背著為她調背帶，雲淡風輕地問她：「尚之桃，妳是不是把我送妳的包都賣了？」

尚之桃忙擺手：「沒有！」

欒念看她一眼：「上去吧，尚女士。祝妳西北之行順利。」

「那我祝你，工作開心，生活愉快。」

「妳還是祝我少生氣吧！」

尚之桃不知道別人臨行前是什麼樣的。她終於還是帶著行李去了欒念家。路上的時候她問他：「你會來看我嗎？」

「妳自己選擇去西北。」欒念的意思是妳在選擇的時候為什麼沒想到會離開我？

「那我回來看你。」

「我不一定在。」

尚之桃終於明白了，欒念還是在鬧彆扭。他就是這樣的人，小肚雞腸，睚眥必報，如果他生氣，可能要過很久才能哄好。

那天晚上尚之桃很緊迫，欒念將她手按在身側死死禁錮她：「怎麼這麼急 Flora？」就是不肯成全她。

尚之桃手動不得，又急，身體裡空洞洞的，突然對欒念的傲慢姿態生了氣。安靜下來，過幾秒對他說：「麻煩你放開我。」

「我不想做了。」

都不知道彼此在彆扭什麼。尚之桃計較他對 Yilia 的特殊照顧，欒念計較她刻不容緩想去西北。又都覺得這種念頭是上不了檯面的可笑。

兩個人都不講話，欒念去了洗手間，出來的時候尚之桃已經去了客房。

各自躺在床上生氣，到了後半夜，尚之桃從身後抱住欒念，手探進他T恤。孫雨經常說她沒出息，說尚之桃妳能不能忍一忍？不要每次吵架都低頭？憑什麼每次都是妳哄他？

尚之桃對孫雨說：「不是啦，我沒覺得我在低頭。我只是在好好跟他溝通。」

「他好好跟妳溝通了嗎？」

「他好很多了。」

尚之桃想，很多事不能橫向比較。不能拿欒念跟別的男人比，別的男人把女朋友捧在手心，一句重話都不說；要是這樣比，欒念這個人真的不能要了。要縱向比，拿現在的他跟從前的他比，那不是好很多了嗎？

手探進他T恤內，指尖下是他緊繃起來的身體。欒念轉過身來，尚之桃的頭髮落在他臉上，扎得他心裡酥麻。那酥麻一直從脖頸向下，一把火燒得人沒有辦法，只能坐起身來將她的頭髮按在腦後，手猛地用力，將她帶了進去。

臨了的時候欒念手捏著她的臉，對她說：「想我就回來。」

「或者我去看妳。」

# 第二十六章 千里迢迢

尚之桃是在第二天一早出發的，臨行時才發現，她本質上並不喜歡送別。她討厭在人來人往的地方相擁或者哭泣，就這樣輕輕鬆鬆的走，多好。

孫雨問她，為什麼要在剛剛開始戀愛的時候選擇去他鄉派駐，那對他們的感情並不好。尚之桃對孫雨說：「愛情並不是全部。」

有現實的問題在困擾她。年齡、事業，以及如何在這個城市扎根。她並不想到三十歲還在漂著。儘管她渴望愛情，卻也在現實中掙扎。

「妳可以依靠他。如果你們相愛的話，這些問題都會迎刃而解。」孫雨對她說。

尚之桃看著她：「妳知道嗎？我從來沒有一天覺得我們真正相愛過。即便我們現在以戀愛的名義在一起。但那並不真實。」

尚之桃並不想依靠欒念，她知道不平等的愛情會催生無數的問題，一方看起來永遠像在施捨，在她的想像中，或許有一天她可以跟欒念平等的相愛。比如她成為真正優秀的人，比如她成為專家，買一間自己的小房子，並不完全依附於他。她知道這都是她的執念、妄念，她無非是尋求一種心理上的平等而已。

只要我不依靠他，我養活自己，吃每一口喜歡的東西、穿每一件好看的東西、去的每一場精彩的旅行都是依靠自己的努力實現的。我就還是我自己。

飛機起飛時，她向下看這座城市。心裡是想著欒念的，可她卻在愛情中變成了一個悲觀主義者。有一天晚上她做夢，夢到欒念結婚了。站在他身邊的女生美得耀眼，那不是她。夢裡的失落醒來後在身體裡久久沒有離去。

落地的時候接到孫遠翥的電話：『我在出口等妳。』

「好啊！」

尚之桃掛斷電話看到欒念的訊息傳來：『妳到了？』

『是。』

『注意安全。』

孫遠翥變得更加清瘦。尚之桃好像從來沒見過一個人那麼瘦，甚至他的臉，瘦出了刀鋒一樣的線條。好像走了很遠的路，吹了很久狂妄的風，走過很多無人的曠野。只是目光還是那麼溫柔。

「是不是太久沒見妳忘記我的樣子了？」孫遠翥笑著問她。

她點頭又搖頭，將行李遞給他，偷偷打量他的神色。

「妳被我嚇到了嗎？」孫遠翥又問她。

「沒有。」

兩個人一起向外走，孫遠翥的公司為他配了一輛ＳＵＶ，可以裝很多東西的那種。將尚之桃的行李放好，他才問她：「要不要先去吃一碗拉麵？」

「那是當然。我在飛機上沒有吃東西，就盼著這口拉麵，上次來租房子的時候，我整整吃了三天。但是真奇怪，我沒吃膩。」尚之桃一邊繫安全帶一邊說她對拉麵無盡的喜愛。

孫遠翥笑著聽，對她說：「縣城不大，好吃的拉麵卻到處都是。今天帶妳去我經常吃的那家，小菜也好吃，還有妳愛喝的醪糟牛奶。」

「好啊！」

「從機場到妳住的地方，也算一趟長途之旅了。」孫遠翥指了指：「好在這裡空曠，人少車少，這一路開過來不會用太久時間。」

「再來點音樂？」

「我覺得可以。」

兩個人放了歌出發，尚之桃看著高速公路兩邊的風景，深刻覺得大自然鬼斧神工。她指著遠處的山脊對孫遠翥說：「孫遠翥，我看到一條龍脊。」她開始對這裡有了想像。

「突然覺得我們公司的專家團給這個地方的文旅產業帶的策劃不夠精彩。」

「原因？」

「就是覺得欠缺一點底蘊。國人喜歡龍，神化龍，是因為龍象徵一種精神。我們的創意應該契合這種精神，把目光從大山大河上移開，看看這裡數千年來扎根的祖祖輩輩。風景有雕刻，文化有傳承，這才對。」尚之桃有點興奮：「對，我知道還缺什麼了！」

孫遠翥認真聽她講話，深入思考，然後才開口：「我認同妳說的。尚之桃同學真的很棒。今天下午我可以帶妳去看看，我們做測試的時候會途經很多小村子。」

「吃完拉麵就去！」

「不是要等送家電？」

「哦對，收完再去。」

孫遠翥帶尚之桃去吃一家很破舊的拉麵館，剛進門就聞到油潑辣子的香氣。尚之桃的味覺甦醒了。她要了一份大碗毛細麵，孫遠翥要了一份小份韭葉，還有一份小涼菜，以及羊肉串。

「妳聽。」孫遠翥偏著頭示意尚之桃去聽，拉麵在面板上摔出的啪啪聲響：「我最喜歡這種聲音。有特別的韻律。前幾天龍震天打電話給我，說很想念國內的飯菜香。我寄了真空烤肉給他。」

尚之桃咯咯笑了：「我懷疑龍震天故意賣慘，那天打電話給我，也是這麼說的，然後我寄了南京鹹水鴨北京烤鴨，山東大煎餅還有老乾媽給他。」

「能不能通關也要看他命。」兩個人相視一笑。

尚之桃發現孫遠翥吃得很少很少，小碗拉麵，他只吃了三口就停下了。看到尚之桃在看他，就對她解釋：「我吃過了。」

「哦。可我們見面快三個小時了，還沒消化嗎？」尚之桃不解。

「還沒。早上吃太多了。」

「這家拉麵比我吃的那家還要好吃，我以後要經常吃。謝謝孫遠翥請我吃飯。」尚之桃對他說。

「如果喜歡，我會經常來請妳。」

「那我就不客氣了。」

孫遠翥帶給尚之桃一種安穩感。他像一個不可或缺的親人或老朋友，總是在尚之桃身處困境的時候幫助她。尚之桃甚至覺得她這一輩子大概都不會再遇到他這樣的人了。

公司為派駐員工提供租房和生活補助，待遇不錯。尚之桃租了一間相對好的房子，也買了配套家電。她覺得既然要待十四個月，那這十四個月一定要像過日子一樣，不僅好好過，還要過好。

尚之桃漸漸明白生活的意義。

生活不是過給任何人看，是給自己。

她跟欒念說她的收穫，欒念問她：『那妳高興了嗎？』

『高興了。』

『我不高興。妳的傻狗昨天咬了我的鞋。』

『那會不會是你出門的時候沒有把鞋收好呢？』

『妳說的是人話？』

尚之桃有點心虛。她並沒有因為咬東西這件事管教過盧克，家裡的三個人走的時候都會將東西收好。

『還咬別的東西了嗎？』

『沙發算嗎？』

『你客廳那套？』尚之桃嚇得坐了起來。

『不然？』

『我的媽。』

欒念客廳有一張天價沙發，他挑剔，裝修的時候買的都是天價的傢俱。尚之桃聽到盧克咬壞了沙發，沒來由心疼：『要不然你幫牠買個嘴套戴上吧？這樣牠就沒辦法咬東西了。』

『妳怎麼不戴嘴套？』欒念嗆她一句，收起手機。真逗，還他媽想讓盧克戴嘴套。看了盧克一眼，對牠說：「這下知道誰對你好了吧？你主人要讓你戴嘴套。」

他剛剛遛完盧克，正在幫盧克做早餐，煎兩顆雞蛋，還有他去超市買的鮭魚，親自做成鮭魚鬆，加四分之一顆蘋果，半盆狗糧。幾乎每天的搭配都不一樣，盧克很喜歡。因為要幫盧克做早餐和遛牠，每天至少早起半個小時。

盧克跟 Luke 的感情就是在這一餐一飯中培養起來的。盧克特別聽 Luke 的話，Luke 也懂盧克每一個表情。

有時 Luke 捏著盧克的耳朵跟牠講話：「你主人沒長心吧？」

盧克歪著腦袋，過了半天反應過來了，汪了一聲。

「還不能說了？」欒念敲牠腦袋。

今天就是，捏著盧克狗臉數落牠和牠主人，盧克因為剛吃了欒念的飯，吃人嘴短，就不還嘴，聽他嘮叨。

尚之桃打了個噴嚏，一邊等行李一邊對欒念說：『你好像在罵我。』

『？』

『我打噴嚏了。』

『可能是盧克在心裡罵妳。』

尚之桃抹了把鼻子，笑了。相處久了就察覺出欒念的幼稚，此地無銀的本領很強，睜著眼說瞎話。

『哦。那你打噴嚏了嗎？』

『？』

『因為我在想你啊。』

『知道了。』

『沒了？』

『沒了。』

尚之桃覺得想從欒念嘴裡聽到一句好聽話太難了，就哄他：『你也說嘛。』

『說什麼？』

『說你想我。』

欒念傳來一個半死不活的貼圖。

不喜歡講甜言蜜語，有什麼可講的？聽起來膩膩歪歪，想一個人去見她就好了，說那些有什麼用？於是拿起手機翻看自己的行程，看到三個星期後他有兩天半空餘時間，可以去看她。也可以多待幾天，參加專案啟動會。

就對祕書說：『我傳給你的這幾天時間幫我空出來，不要安排任何工作。』

『好的。』

欒念收拾好出門，看到盧克有點焦慮，在地上不停走來走去，就問牠：「你是不是以為我也要長途旅行？」

「汪！」是！

「我下班早點回來。」欒念覺得自己對盧克真是比對任何人都有耐心，他像個神經病一樣對一隻狗喋喋不休：「你主人是去工作，不是不要你；我也只是出門十個小時而已。你也不用這麼敏感，畢竟你只是一隻狗，吃了睡，睡了吃，不就挺好嗎？你管你那個缺心眼的主人在哪呢！」

哄了半天，盧克才趴在地上，看起來十分可憐。欒念想了想，順手下單了一個監視器。

那幾年科技發達，家用監視器開始廣泛應用，裝一個，你在這邊，牠在那邊，講話的時候牠能聽見。欒念當天晚上就在客廳裝了兩個，可謂三百六十度無死角。

然後把帳號密碼傳給尚之桃。

『什麼？』

『上去看妳的狗。』

『哦。』

尚之桃真的上去了，看到欒念躺在沙發上翻雜誌，盧克在他旁邊玩。那個沙發……被盧克咬得面目全非。

『盧克。』她叫盧克。

盧克坐起來，左看右看沒看到尚之桃。

『盧克。』她又叫：『你為什麼要咬沙發？你咬點便宜的行嗎？』

盧克確定自己沒聽錯，在屋子裡上上下下找了三圈也沒看到尚之桃，突然就很生氣，對著欒念汪汪的叫。欒念對著監視鏡頭說：「妳有病吧？妳逗牠幹什麼？」

尚之桃咯咯笑：『對不起，盧克。我閉嘴。』

欒念在沙發上掉了個頭，給尚之桃一整張臉，姿態閒適，手枕在腦後問尚之桃：「徹底安頓好了？」這麼好看的人配上那張破碎的沙發，怪異的美感。

『明天還要收拾一天。』

「有人幫妳收拾？」

『有。』真的有，當地分公司的同事，明天上門幫尚之桃暖屋，順便幫她裝家電，男男女女三四個人。見欒念不講話就說：『Linda 安排了人來幫我。順便幫我暖屋。說是那邊的習俗，熱鬧熱鬧，晚上不鬧鬼。』

「……」不鬧鬼，怎麼想起來說的？又問：「派車給妳了嗎？」

『安排了一輛車，我可以每天開。但其實也不用，縣城不大，攔車就行，起步價三塊錢，繞縣城一圈十五塊錢。我也可以走路。只是去場地就有一點遠。』

「嗯。」

兩個人這樣聊天感覺有點奇怪，尚之桃能看到欒念，但欒念看不到她。在家裡裝監視器開放給她，等於他放掉了一半隱私。

『你會不會覺得我侵犯你隱私？』

「我有什麼不能讓妳看？」

『比如帶女人回家？』

「我可能會幫盧克帶女伴。」欒念站起身：「妳如果想牠，白天隨時開鏡頭。牠好像覺得妳拋棄牠，所以有一點焦慮。」

尚之桃突然有點心酸，對盧克說：『盧克，沒有哦！我在賺錢呢，賺很多錢，買肉給你吃。』

「沒有妳盧克能吃更多肉。」欒念指出事實。

尚之桃不講話，過了一下，欒念手機響起，他已經回到臥室，躺在床上休息。接起尚之桃的視訊通話，看到螢幕上赫然一張大臉，欒念嚇一跳：「靠！」

『對不起對不起，我沒想到你接這麼快。』

兩個人沒視訊過，都有點不自在。欒念比尚之桃適應得快，就對她說：「給我看看妳新家。」

『那你等一下。』尚之桃將鏡頭調好，帶欒念遠程參觀她在西北的住處。是一間一廳一房的房子，房東買來做婚房，所以裝修還算乾淨。尚之桃沒什麼東西，屋子裡空空蕩蕩，她的那幾個毛絨玩具孤零零擺在那，算是有了一點人氣。

『還好嗎？』她把鏡頭調回來，問欒念。

「挺好。」欒念將手機放在床頭櫃上，側過身體躺著，問她：「我住哪？」

『什麼？』

「我去了住哪？」

『你哪有時間來？如果真的來，可以跟我睡一起。』

「我認床。」言外之意不舒服我睡不習慣。

『……』尚之桃一時語塞，她忘記對面的男人十分挑剔難搞了。

「所以妳現在把地址和床的尺寸給我，床品我自己挑。」

『……你買太貴的我走的時候帶不走，丟了又可惜。你如果來就將就一下可以嗎？』

「不可以。」

尚之桃知道欒念，他說什麼就是什麼，擰不過他，就哦了一聲。拿起手機傳地址和床的尺寸給他，視訊還沒掛，手機對著她鼻孔和雙下巴，欒念「靠」了一聲轉過身去，不想看那張醜臉。等他轉過身來，看到尚之桃身著一件薄如蟬翼吊帶裙。身體隱約可見。

氣氛突然曖昧起來。欒念覺得自己氣血下行，聚在一起，吞嚥的時候甚至有聲音。他問她：「深夜福利嗎？」

尚之桃其實在臉紅，可她做過功課，異地情侶經常這樣做。輕咬下唇問他：『滿意嗎？』

「妳八成是有毛病。」欒念掛了視訊電話，傳訊息給她：『妳給我等著！』

將手機丟到一邊，閉上眼睛就是視訊裡尚之桃飽滿的乳，和紅豔的唇。欒念不喜歡用手，他喜歡人在跟前，真實的，抱在懷裡的，怎麼揉捏都可以的。可他媽尚之桃選擇去西北，欒念分不清自己是生氣還是怨念，過了很久才紓解。

又拿出手機看行程，他覺得他等不到三週後。他得抓緊去看她，順便給她好好上一課。對欒念來說，夜晚難熬，白天能好過一點。

白天忙碌，他不會胡思亂想。

參加市場部週會的時候，看到 Lumi，就想起每天跟她混在一起的尚之桃。

Will 來了之後，市場部的氣氛大變。從前整個部門雖然也幹活，但看起來像一個養老部門，員工們每天晃晃悠悠的。Will 來了後，他們都像經歷了一場軍訓，坐姿站姿都發生了變化。除了 Lumi。

欒念覺得 Lumi 這輩子也就這樣了，不愁吃穿的拆二代，每天研究怎麼哄自己開心。開會的時候，Will 對 Lumi 格外嚴格，甚至還訓了她一頓。Lumi 呢，嘿嘿一笑，竟然過去了。

欒念還記得尚之桃遭遇黑仲介的時候，Lumi 和她那看起來像混道上的男朋友拎著棍子準備砸人家店的情形。這時 Will 批評她，她竟然不生氣？

Lumi 當然不生氣，這可是她每天都惦記睡到手的男人呢，訓就訓嘛，又不會缺二兩肉。

她看看欒念，又看看坐在他旁邊學習的宋鶯，就覺得不對。傳了則訊息給尚之桃：『我跟妳說啊，Yilia 怎麼這麼像倔驢的尾巴？倔驢去哪她去哪，就差跟著倔驢去尿尿了。』

尚之桃回她一串刪節號，問她：『今天 Lumi 睡到 Will 了嗎？』

『沒有？那還不努力？』

又過一天，幾乎從不八卦的 Grace 對她說：『有八卦。』

『怎麼啦 Grace 姐。』

『以後在 Yilia 和 Luke 面前講話都要小心點哦，有同事偶遇他們昨晚一起吃飯。』Grace 講完傳來了照片。大概是出於好心，提醒尚之桃注意避嫌。

是在一家西餐廳裡，欒念和宋鶯對坐，餐廳氣氛很旖旎，宋鶯穿著一件很好看的禮服款連身裙。他們不知道在講什麼，欒念專注的看著她，她在笑。

職場就是這麼奇怪，很可能只是同事之間隨便吃頓便飯，消息就這麼快發酵，謠言迅速產生，一個老闆娘就這樣誕生了。

尚之桃經歷過這幾年，逐漸能看清職場的真真假假，她相信欒念。他只是喜歡跟宋鶯一起工作而已。

尚之桃投身自己的事業，也享受在西北的生活。平常的日子她會極其認真的工作學習，極偶爾，孫遠翥會忙裡偷閒帶她出門玩。

縣城周圍有很多好玩的。

孫遠翥開著車載她去看西北壯闊，繞著縣城，單日兩百公里往返，那都是國家的大好江山。

尚之桃一點都不後悔來到西北，這裡這麼苦，但她懂得苦中作樂。她覺得工作是要經歷這個階段的，逃離風暴，去感受工作真正的魅力。

路過淩美的專案，尚之桃指給孫遠翥：「看到沒？這是我們的專案。我們將在這裡開展一個全新的文旅產業帶，西北人文風光、線上科技應用，如果這個專案做好了，還有可複製性。」說完又拍拍自己的胸脯：「我，尚之桃女士，是這個專案的專案經理。」

孫遠翥被她逗笑了：「這麼厲害嗎？」

「是！」

「那祝妳專案圓滿成功。」

「也祝你的無人車早日上路。」

西北廣袤，孫遠翥開了車窗，他們像置身無人曠野。風讓尚之桃的長髮飛起，這一切令她覺得自由。

「你最近還回北京嗎？」尚之桃問他。

「項目二期明年年初結束，差不多四月我就能回去。」

「真好。」

「妳上次說要換工作？」孫遠翥記得尚之桃在去年時講過要換工作，但現在沒了動靜，而她又來了西北。

「我原來那個老闆，在新公司想挖我過去。我也想過去，可是……他……進去了。」尚之桃想，做市場工作其實風險很大。她從前就知道，儘管謹小慎微，還是被內審查過一次。

「為什麼？」

「說是涉及巨額受賄。具體多少金額不知道，但是現在已經進去了。我去看過他一次，畢竟是我從前的老闆，對我有知遇之恩。」尚之桃說起 Alex 有點感慨唏噓，回憶起第一次在辦公室見他，好像還是昨天的事。

「這樣啊……」孫遠翥點頭：「不換工作也未必是壞事。」

「是。」

兩個人都安靜下來，只有風的聲音。孫遠翥開車的時候很專注，尚之桃看他被風沙烈日吹壞曬壞的側臉，心想他真能耐得住寂寞，在這樣的地方，一待就是好幾年。風沙把人吹得不一樣了，從前清秀的臉現在有了西北的堅毅輪廓。

「阿姨身體好些了嗎？」尚之桃想起無意間聽孫遠翥打過的電話，可他又不常提起家人，她後來就不知道病情發展。

「我媽……去世了。」孫遠翥對她說，語調沒有起伏，像在說一件稀鬆平常的事。

「什麼時候？」

「過年的時候。」

尚之桃沉默很久才輕聲問他：「你為什麼不告訴我們？」

「那時候是你們每年跟家人團聚的時候。我不想讓你們難過。」

尚之桃沒有講話，她記得過年時她傳訊息給他，他還回覆她。突然就有點難過。孫遠翥什麼時候能像別人一樣，把自己的情緒倒出來呢？

「孫遠翥。」

「嗯？」

「妹妹呢？」

「妹妹讀書很好。」

「叔叔呢？」

「我爸也挺好。」

「你呢？」尚之桃其實真正想問的是孫遠翥好不好。

「我也很好。」

沒有人能界定孫遠翥說的「好」是什麼含義，他們在外面遊蕩一天，又吃了晚飯，孫遠翥送尚之桃回去。在她家樓下，兩人分別之際，他突然叫住尚之桃：「桃桃。」

又是這一句桃桃。那天他高燒，燒得迷糊之際也是用這樣的口吻喚她：桃桃。

尚之桃回頭看著他，看到他眼睛下那雙清澈的眼有少見的悲痛：「我其實不好，我很難過。」

尚之桃不敢講話。她不知道該怎麼安慰他，他失去了母親，他非常難過。

她就站在他對面，一動不動。孫遠翥的眼淚流了下來，他摘掉眼鏡去擦眼淚，一個痛哭的無助的男人。像身處孤島，他出不去，別人進不來。

他彎下身將頭靠在她肩上，淚水滲進她衣服，即便是這樣，在這麼痛不欲生的時候，他都沒有伸手擁抱她，因為他記得他還有的修養，還有他們之間不能被汙染的純淨友誼。

尚之桃要心疼死了。

就那樣站著任由他哭泣，期間她的手伸到他後背輕輕的拍：「孫遠翥，沒事了。」怎麼就沒事了呢？她不知道該怎麼安慰他，恨自己嘴笨，恨自己什麼都不懂，她不知道她站在這裡對他來說已經是一種安慰。

對於孫遠翥來講，這已經是少見的光明了。尚之桃和孫雨，都是他的光明。孫遠翥懼怕黑夜。黑夜漫長，他睜著眼，藥物、食療什麼都試過，可是就是沒用。他的大腦不停在轉動，宇宙、量子、建築、詩歌、文明，所有他看過的書、走過的地方、吃過的東西都以奇怪的因素在他大腦中重新排列組合，像是要打破他，重建出一個新的體制；他好不容易熬過黑夜，到了白天，又到了吃飯的時候。他厭倦食物，開始的時候逼迫自己吃，可吃完了就是嘔吐；他失去創造力，從前在他眼中科技是藝術，他想改變世界，可現在，在他眼中科技沒有了生命力。

這些巨大的痛苦啃噬他，將他啃噬殆盡。

「桃桃。」

「孫遠翥。」尚之桃終於忍不住哭了，這是她的朋友，陪她走過漫長時光的朋友，這個朋友需要她的安慰。可她那麼無知，不知道應該怎麼幫助他。她只能任由他在自己面前痛哭。

尚之桃難過極了。他們沒有看到在不遠的地方停著一輛車，車裡的那個人抽了一根又一根菸，等著面前哭得狼狽不堪的男女復原。

欒念覺得眼前的情形有一點滑稽，他坐下午航班來看她，下了飛機自己租車，開了一個半小時才到她家樓下。卻看到她的室友在她肩膀上痛哭。他當然知道尚之桃不會出軌，但他看到她的精神在動搖。她為什麼一定要來西北，好像突然間有了清楚的答案。等待是漫長的，也是無趣的，欒念不知道人世間男女哪來那麼多情緒。

他從前以為尚之桃不願意哭，以為她非常堅強，他甚至想不起她什麼時候在他面前哭過。他第一次見到哭成這樣的尚之桃，卻不是在他面前。

不知道過了多久，好像西北夜晚的風都停了，他們終於平靜。欒念看到瘦削的孫遠翥離開尚之桃，他們相對站了一下，他離開了。

那個晚上改變了很多人。

欒念對尚之桃說讓我們開始一場冒險，然後他們真的冒險了。在他往機場開去的時候，高速公路上昏暗的燈光，只有他這一輛車在疾馳。

尚之桃回到家裡，打了一通電話給孫雨。她在電話裡說：「孫遠翥母親去世了，他很難過。」

孫雨沉默很久，對她說：『我明天就到。』

「我給妳地址。」

『不用。』孫雨對她說：『我去過很多次了。我這輩子只為了他，風雨無阻，千里迢迢，一次又一次。』

孫遠翥和孫雨都沒對尚之桃說起過這個。他們之間有著奇怪的距離，孫雨永遠無法走到孫遠翥身邊，但他們是彼此最親的人。即便這麼親，每次孫雨來，孫遠翥都為她訂好飯店。他們永遠不會談戀愛，只有一晚，孫雨拉著他衣袖請他留下陪她講幾句話。

那個晚上，他們和衣在床上，孫雨拉著他的手，講她的童年、她失敗的戀愛、她的投資人，孫遠翥聽她講，期間她哭了，他幫她拭淚。

她問過他：「我們能不能有光明的未來？我能不能等到我愛你，你愛我，我們一起走過很多歲月的那種未來？」

孫遠翥對她說：「對不起。」

他們永遠不會有未來。

「那妳快來。」尚之桃哭著對孫雨說。不知道為什麼，這一天她特別難過，不僅為孫遠翥，還有一些未知的東西，藏在內心深處的東西，一股腦冒了出來，讓她無處宣洩。

「好。」

其實那時他們都不知道命運究竟把他們推向哪裡，向東或者向西，永遠沒有預告。

第二天孫雨到的時候，尚之桃問她：「妳來過多少次？」

「這是第二十次。」

一個女人，為了她愛的人，千里迢迢來到這裡，不求回報，只為跟他一起吃一頓飯，聊一下天，第二天趕早班飛機走。這個女人的事業變得有起色，大筆大筆資金注入他們公司，用戶數量越來越多，每年的分成也越來越多。才幾年過去，命運就將一個人推向了巔峰。就是這個即將走到巔峰的女人，一次次來到這荒涼的縣城，去看她的心上人。

尚之桃突然更加懂得孫雨。

孫雨不求在孫遠翥身上獲得什麼樣的回報，她只是單純的愛他而已。因為他在漫長歲月中給予她無數的善意。孫雨愛上了一個天使。

「妳去找他。」尚之桃推她。

「妳不去？」

「我不去。我覺得你們應該單獨待一下，明天我去完場地再去找你們。」

孫雨咯咯笑了，她笑聲還是那樣，貴州女生爽朗的笑：「尚之桃，妳真是個傻女孩。我走了，明天我們去吃烤羊腿。」

「好。」

尚之桃目送孫雨離開，覺得心裡空落落的。她打電話給欒念，欒念的電話是關機狀態。於是問他：『你出差了嗎？』

過了兩個多小時欒念才回：『嗯。回來了。』

『去哪了？』

『長沙。』欒念胡亂打了一個地名，然後把手機放下。絕口不提他去看尚之桃的事。他覺得沒什麼好說的，成年人之間還是要體面。

欒念儘管堅硬，卻也知道人都有不願揭給任何人看的傷疤，哪怕那個人可能是他的戀人。

『我在看盧克。盧克好像胖了。』

『嗯，看。』

他進門的時候尚之桃正在跟盧克講話，她遠端訓盧克：『坐下！』

盧克歪著腦袋當聽不懂。

『你回來啦？』尚之桃問他。

他沒講話，徑直上樓沖澡。他不想講話的時候就是這樣，任妳說什麼，他都像沒聽到一樣。尚之桃看出他不開心，就不去打擾他。一直到晚上睡覺的時候才跟他說晚安。

尚之桃這點特別好，不管他們是什麼關係，她從來都沒有掌控欲，也不纏著他講話，一點都不黏人，她自娛自樂，把自己照顧得很好。

『晚安。』欒念回她。

『我能跟你講個睡前電話嗎？』尚之桃又傳來一則。

欒念將電話撥過去，聽到尚之桃那邊翻紙的聲音：『我想請教你，在下週的專案啟動會上，政府官員需要我們解答的幾個問題。』

「什麼問題？」

『文旅專案ＩＰ的問題。政府官員提出目前我們制定的ＩＰ並不鮮明。』

「什麼時候提出的？」

『今天晚上。』

言外之意，政府官員改需求了。

「約一個後天的三方會議吧。我明天中午到。」

『好。』

欒念掛了電話在工作群組裡@ Yilia：『明天跟我一起去西北，客戶改需求了，妳替Grace 參加一下三方會議。』

『收到。』

尚之桃也在群組裡，作為專案經理，她這時一定要講話的：『辛苦 Luke 和 Yilia，銷售同事明天從西安一起過來。會議約的是後天上午，明天到了以後我們先內部溝通。』

『好的，辛苦 Flora。』Yilia 這樣回答。

尚之桃放下手機準備睡覺，她不會質疑欒念的判斷，他欣賞 Yilia，想給她更多機會，這本身沒有什麼問題。尚之桃並不嫉妒 Yilia，她始終欣賞厲害的人。

可 Lumi 對她說：『知道嗎？Yilia 說不定是未來老闆娘。』

『為什麼呢？』

『今天才知道，Yilia 是我們最大客戶中游老闆的女兒。所以 Luke 才說請她來解決大難題。銜著金鑰匙出生，比我還有錢。』

過一下 Lumi 又說：『比我還有錢就算了，比我還要努力。我真的是個廢人了。』

『也跟妳一樣美麗。』尚之桃提醒她 Yilia 的美貌。

『靠。』Lumi 罵了一句：『我看 Will 看她的眼神也不對，可我還沒睡到他呢，他就他媽看別人了。這不行。』

『妳別怕，她是未來老闆娘。輪不到 Will 睡。』尚之桃逗她，然後放下手機。

她遠離公司漩渦，在西北尋求一個安寧之地，並不想為風浪所擾。

第二天上午和西北同事 Shelly 開車去機場接欒念和 Yilia。

欒念看起來有一點疲憊，他上了尚之桃的車，將安全帶繫好，頭靠在椅背上。宋鶯上了 Shelly 的車，Shelly 路過時對尚之桃按喇叭，走了。

「最近沒休息好嗎？」尚之桃遞一瓶水給欒念，欒念伸手接過放在腿上。眼看著窗外。

這並不像戀人相見。

「嗯。」

「路程時間不短，你可以睡一下。我慢點開。」

「好。」

欒念閉上眼睛，尚之桃啟動引擎。她果然開得不快，Shelly 打給她：『Flora，我們先去吃飯的地方點菜。』

「好的，謝謝。」

掛斷電話，察覺到欒念的手放到她腿上，而後微涼的指尖探進她的裙擺，在她細嫩的腿上輕輕的觸。尚之桃一腳油門沒踩穩，車在高速公路上飄了下。

「欒念。」尚之桃紅了臉，嗔怪他：「危險。」

「尚之桃。」

「嗯？」

「車震嗎？」欒念這麼問她，好像是在逗她。

「……欒念，你先把手拿開，真的危險。」

「那妳為什麼不找地方停車？」

尚之桃打了一下方向盤，將車駛進服務區。欒念的手還在那裡興風作浪。她停好車，握住他的手：「別。我不自在。」欒念身體探過來，張口咬住她耳垂，濕熱的呼吸鑽進她耳朵，尚之桃偏過頭想躲開他，卻被他吻住嘴唇。

尚之桃心裡湧起不可言說的委屈，雙手捧著他的臉，熱烈回吻他。

「欒念，我好想你。」她眼睛濕漉漉的，像是快要哭了：「我昨天晚上夢到你，前天晚上也夢到你。」

欒念不講話，只是吻她，手從她的裙擺探向深處，聽到尚之桃急急的喘了一聲。

她從來都不知道自己會這麼急，在空曠的服務區裡，他們的車停在僻靜的地方，欒念的唇始終吻著她脖頸、耳垂，舌絞著她的，尚之桃的注意力沒辦法從他的手移開，微睜開眼，看到欒念的眼睛，他的眼睛裡沒什麼內容，對她說——

「可我一點都不想妳。」

尚之桃的手還握著他的手腕，她的掌心濕漉漉的。聽到欒念講那句話後靜了幾秒，鬆開手。

她覺得恥辱。

尚之桃想不通為什麼，好像他們永遠沒辦法親近。剛剛的氣氛那麼好，她心裡暖洋洋的，想擁抱他，跟他講很多很多話，可他一句話就把一切破壞了。

欒念扯了紙巾擦手，又下車走很遠，走到草地前面，擰開瓶蓋，倒水洗手。尚之桃看著他，突然覺得這趟冒險之旅真的不怎麼樣。

欒念從來沒有懷疑過尚之桃愛他，但他介意她動搖。他從來不是完美的男人，在這段感情裡，他有著極強的占有欲。

他坐回車上，車內有詭異的安靜，靜到兩個人聽到彼此的心跳聲。

尚之桃並不想吵架，就這麼坐了幾分鐘，讓自己將那股難過的情緒驅散，而後清了清喉嚨，對他說：「我們走吧？」

欒念「嗯」了一聲，眼始終落在窗外。

尚之桃提高車速，車在高速公路上疾馳，她再沒多講一句話。他們只比另一輛車晚到十五分鐘，停車的時候欒念說：「西北挺練車技。」

「還行。」尚之桃回了句，迅速下了車，逃離兩個人在一起時那難熬的窒息感。

他們選的地方是當地的一家特色餐廳，駐當地的同事都來了，裡裡外外八九個人。尚之桃作為專案經理，是他們的臨時主管。

大家圍坐一桌，欒念看著大家，幾乎叫不出名字。

尚之桃覺得這個機會很難得，就提議：「Luke 和 Yilia 來這裡不容易，大家自我介紹一下？講講基本情況，還有做過的專案？」是在給大家機會。

尚之桃為人親和，到的這段時間已經跟大家相處得很好：「從 Shelly 開始好嗎？」

西北駐地的同事們大多是西北人，西北人豪放，自我介紹的時候很有趣，女同事潑辣，男同事豪爽，欒念能看出他們都很信服尚之桃。

欒念一直認真在聽大家講話，偶爾問幾句遇到過的業務難點，還問一些公司的福利是否在當地落實的問題。都是大家關心的問題，就都覺得 Luke 值得信服。

尚之桃在大家介紹過後對欒念說：「這邊的政府官員不是很喜歡叫大家英文名。」

「好，中文名我記得了。我記憶力不錯。之桃。」他叫她之桃，看起來很自然，又問她：「這個稱呼妳可以嗎 Flora？」

「好的 Luke。」

兩個人都很冷靜，好像都把車上的事忘了。事實上欒念在車上沒講什麼話，他講一句話就能破壞所有氣氛。但尚之桃習慣了。

她好像永遠沒有那樣的機會：她穿得很美，跟欒念坐在西餐廳裡，她笑著講話，他專注看她。不管出於什麼場景，她都沒有過這樣的時候。她跟他在一起，永遠兵荒馬亂。

聚餐結束，尚之桃帶著欒念和宋鶯去到當地辦公室，尚之桃有一間獨立辦公室，不大，但陽光不錯。她買了幾盆花，這樣避免單調，原木桌椅，乾乾淨淨。

宋鶯環顧四周開口稱讚：「Flora 的辦公室真的是極簡主義。」

「謝謝，預算有限，只能簡單一點。」

安頓好兩個人的座位，尚之桃拿出電腦跟他們對明天的會議日程。政府官員開會很注意節奏和流程，基本不會打亂，同時每一次會議又都很正規，Yilia 沒有跟政府打過交道，其實是特意講給她聽的。

尚之桃並不想因為 Yilia 更有天賦就避免教她，她希望她能快速掌握情況，不做專案的阻礙，也希望她能快速成長。

Yilia 聽進去了，還會提問：「那開口時機呢？主動表達呢？」

「開口時機其實要看情況，但明天我想先多聽聽需求方的看法。在立項階段我希望確保方向的正確，方向錯了，什麼都完了。」尚之桃說出她的打法和策略。

Yilia 點頭：「好的，我明天的主要目的是學習，事實上我也想了解需求方的真正訴求。」

「好的，辛苦 Yilia。」尚之桃又開始介紹明天參與的政府官員的背景、喜好、習慣，主要是跟欒念介紹，欒念幾乎沒怎麼說話，只是安靜的聽尚之桃講。

也是在這一天，欒念發現尚之桃在管理上的特長。她思想很開放，願意分享，不會故意對人設防；積極聽取意見和建議，主動尋求合作，很有目標感；為人親和，容易與團隊打成一片，也因為她一直都有的謙卑感，從而更容易體悟到下屬的內心。她才來西北多久，專案組的人就這麼信服她，這不容易。有的組員長期在當地跟政府打交道，年齡比她大十幾歲，但也願意聽她講話。

尚之桃或許會成為一名優秀的管理者。

在去飯店的路上，宋鶯對欒念說：「在公司的時候接觸不多，今天近一天的時間，發現 Flora 很厲害。」

「哪裡厲害？」

「識人，用人，管理，待人接物面面俱到。讓我覺得舒服。」宋鶯誇尚之桃，百分之八十是出於真心，百分之二十是出於她到了新環境的警惕。宋鶯並不知道誰跟誰有什麼樣的背景，所以很小心。

宋鶯也並非所有人看到的那麼自信，她喜歡競爭，也害怕失敗，渴望被權威認同，也喜歡得到所有人喜歡。每個人都有弱點。

欒念下車的時候對 Shelly 說：「方便把車留下嗎？我晚上想出去逛逛。」

「好的。」

縣城很小，欒念不想給尚之桃惹麻煩，他在深夜十點左右出發，去了她在這個縣城的家。這一次應該沒有孫遠翥了。

尚之桃開門的時候有一點意外，擋在門口，眼睛就那樣看著他。

「怎麼？有人？我不方便進？」欒念手插在褲子口袋裡，他根本沒做什麼，但就是看起來盛氣凌人。

尚之桃側過身體讓他進去，順手關上門。欒念站在門口，看尚之桃拿出一雙全新的拖鞋放在他面前：「買了你喜歡的那種材質。」

「嗯，謝謝。」

尚之桃在西北的家，視訊裡看不覺得有什麼，真正身處這裡才察覺出很小。欒念個子高，坐在沙發上就感覺占了很大地方。

尚之桃在廚房裡為他燒水，頭探出來對他說：「我這裡只有枸杞，我幫你泡枸杞好不好？」

「清水。」

尚之桃鼻子一皺：「枸杞可好喝了。」

「我不喜歡枸杞的味道。」

「哦。」尚之桃喝了口枸杞水，又用另一個杯子為欒念倒熱水。欒念喝了一口，將杯子放到一旁。尚之桃見他低頭看手機也不講話，就問他：「你不開心？」

「能看出來？」

「……嗯。」尚之桃尋求和解，他在車上說不想她，她覺得是假的。欒念這個人，嘴硬得很。尚之桃那種天生的消解壞情緒的能力再一次發揮了作用，笑著問他：「那是為什麼呢？」

「大概是因為我女朋友住的地方太小。我把妳調回去怎麼樣？換個人來。」欒念不喜歡尚之桃在這裡。

「為什麼？」

「西北有什麼好？妳在這裡人生地不熟。」

「我不回去。」尚之桃直接拒絕他，是在欒念面前少有的強硬和堅持。

尚之桃想，每個人都該有自己的位置和價值，她沒有傲人的才華，但她有後天修煉而來的專案管理的能力。她想做這個專案，因為這能證明她的能力。

尚之桃知道，在這個殘酷的社會裡，可能有一些人與人之間的差距永遠無法消弭，但她願意成為自己的風景，發自己的光。她不想拿欒念與任何人的男朋友比，也不想用自己跟任何其他人去比。這個世界上哪裡有完美愛人？不過都要經歷長久的修煉。

儘管旅途冒險，她還是抱以熱忱。哪怕她知道這旅途的盡頭未必是花好月圓，他日想起來她不會後悔。

她坐在欒念對面，是前所未有的堅持。又或者她一直是這麼堅持的，只是她自己並沒有意識到。

「我不知道你為什麼總是讓我回去，我想知道你讓我回去是以男朋友的身分還是老闆的身分？」

「如果是以男朋友的身分，我想對你說我不會回去。我希望你尊重我的選擇，我喜歡這個專案，喜歡這裡。」

「如果是以老闆的身分，我會回去。但我不知道下一次遇到這樣的機會是什麼時候，可能我以後會一直平庸了。你也看到了，我不再有年齡優勢，而新人們……」尚之桃頓了頓：「新人們越來越優秀。」

「屬於我的黃金年齡快要過去了欒念。過了三十歲四十歲我可能也會過得更好，但我們必須要承認，年輕的時候我付出的代價更小。」

「這是我最有可能改變現狀的機會，我不想放棄。」

尚之桃幾乎從沒與欒念這樣推心置腹過。她從前不願袒露她的想法，因為她知道欒念幾乎沒辦法同理她。他可能更理解天才的失落，卻無法理解她的苦惱。

欒念一直沒有講話，那杯熱水從滾燙到常溫，也是耗了時間的。他問尚之桃：「妳在怕什麼？」

「妳說了那麼多，告訴我妳在怕什麼？」

「我沒有在怕什麼。」

欒念突然笑了：「尚之桃，儘管妳不承認，但是妳在自卑。妳尋求另一個人少的賽道，並希望妳能以此獲得成功。這不是自卑是什麼？自信的人會去人多的賽道賽跑，並深信自己不會輸。」

「每一條路都要有人走的不是嗎？」

「是吧？但有的路，就是有人不稀罕走。」欒念看著尚之桃，她的倔強他無比清楚：「妳有妳想定義的成功和人生實踐，我不會干預妳的選擇。妳喜歡這裡，那妳就在這裡待著。我不會強求妳回去。畢竟我也不是沒有事做，我們是兩個獨立的個體，都有權利選擇自己想要的生活。」欒念站起身來：「我今天是不是話太多了，其實我想說的話用三個字就能概括，那就是『隨便妳』。隨便妳，尚之桃。」

欒念想，尚之桃這麼執意待在西北，確實是如她所說，這個專案能讓她看到自己的價值。但西北能讓她覺得有安全感，卻是因為能帶給她安全感的人也在這裡。

欒念看人看事無比透徹。他從前就看出了尚之桃的動搖。但他不屑與她爭執，那沒有意義。

他站起身向外走，尚之桃拉住他的手，對他說：「欒念，你別這樣。你可以聽我把話講完嗎？」尚之桃想跟欒念講講她自己的問題，講講她的惶恐，她急得眼睛有一點紅了。

「講什麼？講妳在深夜跟男人在樓下相擁痛哭嗎？」欒念看著尚之桃：「妳可真行，我把我的家開放給妳，妳卻在深夜跟別的男人單獨相處。妳這個女人挺逗的妳知道嗎？一邊說希望跟我相愛，一邊不斷尋求下一個。妳覺得自己的魅力到了可以跟很多男人周旋的地步了？」

「什麼意思？」尚之桃問他：「你說的相擁痛哭是什麼意思？」

欒念緊抿著嘴不再講話，只是淡淡地看著尚之桃，眼中有他自己都沒察覺過的厭惡。

尚之桃不想把孫遠翥的傷疤揭給欒念看，Grace 傳給她欒念和宋鶯的照片、Lumi 跟她講關於宋鶯的事她都沒有問過。因為她覺得，儘管他們戀愛了，但他們仍要保持人格的獨立。

她拿出手機，翻出那張他跟宋鶯吃飯的照片，輕聲問他：「欒念，我問過你為什麼要跟別的女人一起吃飯嗎？沒有。我問過你為什麼公司裡都是你們的傳言嗎？沒有。你知道為什麼我不問你嗎？因為我相信你。因為我覺得即使我們戀愛了，我們都應該保持獨立的社交圈、舒適圈，這也是你從前教我的不是嗎！怎麼到了今天，我安慰我的一個朋友就要被你扣那麼大的帽子！難道只要我們在一起就要杜絕跟任何異性相處嗎？」

欒念看著那張照片，又看看尚之桃：「妳不問就對了。妳知道妳如果問了答案會是什麼嗎？」

「你現在可以告訴我答案。」

「真話可能很傷人，答案就是我欣賞她，願意跟她一起工作，哪怕下了班一起吃飯，我也不覺得那是浪費時間。」

尚之桃安靜很久，這答案是她從前就知道的。她太了解欒念了，過去五年時間，她無時無刻不在看著他，觀察他，試著讀懂他的心和他的情緒。

「我知道，你對她的欣賞明目張膽，你就是這樣的人，我沒有嫉妒過，真的。我也請你理性看待我和孫遠翥的關係。畢竟在很多人生難熬的節點，在我身邊幫助我的人，大多時候，都是他、孫雨、Lumi，我希望你明白，不管我多愛你，我不會為了你放棄我的朋友。我也不會要求你不跟宋鶯一起共事。」

「這個等價交換條件提得好。希望妳謹記遵守。」欒念轉身出了門。

尚之桃並沒有挽留他。他們明明都只是說真話而已，可真相往往最難令人接受。這令她覺得自己愚蠢至極。

但她還是送欒念到樓下，認真提醒他：「會議是明天早上八點半開始，政府官員上班早。」

「好。」

尚之桃拉住他手腕，輕聲對他說：「欒念，我知道你生氣了。我也是。我也知道我們都該冷靜一下，畢竟我們都沒有做錯。你慢點開車，到飯店後告訴我好嗎？」

欒念徑直下樓，並沒有回頭。驅車回到飯店，看到站在飯店大廳的宋鶯：「怎麼了Yilia？」

「我在看飯店這裡掛著的地圖。」宋鶯研究地圖：「您看這綿延的溝壑像什麼？」

「像龍脊。」不等欒念回答，她自己這樣說：「在這條龍脊上，我們能做什麼樣的文章呢？客戶真正要的文旅底蘊究竟是什麼呢？我覺得我有了答案。」

「期待妳明天的答案，加油。」

欒念回到房間，看到尚之桃的頭貼安安靜靜，她什麼都沒有說。這不是他期待的相見。三天時間裡他兩次來到這個地方，累計近萬公里。他們應該聊點別的，比如這裡什麼好吃，什麼風景好看，又或者就窩在她小小的住處一起待一下。結果他們聊的是什麼？聊的是妳儘管去跟異性接觸，我也是，我們都光明正大，我們應該信任彼此。

這太他媽荒唐了！

『欒念，你怎麼知道孫遠翥哭了？你來了是嗎？』是在將近凌晨兩點的時候，尚之桃傳訊息給他。

欒念沒有回她，看到尚之桃打字很久才傳出幾個字：『我想知道你為什麼來？』

『我想知道妳那天為什麼哭？』

『孫遠翥好像生病了，他親人去世了，他自己情緒不對，他還吃不下東西。我很難過。他是我很好很好的朋友，欒念。我不希望你誤解他，誤解我們。』

『嗯。我知道了。』

『所以你那天來了是嗎？你為什麼要來？』

『因為我突然很想妳。』

# 第二十七章　雙人旅行

凌美向政府展示了一個專業團隊的真正素養。無論是從與會者的穿著抑或是談吐，都令人印象深刻。

尚之桃作為專案負責人，之前已經單獨拜訪過政府的人員，並多次在線上與他們進行溝通。她做事認真負責，給對方留下了很好的印象。所以他們不覺得凌美派出的人資歷不對等，反而覺得凌美安排了最優秀的員工過來。

尚之桃獲得的每一個肯定背後都是她付出的巨大的努力，欒念知道。他在開場發言時這樣說：「今天的三方會議很有意義，因為是合約敲定後的第一個正式會議。尚之桃女士受公司所託來到這裡，進行長期派駐，是我們經過謹慎挑選的。我要認真介紹一下尚之桃，她在業內已經很有名氣，是凌美幾次重要業務變革的專案經理。在之前提交給政府官員的簡介中我們也進行了詳細描述。感謝各位對尚之桃以及凌美的認可。同時，我們今天的會議安排主要是為了進行創意深化，我們想聽各位官員的建議，也說說我們的看法，從而確定後續的行動方案。」

「謝謝欒念先生。」會議主持人說：「那我們開始進入議題。」

今天這個場合，欒念也親自到場，這樣的態度令另外兩方覺得愉悅。

本來應該嚴肅的洽談就變得輕鬆一些，洽談按部就班的進行，直到政府官員說想重新定位這個專案的基調，並重新提出了要求。

尚之桃想開口說她的思考，她關於龍脊人的堅守文化傳承的思考，這思考有大量的史實和理論支撐。她做過很多功課。

欒念卻先開口道：「在接到需求後，我們也進行了二次思考。請宋鶯代表我司講一下。」而後朝宋鶯點頭：「開始吧。」

尚之桃在宋鶯口中聽到龍脊、文化底蘊、西北精神的時候默不作聲。宋鶯沒有剽竊她，因為她們沒有交換過看法。宋鶯與她之間最大的差別是，欒念信任宋鶯，知道她會有很棒的觀點，而不覺得尚之桃有這樣的能力。

或許欒念從來都不覺得她有這樣的能力，哪怕偶爾迸發的靈感都沒有。

政府官員驚訝凌美這麼快就準備了第二套策略，而且這麼棒，用心稱讚：「果然是專業團隊。」在會面結束後，他們回辦公室短暫檢討，欒念迅速安排工作：「回去後 **Yilia** 將新的想法跟團隊同步，並選出兩個人跟妳來這裡用一個星期時間深化創意。**Flora** 配合安排素材收集。但所有的工作必須遵循一個原則，那就是聽從專案經理的工作安排。拍板的創意也要 **Flora** 先確定，然後再進入下一步流程。**Flora** 是這個專案的第一責任人，所有人必須服從管理。」

「好的。」大家都點頭。

「Flora 今天做得很好，完美把控了整個現場。專案交給妳我放心，辛苦了。」

「謝謝。也辛苦 Yilia 的創意支持。謝謝。」尚之桃不知道還該說些什麼，特地感謝了 Yilia。但她覺得有一點累了。

欒念看了她很久，她眼神中有一點落寞，他看到了。

「我要跟 Flora 單獨溝通一下接下來的工作。」同事們點頭出去，辦公室裡只有他們。

「尚之桃。」欒念拉了一把椅子坐到她旁邊，將她的椅子轉到自己對面，兩個人面對面坐著，尚之桃躲閃他的注視，被欒念捏住臉頰轉向他。

「專案經理的職責是對整體專案負責，不是進行創意製作。把專業的事交給專業的人去做，妳認同我的觀點嗎？」

「認同。」

「我看到在政府提到創意的時候妳好像有很多話要說。妳現在可以跟我展示妳的想法。」

尚之桃在思考，現在說是不是合適的時機。

欒念又捏她臉：「說不說？」

「我其實做過思考。」尚之桃終於開口：「但我希望你別誤會，我並不想搶創意同事的風頭。只是單純從為專案負責的角度出發。」

「嗯，我不會誤會。」

尚之桃站起身從辦公桌上拿過一疊資料，是她帶團隊深訪的資料，那麼厚。坐下去跟欒念講：「不得不說 Yilia 很棒，她剛來這裡不到兩天就抓住了核心。我們的結論是一致的。首先，我從這裡的地貌講起。」

尚之桃將他們的準備呈現給欒念看，在最後一頁，是列印出來的新的文化創意，因為政府官員喜歡列印紙版資料。

欒念靜靜地聽，漸漸的眼底就有了笑意。

在尚之桃講完後，他問尚之桃：「為什麼會上不做補充？」

「首先，沒那麼急做定論，展示核心也很好；其次，做創意和文化，公司有更專業的人，後面再聚合資料，沒有問題；最後，我覺得 Yilia 也是需要認可的。」

「那妳為什麼失落？」

「妳以為我覺得妳沒有想法對嗎？」

尚之桃點頭，像被老師訓話的學生。

欒念昨天整夜沒睡，他思緒從來沒有這麼煩亂過。尚之桃昨天講她的突破及困擾他聽進去了。他再一次意識到，其實他對她挺糟糕的。尚之桃就是這樣，慢慢的將他變成另一個他不熟悉的人。

「尚之桃，我希望妳明白，我做的一些決策，百分之八十是對的，百分之二十是錯的。

今天在會上讓 Yilia 說創意，應該是錯誤的決策。因為在這之前，我沒跟妳進行資訊對齊；但妳也有問題，昨天下午我們開會的時候，妳沒將這個資訊同步。想給我驚喜是嗎？」

尚之桃紅了臉，她突然覺得自己還是站得不夠高。

「好的，驚喜我收到了。的確很驚喜。」欒念觸了觸她的唇。

「我們下午的飛機，勞煩安排一輛車送我們去機場吧。」欒念說。

「讓 Shelly 送你們吧。」

「辛苦。」

欒念並沒有特意跟尚之桃告別，只是在走之前淡淡看她一眼。

尚之桃沒有真正跟欒念吵架的經驗，她甚至不知道他們之間算不算吵架，也不知道這到底算不算和好。她並沒有去機場送他，卻在接到 Shelly 的電話說欒念飛機已經起飛的時候突然後悔。

好不容易見一面，卻這樣走了。有什麼可吵的，都那麼久沒見了。

她開了手機看盧克，盧克好像有一點孤單，阿姨遛完牠幫牠做了狗糧，牠甚至沒有像從前一樣站起來，一直趴在那裡。尚之桃很心疼，就叫牠：『盧克。』

盧克嗚了一聲還是不動。尚之桃突然覺得，或許可以把盧克帶到西北來。雖然她在西北艱苦，但至少盧克還有她。她拿出手機查自駕路線，也盤算著租一輛車從北京開到這裡，帶著盧克，讓牠做一隻旅行狗。

直到深夜，尚之桃看到牠突然站起來跑到門前，歪著腦袋認真聽動靜，然後撲到了開門進來的欒念懷裡。

欒念安撫牠很久牠才安靜下來，指著狗盆問牠：「絕食呢？」

盧克汪了一聲，跑去狗盆邊，頭埋進去，看到欒念，食欲回來了。尚之桃甚至聽到牠的嘴在狗盆裡吧唧的聲音，還有口水滴到地上的聲音，終於忍不住制止牠：『你吃慢點！』

「妳怎麼管那麼多？」欒念坐在沙發上，給尚之桃一個後腦勺，但尚之桃知道他這句是對自己說的。小聲嘀咕一句：『這是我的狗。』

欒念回過頭，看著鏡頭：「再說一遍？」

「我……們的狗。」

欒念又轉過身去，繼續給她後腦勺。尚之桃叫他：『欒念。』

「嗯？」

『我九月末回去好嗎？』

「見妳哪個朋友？」

『男朋友。』尚之桃說：『在你去荷蘭前見你一面，好不好？』

欒念每年都會跟朋友們一起去玩一到兩次，從不間斷，這一年定的是荷蘭。

欒念還是不講話，尚之桃等了很久，她討厭他這樣。

『欒念，我下個月回公司述職後想租個車把盧克帶到西北來。就不麻煩你照顧了。不早了，我睡了。』

尚之桃關掉監視器，將手機丟到一邊，她賭欒念會打給她。果然，欒念的電話來了。他問她：「妳什麼意思？」

『我的意思是我要把盧克接到我身邊，這樣你以後時間自由，不用總想著照顧牠，也能輕鬆一點。』

「我現在就把牠丟出去，妳自己回來貼尋狗啟示吧！」

『好。』

尚之桃掛斷電話。欒念打過來，她拒絕。反反覆覆很多次。

她學壞了，她想讓欒念也嘗嘗那種滋味，那種拒絕溝通的滋味。她悄悄打開監視器，看欒念打電話，可她的手機卻沒有響。是他打給別人。他點了擴音，殺人誅心。

尚之桃聽到他說：「出來坐坐？」

『去哪裡坐坐呢？』

「隨便，重要嗎？」

『重要。我穿什麼衣服取決於去哪裡坐坐。』

是赤裸調情了。

「去妳家裡坐坐。地址傳給我。」欒念掛斷電話，對著空氣說：「尚之桃，我現在要去朋友家裡坐坐，我們是普通朋友，今天晚上什麼都不會做；另外，別打電話給我。妳知道的，我不會接。」

『欒念！』尚之桃叫他。

「怎麼了 Flora？有什麼事？接狗嗎？現在？」

『你不許出門！』

「妳憑什麼管我？」

『我是你女朋友！』尚之桃生氣的時候講話聲音會顫抖，這一聲女朋友抖得尤為厲害，欒念突然消了氣。對盧克挑挑眉。盧克歪著腦袋，突然伸出舌頭，好像在說：「爸爸真厲害。」

「妳明天一早飛回來述職。」欒念板著臉對著鏡頭：「現在就買票。」

『哦。』

尚之桃到了家才知道他說的述職是什麼意思，就是兩個人窩在家裡，在工作日。欒念對祕書說他有重要事情，有事三個小時後打電話。

他的重要事情是尚之桃。

兩個人都沒這麼任性過，從來都是尊重工作勝過對方。但因為吵的那一架太傷神，如果不徹底解決就沒辦法工作。

欒念一心一意解決尚之桃，她眼睛裡亮著星，他看得心慌，猛地將她的身體轉過去，不看她眼睛。一隻手去逗她，在她耳邊問她：「對我那天的服務滿意嗎？」

「如果你不說最後那句話的話。」

「今天雙倍補償，也為那句話道歉。對不起，尚之桃。」欒念的汗滴在她背上，移開她的髮，吻落在她側臉。

尚之桃跌入被褥中，她覺得到處都是飽滿的，沒有縫隙的，即將爆炸的。咬住欒念的手指不讓自己叫得太大聲，身體卻顫抖得厲害。像沒經歷過這樣的激烈一樣。

「尚之桃。」

「嗯？」

「下次再不接我電話，我弄死妳。」欒念捏住她的臉：「還有，如果下次再跟別的男人擁抱，我也弄死妳。」

尚之桃捧著他的臉：「如果你再跟別的女人單獨吃飯，我就成全你。」

尚之桃成年後勸朋友的架，總是說床頭吵架床尾和，但她不懂什麼意思。跟欒念床尾和過一次，就盛讚古人的智慧。

兩個人都不提他們吵過那一架的事，尚之桃兢兢業業做她的專案，欒念認認真真管他的公司，期間他飛去西北兩次，陪尚之桃過了兩個週末。他們窩在尚之桃租來的那間小房子裡，吃飯，睡覺，聊天，做愛，欒念深夜來，早班飛機走，無聲無息。

Lumi仍舊會傳來欒念的種種給尚之桃，她覺得她的倔驢好像戀愛了，因為她的倔驢心情看起來不錯；她覺得她的倔驢又失戀了，因為她的倔驢一整天板著臉。尚之桃不在他身邊，但大概知道他的喜怒哀樂因為什麼。Lumi說他不開心那兩次，尚之桃跟他吵架了。嘗試問過一次，欒念說：「怎麼？妳的Lumi導師替妳監視我？」

尚之桃立刻偃旗息鼓，生怕連累Lumi。

儘管她不去公司，但公司裡關於欒念和宋鶯的消息卻源源不斷傳到她耳中，她聽到最過分的是欒念父母回國跟宋鶯父母吃了一頓飯。

尚之桃想，這也太荒唐了。只有她覺得荒唐，其他同事不這麼想，宋鶯再來的時候，專案組的人突然對她尊敬了起來。

尚之桃私下問Shelly：「為什麼感覺妳怕她？」

Shelly想了想：「可能因為她代表Luke。」

尚之桃想勸Shelly謠言止於智者，可她明白他們離北京遠，根本不知道北京的情形，也不了解欒念，有誠惶誠恐的心是正常的。

尚之桃真正意識到宋鶯動真格的是在那一天，她載著她采風回來，在車上，宋鶯突然對她說：「Flora姐。」

語氣就像尚之桃叫Grace一樣，Grace姐，親近、自然。一個「姐」字將她們的年齡差距躍然於紙上。明明白白。

尚之桃側過臉看到宋鶯二十二歲的臉，內心的感受無法言說。輕聲問她：「怎麼啦，Yilia。」

宋鶯的臉微微紅了，她好像有很難啟齒的話。尚之桃默默等著她講話，好像過了很久，她們的車翻過一座山梁，宋鶯才繼續講話：「您跟 Luke 共事時間很長了。我想問問您，Luke 有女朋友嗎？」

尚之桃不知道該怎麼回答她，只能開著車沉默著翻過又一座山梁：「Luke 應該不缺女朋友吧？或者他這樣的人，應該不缺女人。為什麼這麼問？」

宋鶯的臉越發紅：「因為我發現我喜歡上他了。」

尚之桃覺得自己被架到道德制高點上，她不能在一個女孩對她袒露喜歡戀念的心事後什麼都不說。可她又不知道該說什麼，能說什麼。她講了一句她自己都想不到的話，她說：「妳還年輕，喜歡一個人就去試試。」

「真的嗎？」宋鶯顯然很驚喜。

「真的。」

「那我要去追他！您知道 Luke 喜歡什麼嗎？」

「抱歉 Yilia，我並不了解他。」

「沒關係，我會自己發現。」宋鶯看起來很開心，在座椅上換了姿勢，看向車窗外。再過一下，她說：「我知道公司不允許員工談戀愛，如果我追到他，我一定偷偷告訴您。我從入職第一天起就很喜歡 Flora 姐，妳看起來非常溫柔，又陽光，而且……妳的皮膚那麼好。」

尚之桃笑了笑，對她說：「謝謝。但是妳千萬別告訴我妳跟 Luke 的進度，我怕我大嘴巴，沒辦法幫妳保守祕密。」

宋鶯咯咯笑了。

晚上欒念打電話給她的時候，她有幾次想提起宋鶯的事，終究還是住了口。她覺得那樣有一點卑鄙，一個女孩對她袒露喜歡一個人的心事，然後她轉身拿這件事去質問那個被她喜歡的人。這樣看起來非常奇怪，因為一切都還沒發生。

欒念終於發現她失神，問她：『有事？』

「沒有。」

『但妳欲言又止。』

「我剛剛忘了要問你什麼了，但我現在想起來了。我想問你，我國慶假期想出去玩，去東南亞怎麼樣？其他地方簽證來不及了。」

『挺好。還是跟妳的朋友們一起？』欒念問她。

「是。」

尚之桃覺得這樣挺好的，各自的生活節奏都沒有打亂。他們好像都想刻意保持獨立和隱私空間。

九月末她按照公司的派駐要求用公費回了北京。

走的時候是夏天，回來的時候是秋天，機場到欒念家裡那條路開始有三兩片落葉，尚之桃看得出神。

欒念社區的保全開著小車把她送到門口，她輸了密碼鎖的密碼，進到他家。盧克高興壞了，在她面前跳高了十多次，她一個勁拍牠的頭安慰牠，又把牠抱在懷裡：「好啦好啦，我知道你想我。我也很想你啊。我最愛你了。」

欒念在一邊咳了一聲，尚之桃看到他的目光狠狠看過來，就改了口：「我第二愛你。第一愛 Luke。」

反正盧克聽不懂，但 Luke 很滿意。

他一大一小行李箱放在客廳裡，已經收拾好了。

「明天幾點的航班？」尚之桃問他。

「下午兩點。」

「那你上午十點就要走了。」

「差不多。」

吃飯的時候欒念說起社區五公里的地方有一個住宅區開了一家包子鋪，裡面的清真包子真的好吃。

「有多好吃？」

「我能吃五個。」欒念飯量並不大，能讓他吃五個的包子一定很好吃了。

兩個人安心度過一晚，第二天上午尚之桃走的時候，欒念有一點失落，說不清為什麼。他站在門口看尚之桃帶著盧克走，心裡扯了一下。

將行李放上車向外開，剛開出社區，就接到尚之桃電話：『你說的包子是開了一家後門，一樓，綠招牌？』

「是。」

『我看到了，我送回去給你當早餐好不好？你出國就吃不到了。』

欒念心裡暖了一下，好像有一股細微的熱流涓涓流入：「好。我在社區門口等妳。」

『來得及嗎？會不會耽誤你趕飛機？』

「來得及。」欒念這樣說，其實未必了，但他想吃包子。

尚之桃帶著盧克和行李從車上下來，欒念接過盧克的狗繩和她的行李，放在車邊。慢慢將五個包子吃完。

尚之桃拿著紙巾幫他擦嘴角，又遞一瓶水給他。欒念吃完包子，突然問她——

「尚之桃，要不要一起去旅行？」

欒念問她要不要一起旅行，她愣了很久。

「什麼時候？」

「現在。」欒念肯定地說，沒有絲毫戲謔。

「你不是要去荷蘭？」

「可以不去。每年都去國外，好像也沒什麼意思。」

「可我跟朋友約好了。」尚之桃這樣說，聽到欒念「嗯」了一聲，她心裡想，可我想跟欒念一起旅行。她也迅速有了答案。或許她跟欒念本質上是同類人，都是喜歡冒險的人。

「可我們什麼都沒有準備。」

「我們自駕，兩人一狗，說走就走。還有很多時間可以準備。」

這是什麼天大的誘惑呢？尚之桃彷彿看到一次充滿驚喜的冒險之旅。那旅途一定像欒念本人一樣。

「可是我們去哪呢？」

「妳最想去哪？」

「我最想去西藏。」

「那就去。」

「可我還沒請假。」

「我批准了。」欒念講完這句開了後門，讓盧克上了車，自己也坐到駕駛座上，見尚之桃站在那沒動，就將車窗搖下：「不走？」

尚之桃從沒想到他跟欒念的第一次共同旅行就這樣開始了。

車子疾馳在高速公路上，欒念戴著墨鏡開車，像一個硬漢；盧克在後座上咧著嘴笑，為突如其來的旅行而興奮。牠八成也在想，老子也是一條旅行汪了呢！

尚之桃有無法言喻的開心，跟著音樂哼著歌，看窗外風景疾馳而過，就這樣一路奔向西藏。

「我們都沒吃紅景天。」尚之桃突然想起。

「我去過珠峰大本營。」

「如果我們高山症怎麼辦？」她又問。

「氧氣瓶。」

「你會照顧我吧？」

「我會把妳賣給藏民。」

「……」尚之桃低頭看看自己：「人口買賣是犯法的。」

欒念笑了一聲，伸手拍拍她頭。尚之桃的頭髮軟軟蓬鬆的，摸起來很舒服，索性就將手放在她頭上摩挲。

「雖然我很喜歡你摸我頭，但這樣危險。」她把他的手送回方向盤上，微側過身體將頭靠在椅背上看他。欒念戴墨鏡很好看，墨鏡遮住他總是薄情的眼睛，讓那張唇顯得溫柔許多。

「看什麼？」

「就覺得你今天很溫柔。」

「平時我打妳了是吧？」

「……」尚之桃反應一下咯咯笑了：「不是。我的意思是說希望以後你能多一些這樣的溫柔。」

「原來妳喜歡溫柔的男人。」欒念看她一眼，將車開到服務區加油。臨時起意要走，什麼都沒有準備，加油是頭等大事，又買了兩箱水。然後兩個人坐在車裡，欒念拿出手機看第一天住在哪裡，尚之桃也探過身去看，瀏海拂到欒念臉頰，頭擋住手機螢幕。欒念等了半天，她沒有讓開的意思，還問欒念：「怎麼不動？」

欒念嘆了口氣將手機放在腿上，掀開她瀏海在她腦門親了一口：「被妳的腦袋擋住了。」

「哦。」尚之桃有點不好意思，向後移了一點，抬頭看他：「這樣行嗎？」

「嗯。」

他們出來得晚，欒念看了看時間，對尚之桃說：「今天住在石家莊，到了之後我們去採購裝備。」

「我還要補防曬噴霧和防曬霜。」尚之桃補了一句。她皮膚敏感，很怕太陽曬，曬過之後會紅腫：「我也需要一個墨鏡。」

「好。等等我開車的時候，妳列一張需要採購的清單，晚上我們住在商業區，吃口東西就去買。」

「盧克呢？飯店允許住嗎？」

「允許攜帶小型寵物。」欒念回頭看正在傻笑的盧克一眼，牠可不是什麼小型寵物：「到了再溝通盧克的事。」

「哦。」

兩人重新啟程，欒念專心開車，尚之桃安心列購物清單。他們心情好像很久都沒有這麼好過，欒念臉上甚至有不自覺的笑意。梁醫生打來電話，她問欒念：『你是不是快起飛了？』

「我臨時改了行程。」

『為什麼？』

「因為我臨時想去西藏。」

『你放了宋秋寒他們鴿子？』梁醫生有點詫異，她知道欒念喜歡跟他們在一起，每年那一兩次旅行可以讓他心情愉悅。

「他們鴿子不能放？上次宋秋寒放我鴿子自己去尼泊爾。」

『……』梁醫生覺得沒辦法跟欒念辯論，他自己的事情自己做主，又問他：『你自己去嗎？』

欒念看了眼不太自在的尚之桃：「不是。」

『跟Flora？』梁醫生直覺欒念是跟女孩一起去，並且那個女孩就是之前他生病時照顧他的Flora。這個Flora或許也是欒思媛在家人群組裡傳的那個「尚之桃」，再巧一點，這個尚之桃就是跟梁醫生在相親網站上聊天的尚之桃。這種「四合一」的巧合如果真的存在，梁醫生會認為這是天賜良緣。

「……妳記憶力真好。」

她呵呵笑了一聲：『Flora 妳好。』很好，二合一了。

尚之桃沒想到梁醫生會跟她問好，立刻端坐起來，有點緊張：「梁醫生您好。」

梁醫生大笑出聲：『還真有人，我以為欒念又胡說八道。』

「……」欒念和尚之桃對視一眼，他眉頭一挑，嘴一撇：「我騙妳幹什麼。我在開車，晚上到休息的城市回電給妳。」

『別，你們年輕人出去玩打電話給我幹什麼？別打啊，傳訊息報個平安就行。』梁醫生說完，又叫尚之桃：『Flora。』

「我在梁醫生。」

『欒念脾氣不好，性格古怪，謝謝妳包容他。但妳不用委屈自己，他做得不對妳就告訴他。』自己兒子什麼樣梁醫生清楚，欒念跟她相處這麼久，女孩說不定受了很多委屈。她還想說妳可以跟他吵架，跟他作對，但別輕易離開他。我兒子沒跟哪個女人相處這麼久過。但梁醫生沒有講那麼多，她不想讓自己看起來參與過多。這是他們自己的事。

也不知道為什麼，尚之桃聽到梁醫生這幾句話，眼睛有一點紅，心中也很酸，好像突然被人懂得了。為什麼欒念的媽媽這麼溫柔？為什麼這麼溫柔的媽媽有欒念這麼堅硬的兒子？

尚之桃聲音悶悶地「嗯」了聲。

「我脾氣很好，性格也不古怪。再見。」欒念掛斷電話，看著前面的車流，抿著嘴不講話。

尚之桃過了很久才說：「這是我們之間第一次放棄彼此的社交圈、獨立空間一起旅行。我很開心你能提議，我希望這次旅行能很愉快很愉快。如果鬧了不愉快，請你不要把我一個人留在西藏。」

欒念笑了：「妳怎麼這麼會講話？妳參加演講培訓班了？」

「……」

煞風景。

那頭梁醫生掛斷電話，對欒爸爸說：「我們兒子好像真的戀愛了，而且真的很喜歡那個女生。」

「一起旅行就喜歡了？不是跟臧瑤一起玩了十年？」欒爸爸覺得梁醫生過於敏感。

梁醫生瞪他一眼：「都說你們做生意的人只會賺錢。首先，兒子放了宋秋寒他們的鴿子，跟這個女生去旅行；其次，兩個人單獨去。跟臧瑤單獨出去玩過嗎？第三，坦言那女生是他女朋友，之前這麼說過嗎？」

欒爸爸「切」了一聲：「我懂不懂我自己知道，我也知道妳腦子裡已經開始抱孫女了。」

「為什麼是孫女？」

「妳和妳兒子不都喜歡女孩？」欒爸爸冷笑一聲，走了。梁醫生坐在那想了半天，她堅持自己的判斷是對的，畢竟欒念還從來沒這樣認同過哪段感情。

欒念認同尚之桃。

他們總是做獨立的個體，假期獨自旅行，用很少的時間交流和在一起，他們難得一起旅行。這打破了他們慣有的相處模式。

這對欒念來說也是挑戰。但他邀請她的時候是真心的。他在社區外等她送包子來的時候，退了荷蘭行的票、機票、飯店，付了不少手續費。他打電話給宋秋寒他們時，他們問他：『為什麼？』

「因為我想跟一個女人獨自旅行。」陳寬年和譚勉嘲笑他，宋秋寒卻沒有講話。過了幾秒宋秋寒才說：『你沒說過你有一個女人。』

「故事很長，下次見面跟你們講。」

『期待。祝你旅行愉快，我們會傳荷蘭的影片給你的。』宋秋寒這樣說。

欒念的決定，宋秋寒是懂的。他也想像欒念一樣，帶著心愛的女生去旅行。但他可能不會帶她去西藏，他會帶她去呼倫貝爾。他可能此生都沒有這樣的機會了。

欒念一直都是這樣，做決定從來痛快。他邀請尚之桃，並做好了被她拒絕的準備，但他沒給自己留後路。如果尚之桃拒絕他怎麼辦？那就自己帶盧克走好了。

尚之桃並沒有拒絕他。當他看到尚之桃上了車，繫好安全帶的時候，突然覺得他從前對尚之桃言之鑿鑿的那些獨立空間、獨立人格理解的過於片面。她所說的獨立空間和獨立人格，應該是在他們有真正的親密關係後，再給對方留餘地。而不是從一開始就拒絕對方走進自己的生活。

關於明白這一點，他們走了太多彎路。是欒念最開始就將他們帶到了錯誤的方向。他覺得現在修正應該還來得及。

兩個人在石家莊採購了物資，到了晚上，梳洗完畢兩個人躺在床上，才真正開始計畫旅行。

尚之桃枕在欒念的手臂上，看他在手機上標注地點。兩個人在經青海還是經四川這裡討論很久，最終決定途徑太原寧夏青海，他按照每天六百公里計算，最後一段路程每天三百五十公里，到拉薩要用六天時間。

這一路有黃河、青海湖、沱沱河、納木錯，國道 109 線風景無限。只是艱苦。

「怕苦嗎？」欒念問她。

「不怕。」我經歷過更苦的事情，那就是跟你相愛。尚之桃心想。

「可是我可以換手啊。我也會開車。」她坐起身，拍拍自己胸口：「你在西北坐過我的車的，我車開得很好。好開的路段我可以換手。」

欒念把她拉倒：「好的，我知道了。妳躺下說，不用太激動。」

尚之桃又笑了。

「所以我們接下來還是用六天時間開到西藏。」欒念重新計算了一下，如果尚之桃明天換手，那他們可以看更多風景：「進了藏區後車速可以慢下來。」

「好啊。」尚之桃提議：「那我們接下來研究一下每天吃些什麼好嗎？」

「好，妳想吃什麼？」

「然後？」

尚之桃指著那幾個城市：「吃當地特色小吃啊。牛羊肉啊，犛牛肉啊……什麼的。」

「然後我還想拍照！穿藏服！拍照！」她又坐起身，雙手合十：「拍這樣的照片。我還想跟你一起照。」

「免談。」欒念又把她拉倒，他非常討厭旅行的時候拍遊客照，感覺很怪異。風景都在他心裡，想去以後還會再去，拍遊客照做什麼？

「哦。」尚之桃哦了聲，偷偷瞄了欒念一眼，心中盤算著到了拉薩把他趕鴨子上架的機率有多大。

「別想了，沒門。」

「那我就帶著盧克一起照相，我覺得我跟盧克應該是夢幻組合。」

「請便。」欒念不為所動。

「哼！」尚之桃哼了一聲轉過身去，欒念關了燈從身後攬住她，對她說：「旅途愉快，尚之桃。」

尚之桃心裡一軟，轉過身去，在黑暗中觸到他的臉，指尖摸索到他的眉峰，細細地撫。開口與他講話，聲音輕而溫柔，像在講悄悄話：「欒念。」

「嗯？」

「我很開心你能邀請我一起旅行，今天一整天都像在做夢一樣。所以在這一天結束的時候，我想祝我們，我們兩個，不對，還有盧克，我們三個，旅途愉快。」

再向前一點就是他的唇。尚之桃微啟雙唇含住他嘴唇，起初是淺淺的啄，再過一下兩個人的呼吸都重了，在黑暗中咻咻聲響。

欒念推開她：「忘記買保險套了。」

尚之桃將一片圓而薄的東西放到他手中，對他說：「我購物清單上第一個就是它。」

欒念要被尚之桃笑死了，惡狠狠咬她修長脖頸。猛地將她抱到身上，用力頂她一下，尚之桃坐不住，卻被他死死按住，黑暗中他的聲音有一點啞：「不是喜歡在上面？」

所以有時候熱烈是會傳染的。

尚之桃脫掉衣服，肌膚泛起雞皮疙瘩，黏膩的聲音在黑暗裡漫溯到欒念耳中，他閉上眼睛，過了很久，說了一句：「好聽。」

嗯～。

# 第二十八章　他的溫柔

直到旅行的第三天，尚之桃才從那種不真實的感覺中走出來，真真切切體會到他們是在旅行。

欒念充分詮釋了什麼是自駕遊，他的旅行就像他本人一樣，充滿冒險精神，又有一點任性。他喜歡哪就在哪停車，並不在乎會不會到達當天的目的地。他甚至也不停問尚之桃：「停車嗎？」

「下高速公路嗎？」

「去旁邊探險嗎？」

野。每每這個時候，尚之桃都覺得欒念這個人當得上一個「野」字。他這麼野，像一頭野獸，無比放肆，危險又令人著迷。久而久之，就會上癮。他旅行的時候跟工作時的穿著又不一樣，各種戶外服機車服徒步鞋靴輪番上場，真的賞心悅目。

尚之桃揪著他脖子上那條煙灰色羊絨圍巾問他：「所以你跟你的朋友是去旅行還是選美？」

欒念撥開她的手：「審美偏好而已。」說完加了一句：「不過確實討人喜歡。」

「那你們一起旅行會有豔遇嗎？」

欒念停下車，不回答她豔遇的問題，讓她自己揣摩。

他們停在臨夏公路邊的停車區裡，古絲綢之路要塞之地，極目雄渾風光。盧克真的高興壞了。儼然覺得自己就是一隻旅行狗，帶著那年剛剛流行的K9背帶狗繩，跑起來雪白雪白，威風凜凜，每次停車打開門，牠都衝下去視察。欒念跟在牠後面吹口哨，不管牠跑到哪，聽到口哨聲都會回來。欒念雖然慣著盧克吃肉，卻也把牠訓得很好。尚之桃在一旁看得有點呆愣。

她不大能想得通，自己養大的狗為什麼被欒念訓了出來。

欒念的電話響了，他接起，周圍風聲很大，他聽到宋鶯的聲音：『Luke，西北專案的創意案出了一版，可以請您先幫我把把關，然後再給Flora姐看嗎？』

「Flora什麼？」

『Flora姐。』

欒念看了尚之桃一眼，突然想起他們糾纏了幾年，尚之桃不再是二十二歲了。可她好像沒什麼變化，還是當年那樣，站就站得端正筆直，待人真誠，眼神澄澈。

「Yilia，我們公司叫別人英文名字，不興在後面加其他尾稱。聽起來很怪異。」

宋鶯有一點意外，但還是應道：『好的，Luke，我知道啦。』

「好。然後那個案子，妳直接寄給Flora就好。Flora雖然不是做創意出身，但她作為專案管理者會有她的專業判斷，妳可以多向她請教。」

『好的，Luke，那我不打擾你啦。Bye～』

「再見。」

尚之桃想起宋鶯對她說她喜歡欒念的話，並沒有講話。欒念收起手機，對尚之桃打趣道：「妳都成了 Flora 姐了？」又去捏她臉：「我看看哪裡像姐？」

尚之桃任他捏，被他捏得歪了嘴，她含糊道：「不是說男人都喜歡年輕的小女生嗎？你覺得二十二歲的宋鶯怎麼樣？」

欒念還真的認真想了想，二十二歲的宋鶯在他印象中很模糊，他甚至想不起她的具體長相，只覺得這個女人是有才華的，他欣賞她的才華。但二十二歲的尚之桃眼中的乾淨和惶恐他卻記得清清楚楚，還有她在他的目光下經常紅著的臉。

「怎麼不回答我？」尚之桃問他。

「回答妳什麼？要開始比較了嗎？」欒念問她。

「沒有比較！」尚之桃有點著急解釋，欒念卻拿出一顆糖果丟到她口中，對她說：「我跟二十二歲的宋鶯不熟，跟二十二歲的尚之桃卻非常熟悉。」

又加了一句：「裡裡外外都熟悉。」

尚之桃的臉驀地發燙，從他指尖下逃出去，嗔怪他：「說什麼亂七八糟的話！」

「妳為什麼那麼問？」欒念走到她身邊，問她。

「就隨便問。」

「眼前是幾千年文明，在老祖宗的地盤上撒謊可不好，對不起華夏祖先。」欒念難得這麼有耐心，他想探究尚之桃真正的想法。

尚之桃想了很久，問他：「如果二十二歲的宋鶯和二十二歲的尚之桃同時愛慕你，你還會選二十二歲的尚之桃嗎？」

欒念還真的認真思考了，他說：「我想『上』二十二歲的尚之桃，也想被她『上』。對二十二歲的宋鶯，沒想法。所以我還選尚之桃。」

尚之桃反應了一下才說：「果然。」

「果然什麼？」

「我這姓果然更勝一籌。」看了欒念一眼，走了。

欒念說他對宋鶯沒想法，尚之桃是信的。欒念這個人永遠不會說謊，如果他想睡她，他大概會說：「很難比較，我可以深入與她交流一次試試。」

Lumi 傳訊息給她：『妳請長假了？』

『啊……』

『跟朋友去柬埔寨要那麼久？』

『後來又加了泰國新加坡……』

『倔驢給妳假？』

尚之桃抬眼看看 Lumi 的倔驢，又低頭回她：『他可能吃錯藥了，同意了。』

『靠。我也想出去玩。』

『請假啊。』

『但老子還沒睡到 Will，不想浪費時間去玩。』Lumi 之前三天兩頭請假出去玩，現在卻不經常請假了。有一天感冒發燒流著鼻涕來公司，尚之桃都覺得盧大小姐是不是中什麼邪了。她一邊擦鼻涕一邊看 Will 辦公室：「對，老娘中邪了。中那爺們的邪了。」

尚之桃忍不住哈哈大笑，看到欒念眼風掃過來，就閉緊嘴巴。

『加油，祝妳早日睡到 Will。』

尚之桃收起手機，跟欒念上了車。

「妳跟妳導師，每天聊天都聊什麼？」欒念問她。他覺得她們兩個人挺逗，蠢笨二人組，天天跟長在一起一樣。也不知道哪裡來那麼多話。

尚之桃不能說聊今天 Lumi 是否睡到 Will，只能說：「聊工作和理想。」

「聊 Lumi 是不是睡到 Will 了？」欒念戴上墨鏡，嘴角笑一下。尚之桃有點惶恐，看著他。

欒念不是偷看她們聊天，是她們在公司茶水間鬼鬼祟祟，他路過的時候剛巧聽到 Lumi 那句：「什麼時候才能睡到 Will 啊……」

「妳可以奉勸妳導師，她這輩子都睡不到 Will。Will 家境不比她差，但他出身書香世家，他和他的家人都不能接受暴發戶。大概是文人的風骨。」

「……睡一個人要看家境？」尚之桃聽到欒念這麼說並不十分高興：「我爸媽都是普通工人，我不是一樣睡到了家世顯赫的欒念？只要不以結婚為目的，睡一下怎麼了？」

她本來只是替 Lumi 抱不平，但她的例子舉得不好。欒念本來已經準備啟動車子，聽到這句停了下來，偏過頭來看她。尚之桃看不清他墨鏡之下的眼神，但她察覺到了一絲寒意。

「妳集勳章呢？」欒念語氣很平，聽不出什麼異樣。但尚之桃察覺到他胸口裡翻湧的怒氣。

「只要不以結婚為目的想睡誰睡誰？沒有道德約束？那妳跟我說說，妳下一個想睡誰？」

尚之桃反應了半天，才想到欒念的重點錯了。她對他解釋：「我的意思是，以 Lumi 和 Will 這件事來說，雙方有感覺，發生點什麼也不奇怪。」

「只要不以結婚為目的是什麼意思？」

「……我隨口胡說的。」

欒念摘下眼鏡，看著她。尚之桃知道，他要跟她好好辯論了。忙探身上前捂住他嘴：「我剛剛都是胡說八道，我只是希望 Lumi 能早點睡到 Will，雖然 Will 青年才俊，但 Lumi 也很棒，她真的挺喜歡 Will 的，不是心血來潮。」

欒念還是看著她，那句不以結婚為目的睡一下怎麼了真是戳人肺管子，就是讓人莫名生氣。

「Lumi 錯了，Lumi 不該想睡她老闆。你能不跟我們計較嗎？」

欒念啟動車，風景這麼美，他跟尚之桃那不可靠的嘴計較什麼？越向藏區開，風景越美麗，就連盧克都精神起來，牠視覺和嗅覺都很棒，路邊有什麼動靜牠都能看到，看到什麼就汪一聲，嚇得尚之桃一跳一跳。終於忍不住訓牠：「盧克！你怎麼回事！你不要總是一驚一乍好嗎？你看到什麼了就叫！你穩重一點！」

話音剛落就指著前方：「哇！顏色不一樣！快停車！」剛剛嘲笑過盧克的人，這時也忍不住了。他們錯開時段出行，那幾年自駕的人並沒有特別多，這一路遇到的車和人都很少。人孤零零在風景裡，一邊是翡翠綠，一邊是天空藍，鹽殼公路穿梭於兩色湖間一直延伸到天邊。

尚之桃覺得心要飄起來了。他們下了車，欒念開始鼓搗無人機，盧克開始撒歡，尚之桃在後面追牠：「回來！」

欒念吹口哨，盧克跑回來，尚之桃也跟回來，欒念握住尚之桃手腕，兩個人看無人機飛起來，尚之桃伸手打招呼。欒念看她的傻樣子捏了捏她的臉。

「繞路的決定對嗎尚女士？」兩個人就是否要繞路爭論很久，欒念堅持繞路，那時兩色湖還沒被開發，去的人少之又少。欒念堅持要去看稀缺的風景，最終剪刀石頭布，欒念贏了繞路來了這裡。所以妳看，欒念竟然不再一意孤行，開始講求民主。

「對！」尚之桃靠在他肩膀，風將她長髮吹起，欒念低頭親吻她。又去操控無人機。

尚之桃站在他旁邊，風景太醉人了，可她還有一個問題想求是，於是又問他：「欒念，那二十六歲的尚之桃和二十二歲的宋鶯，你會選哪一個？」

無人機落地也有聲音，欒念沒聽清她的問題：「妳說什麼？」

「我說，二十六歲的尚之桃和二十二歲的宋鶯，你會選哪一個？」

欒念突然明白尚之桃在糾結什麼了。

她想的應該是，她的年齡優勢漸漸沒了，從前欒念與她在一起，大概是因為她年輕。因為幾乎所有人都會說男人喜歡年輕的女人。而現在，二十二歲的新人橫空出世，那新人又是世人眼中的絕色、有背景、才華橫溢，還在公司裡跟欒念有各種緋聞。

尚之桃或許在想：早晚有一天，欒念會跟二十二歲的其他人在一起。因為大多數男人都是這樣的。

關於他和宋鶯的那些緋聞，欒念聽說過其中三兩句，他沒往心裡去。

欒念難得了解了尚之桃的真正想法。他自己都沒有意識到，他開始真正同理她了。

「妳自己心裡沒有答案？」他問她：「妳的腦子可以偶爾用一用，畢竟這個答案也不難？」

「不難？」

「那要不然這樣，二十六歲的尚之桃打道回府，讓二十二歲的宋鶯陪我旅行怎麼樣？」

「……」

欒念見尚之桃轉身就走，心想尚女士如今的脾氣真是不小了，嘆了口氣將她拉到懷裡：「去哪？」

「上車啊，風太大了。」

「我以為妳要去換人。」欒念逗她。

「你做夢！」尚之桃笑出聲：「你不會好好講話，但我聽明白了，你說的是當下。當下，你正跟二十六歲的尚之桃一起旅行。你喜歡二十六歲的尚之桃。」

「妳變聰明了。」欒念誇她：「妳終於用腦子了。」欒念把她摟在懷裡：「再看一下風景，盧克還沒跑夠呢。」

盧克聽到這句，開心了，汪了一聲又跑了。欒念衣服裹著尚之桃，只露出她的腦袋，周圍是絕美風景，兩人一狗在天地之間格外渺小。大千世界，精彩萬分，人卻總為凡塵俗世所擾，到頭來不過黃土一抔，滄海一粟。當下開心最好。

「那你可以直接告訴我答案嗎？」尚之桃開始耍無賴，跟欒念學的。她覺得自己好像越來越貪心，她需要欒念表達，直接的表達，是或不是，愛或不愛，她都需要確定的答案。因為確定性，也是一種安全感。

欒念頭放在頸間，講話的時候呼吸拂過她耳朵上細細的幾不可見的絨毛：「選妳。」

尚之桃心花怒放，偏著頭躲他，咯咯笑出聲：「癢。」轉過身去捧著欒念的臉吧唧親了一口：「我也選你。雖然你三十多歲了。」

「？」欒念捏住她的臉：「再說一遍？」

「沒事，大家都會變老。」尚之桃又親他一口，拉他上了車。

尚之桃開始頭疼。欒念見她皺著眉，就嘲笑她：「出息，不到海拔三千公尺就有反應了？」

「你沒反應？」

「我也有，但不嚴重，接近於無。」雖然嘲笑她，卻也很擔心，轉道去了格爾木。

「我們在格爾木休息一天，妳需要適應。」欒念開始喋喋不休：「不做劇烈運動，跑跳快走也不行，不能喝酒，頭疼嚴重嗎？」

尚之桃搖搖頭：「不是特別嚴重。」

「噁心嗎？胸悶嗎？」

「有一點。」

欒念在格爾木找到飯店，辦了入住。進門後就讓尚之桃休息。

「去床上躺著。」欒念掀開被子，讓尚之桃去床上躺著，給她吃了一顆止痛消炎藥。

「那我們後天到不了拉薩了。」尚之桃有點沮喪。

「妳急個屁，拉薩能跑了？」欒念說她：「身體重要。二十天不夠就二十五天，不然妳年假留著幹什麼？」

「你會不會把我丟在西藏？」尚之桃難受的時候就愛胡思亂想，在她頭腦裡，欒念把她丟在拉薩，一個人開車走了。欒念大概能做出這麼缺德的事，畢竟他是欒念。

「妳是不是有病？」欒念彈她腦門，也上了床將她抱在懷裡：「睡一下，起來後我們在格爾木走走。這座城市也不錯。」

「嗯。」尚之桃抓著他胸前衣服，快睡著的時候含糊對他說：「我很愛你你知道嗎？」

「我知道。」

欒念把尚之桃哄睡，打開手機，看到群組裡陳寬年丟出很多影片，他們在羊角村坐船喝咖啡。三個男人，穿著得體，像去拍寫真的模特。陳寬年還氣他：『嘖嘖，沒有時尚大咖欒總，這旅行少了一點意思。好在這裡的女生們一如既往厲害。』

欒念切了一聲，將途中的照片丟出去。

陳寬年又起鬨：『你不會一個人去的吧？連個合影都沒有？』

『你不配。』欒念回他。

群組裡喧嘩起來，欒念笑了一聲，回頭看到尚之桃有點出汗，他把被子往下移，把她手臂抽出來。指尖點她鼻子，小聲訓她：「妳該慶幸是跟我來西藏，換個人就把妳小命丟這了。」

『不報平安？』梁醫生也傳來訊息。

『平安。』

『沒了？照片呢？我想看 Flora 的。』

『沒有。』欒念這樣說，想起無人機拍過，就起來倒騰影片，看到無人機起飛，尚之桃招手那一段，突然覺得尚之桃真耐看，雖然因為距離遠看不清臉，但她站在他身邊，盧克在周圍跑，竟然拼湊成了一幅畫。匯出來簡單剪輯傳給梁醫生：『沒有臉，將就看。』

梁醫生看了半天，問他：『怎麼跟相親網站上的那個尚之桃那麼像？』

『妳還記得網站上的人長相？』

『你媽過目不忘謝謝。』

『是她，謝謝。』

梁醫生突然有點感動，她將影片給欒爸爸看：「你看，這女生看起來可真好。」

「妳見到本人了？」欒爸爸討厭女人太感性，人還沒見到就先評價好不好。

梁醫生急了：「你有病吧？」欒念隨了他爹，那張嘴是真不會講話。梁醫生跟他槓了一輩子，到頭來誰都不服誰，也誰都離不開誰。

欒爸爸哼了聲：「我只是奉勸妳，不要太過熱情，也別報太大希望，妳兒子從小就容易把事情搞砸。」

「……」梁醫生跟在欒爸屁股後面：「那還不是隨了你？真搞砸你就等著你兒子孤獨終老吧！」

欒念不知道爸媽在說他，又回到床上，抱著尚之桃睡了一下。兩個人睜眼已經下午六點多，尚之桃感覺好了一點。

「既然好了，我們出去逛逛。」

「好啊。」她騰地坐起來被欒念一把按住：「不要命了？」

「是不是跟妳說動作慢？」

「是不是告訴妳不要激動？」

「妳急什麼？」

欒念訓尚之桃一句又一句，尚之桃聽了半天，終於忍不住：「欒念，你怎麼這麼嘮叨……」

「？」

欒念投來殺人眼神，尚之桃立刻住了嘴。

慢慢向下挪騰，做一個聽話的人。

兩個人都不太想吃大肉，找到一家犛牛大骨湯，配上餅和鹹菜，再切幾片薄犛牛肉。湯水濃郁，一口下去尚之桃鼻尖就有了汗珠：「好喝。」

「喜歡明天還可以來。」

「明天不走嗎？」

「我怕妳死在路上。再適應一天，不急。明天帶妳在周圍逛逛。周圍也有很多風景。」

「好啊。欒念你知道嗎？我覺得我應該告訴你。」

「什麼？」

「我喜歡跟你一起旅行。」

尚之桃覺得她應該向Lumi和孫雨學習，有愛就要表達出來，不要怕被拒絕，不要怕被嘲笑，也不要覺得肉麻。如果我們在年輕的時候都不肯說情話，難道要等到兩鬢斑白的時候再送花給愛的人嗎？儘管那也很浪漫，可那蹉跎過的一生又有什麼記憶呢？

「還有嗎？還有別的好聽的話嗎？」欒念問她。

「我喜歡你，喜歡你選擇的每一條路，喜歡跟你冒險。喜歡這一路的好風景，因為都是跟你一起看的。」尚之桃臉有一點紅：「你也可以說幾句好聽的話嗎？我想聽。」

欒念喝了口湯，頭都沒抬，說了一句：「同上。」

同上是什麼情話，可尚之桃怎麼那麼喜歡？她也喝了一口湯，學欒念那半死不活的口氣：「真甜。」

吃過飯，欒念帶著她和盧克在陌生的城市閒逛，惹很多人側目。尚之桃在一輛賣水果的馬車那裡停下來挑水果，結帳後老人從錢袋裡拿出另一個成色的果子遞給她，還朝她做手勢。他們都不懂，旁邊有路過的年輕人為他們解答：「誇妳漂亮，還說你們般配。」

尚之桃從來沒聽別人誇過他們般配。

他們在熟悉的城市裝成陌生人，別人總以為他們身邊站的是別人。這是第一次，在一個陌生的城市，他拉著她的手，有人誇他們般配。

欒念看到尚之桃好像在感動，就對她說：「老人眼神不錯，我也不是跟什麼人都般配。」聽起來很高傲，也確實如此。他從前談過那兩次戀愛，女朋友都是絕色，別人看他們也未必會說般配，一般人會說：他們是玩玩而已。跟別的女人在一起，別人會說玩玩而已；跟尚之桃在一起，無論怎麼看，都不像玩玩而已。倒像是這對男女認認真真，要奔向那頂好的人生。

因為「般配」二字，欒念心情大好，又買了很多果子分給想買的人。大有要將老人這一車果子都包了的趨勢。盧克乖乖坐在那裡看自己的土財主爸爸表演，將一條狗的嫌貧愛富表演得徹徹底底。

在格爾木住了兩個晚上，尚之桃基本上好了，兩個人繼續前進。尚之桃以為欒念這麼野，旅行的時候也會很激進。但他不是。他只是愛冒險，卻並沒有過於追求目標，閒適得很。如果尚之桃哪裡不舒服，他就停下來。反正不急。

他們開始掌握節奏，每隔一個半小時就停下來各自處理工作半個小時。尚之桃西北的專案創意審稿已過，協力廠商公司開始建模，她的壓力相對小了一些。但建模過程她也要參與，生怕哪個參數錯了影響真正實施。欒念會更累一些，很多事情等他決策，處理工作的時候多半是打電話。其餘時間他並不常看手機。有時會把手機丟給尚之桃，有訊息讓她念給他聽，然後他口述，她回覆。

進拉薩前一天，欒念在開最後一段路。尚之桃依舊幫他處理工作，然後看到 Yilia 的訊息，她說：『Luke，昨天晚上跟我爸聊天，他無意間說起明年他們集團要重新分配廣告預算，我們需要參與競標嗎？』

尚之桃念給他聽，欒念回：「需要。」

過了幾秒，又來一句：「透過正規管道。」

尚之桃幫他回覆，然後看他一眼。她現在也多少明白，在這種大事上，老闆們向來滴水不漏。線上訊息永遠不會說：好啊，請問有什麼捷徑？或者，能不能幫忙疏通？

「我說的透過正規管道，就是透過正規管道的意思。」欒念一邊開車一邊對尚之桃說：「我不屑用其他手段，沒意思。」

「那你總跟姜瀾吃飯……」

「姜瀾算是朋友。」欒念對尚之桃說：「吃飯是吃飯，但從來不出格。」

Yilia 的訊息又進來了：『好啊。要不要改天拉著我爸一起吃飯，深入了解一下背景？』

「好。」欒念說。

尚之桃回了訊息，將手機還給欒念：「等等你自己集中看吧。」

「怎麼？」

「我不自在。好像在窺探你的隱私。」

「妳天天在監視器裡看我家，我還有隱私？」欒念跟她抬槓，尚之桃回頭看盧克：「罪魁禍首在那裡。」

欒念透過後視鏡看了傻狗盧克一眼，才出來幾天，雪白的狗變成淺灰了，牠還不自知呢，咧著嘴傻笑：「因為妳在西北盧克會想妳，所以讓妳看。」

「我知道，盧克想我，Luke 也想我。」尚之桃洋洋得意。

欒念這次沒有笑她，而是低沉一聲：「是。」

尚之桃看他一眼，又看著窗外風景，嘴角向上彎著，過一下憋不住了，兀自笑出聲。

欒念狐疑地看著她，她看著欒念，或許是離太陽很近的原因，她的眼睛格外明亮，手貼在自己胸口，很認真很認真的說：「就在剛剛，我真真切切覺得，你的那顆心，一點都不堅硬。」

不堅硬，並且很柔軟。

他也是一個溫柔的人，只是他的溫柔不以尋常的表象出現。

別人很難看到，但尚之桃看到了。

這簡直太難得。

最後一千公里的路。格爾木河、昆侖河、沱沱河、那曲，高山、草甸、雪原，犛牛群、羊群、馬群、野狼、野狗、天葬，天接地，雲為幕，是潑墨畫一樣的人間。尚之桃三十歲前的心願清單裡，有一項是來西藏。

她實現了，跟欒念一起。

從此西藏再也不是書上的文字和圖畫，而是真切看到過感受過的。

海拔緩慢攀升，尚之桃還是不舒服，卻能忍受。欒念一直照顧她，也幾乎沒有發脾氣，但他的嘴仍舊不好。比如尚之桃說：「我們可以帶一些酥油茶回去嗎？」

欒念說：「妳不會網購是吧？」

諸如此類，無法列舉。

兩個人一路拌嘴吵鬧終於到了拉薩。

從前在書上網路上看到的地名終於都在眼前鋪開，八廓街布達拉宮，奶茶犛牛肉，朝聖的人們，黑紅的臉，還有藏族女孩像小獸一樣乾淨清澈的眼，小夥子一笑就露出雪白牙齒。這裡的人們說起信仰無比虔誠，精神滿足了，心也就富足。

他們住在八廓街上一家客棧裡，客棧下面是一家書店，書店旁邊是一家民謠酒吧。這裡的藏狗都特別威風，盧克把前爪搭在矮窗上，想出去跟牠的同伴們玩。

「你傻吧？」欒念終於忍不住訓牠：「你他媽連架都不會打，還想跟藏狗玩。一口咬死你。」

盧克歪著腦袋反應半天，汪汪兩聲：「你胡說！都是我的朋友！」像極了跟父母頂嘴的傻兒子。

兩個人找一家奶茶店喝奶茶，在平屋頂找一個位置，向下看就是半個拉薩。尚之桃帶著寬簷帽，欒念帶著一頂鴨舌帽，儘管這樣，還是察覺到強烈的紫外線。

尚之桃皮膚有些曬傷了。她覺得自己不好看了，欒念說：「妳的優勢本來也不是美貌吧？」

「那我的優勢是什麼？」尚之桃不服。

「技巧好？」欒念掃她一眼。來西藏哪都好，風景好，人也好，就是晚上不好。摟著這個人什麼都做不了，怕她難受。

尚之桃臉騰地紅了，欒念的目光落在她身上，透過她的衣服燙著她的肌膚。

「欒念。」

「？」

「你能不能別看我，你看那裡。」尚之桃手指著下面，有人在拍藏族照片：「好看嗎？」

欒念撇了撇嘴。

尚之桃想拍照片，也想讓欒念跟她一起拍。托腮看了很久，幽幽問欒念：「欒念，這是你第幾次來拉薩？」

「第三次。」

「你來拉薩三次都沒有拍過這樣的照片？那你來這裡幹什麼？」

「……」欒念被尚之桃的問題問的一愣，他從來沒有想過，自己有一天竟然被一個無腦的問題問住了。

「我來拉薩一定要拍那種照片？」他反問她。

「對啊，不然？」

欒念手擺了擺：「妳請便，我不拍。」

「那你也不陪我去嗎？」

「可以陪。」

「那我們現在去啊！」

尚之桃拉著欒念出了門，找到一家寫真館。她進去挑衣服，欒念帶著盧克在外面等她。

尚之桃一邊挑服裝一邊問店主：「有模特嗎？可以跟我一起拍的那種男模特。」

「有的，另外付錢就行，都是我們藏民漢子，很帥的。」

「我想要一個特別帥的！」

「帶著我的狗！拍情侶的！」

尚之桃提高聲音，眼看向外面。果然，欒念走了進來。瞪了尚之桃一眼，食指中指捏起幾件衣服，表情嫌棄。店主看看尚之桃，後者朝他眨眨眼。

「妳挑哪件了？」欒念問她。

尚之桃將手臂上的衣服給他看：「這個，這個，這個。」

欒念掃了一眼，拿出幾套衣服。

「Luke 也要拍？不是說很土？不是說從來不拍這種遊客照？」尚之桃不怕死的氣他。

欒念冷森森瞪她一眼，拿著衣服去了試衣間。尚之桃跟在他身後，站在門外，對他說：「你不用勉強的呦！老闆說模特也很帥，我也可以出片哦！」

「而且我覺得我們兩個拍起來未必會搭哦！」

「我覺得我還是跟模特拍好。」

尚之桃站在門口氣人，試衣間門開了，一個穿著藏服的欒念。尚之桃心裡「我靠」了一聲，又嘭地炸開了一下，老天爺真的很偏心，給他一副穿什麼都好看的皮囊。

店主走過來，豎起拇指：「沒見過這麼英俊的藏族小夥子。」

欒念對誇獎不以為然，睥睨尚之桃一眼：「不化妝？」

化！

尚之桃化了一個藏族女孩的妝，紅臉蛋，兩條粗辮子，頭上戴誇張藏飾。手上是藏銀鐲子。笑著問欒念：「怎麼樣？」一口白牙更顯白，真挺像藏族女孩。土裡土氣。

欒念眉頭挑了挑，手拿起她辮子掂了掂，挺重。放下了。

尚之桃拍單人照的時候欒念就站在一邊看，他不是很懂女人們為什麼會有這麼多拍照的熱情。尚之桃任攝影師擺弄，一下作揖，一下跪拜，別提有多逗。

他站在一邊對盧克說：「看到了嗎？你媽瘋了。」他自詡是盧克的爸爸，又說尚之桃是盧克的媽媽，完全沒意識到爸爸媽媽是多親暱的事。

化妝師往他臉上拍粉，他眉頭一皺，並不樂意，尚之桃在他開口抗議前就開了口：「哇！粉一拍，更像硬漢了！」

拍合照的時候，他倒是不用攝影師指揮，隨便一站就很出片。攝影師今天工作太容易，心情就好。對他們說：「老公靠向老婆一點。」

「老婆笑一笑。」

「老公老婆一起祈禱……」

「讓狗狗坐下一起笑一笑嘛。」

一口一個老公，一口一個老婆，不知道怎麼養成的職業習慣。尚之桃覺得彆扭，終於在攝影師要求老公抱老婆的時候擺手澄清：「不是老公老婆……」怕欒念拒絕得太直接所有人都沒有面子。

「我們不……」

「不」字音還沒落，她人已然騰空。驚訝的看著欒念，他的眼對上她惶恐的眼，哪裡有不耐煩，還帶著笑意。攝影師最會抓拍，猛地哢嚓幾張，然後提醒尚之桃：「別僵硬，柔軟點。」

尚之桃不自在，不知道柔軟點是什麼意思，欒念小聲揶揄她：「平常不是挺軟？」講完在她唇角親了一口，輕輕放下她。

高山症呢，輕拿輕放吧！

這大概就是戀愛的感覺嗎？

尚之桃偷偷傳訊息給孫雨：『我好像是初戀，他一看我我就心動。』

『我看他這麼多年，竟然沒有看膩。跟他睡了這麼多年，竟然也沒膩。這是為什麼？』

『還有還有，他怎麼這麼溫柔？溫柔得不像他？』

尚之桃像回到十幾歲，跟好朋友偷偷傾訴自己的情感。孫雨看她一則又一則，終於忍不住對她說：『桃桃，妳是真的在戀愛了。』

尚之桃收起手機，跑到電腦前，覺得每一張照片都好看，就站在那選了幾分鐘。欒念受不了她這樣浪費時間，就問店主：「照片都要，加多少錢？」

「加錢倒是不用，我們可以選一張掛在店裡嗎？」店主在拉薩開攝影館多少年，很難拍到這麼好的照片。兩個人的眼神裡有無法形容的微妙的親密，男生無比俊美，女孩說不出的耐看風韻，多麼般配。

「那你得給我錢。」欒念看了店主一眼，你可真會做生意，算盤撥得挺響。但幾秒鐘後又改了主意：「允許你挑一張，但要掛在店正中。用上等的相紙洗，裝好了我檢查。」他一板一眼，沒有退讓。但店主已然十分開心，一張足夠。開開心心將所有底片送給尚之桃，並對她說：「放心妹妹，這麼好的照片，精修一定不會差。你們就等著收片，回頭洗出來放在家裡，做結婚照也可以的。藏民都用這個拍結婚照。」

尚之桃不知道該怎麼應對老闆的過度熱情，只是在一旁「嗯嗯啊啊」的應。將那電子版裝進包裡，跟欒念向外走。欒念走到門口，又回頭問老闆：「是掛在那裡嗎？」

手指著店裡最明顯的地方，老闆點頭：「對，可以掛好多年。很難再有比這拍得更好的照片了。」

他們走出攝影工作室，走到街對面，都回頭看了一眼。從此在人來人往的八廓街上，途經的路人只要在這裡稍微一駐足，就能看到工作室裡掛著的巨幅照片。

那是一個男人和一個女人的愛情紀念。

風華正茂，兩情相悅。

他們在拉薩住了兩天之後開往林芝。欒念在林芝訂了一間飯店，他說：這飯店適合尚之桃這種高山症的人，因為什麼都不需要做，躺在床上，拉開窗簾，就能看到雪山、湖泊和叢林。他們想好好在飯店躺兩天，然後踏上歸途。

尚之桃聽欒念的。

他沒有在旅途中發脾氣，更沒把她一個人丟在拉薩，他已然成為尚之桃心中最值得信賴的那個人。

是在林芝的飯店裡，尚之桃坐在榻上曬太陽，老尚大翟打電話給她，問她旅途收穫。她一一回答：「很好，風景很好，吃的也很好，高山症也不嚴重，盧克玩得很開心。」

『那妳究竟跟誰去的？男朋友嗎？』尚之桃看了對面癱在沙發上的欒念一眼，林芝的陽光打在他半邊臉上，看起來是難得的平心靜氣，甚至祥和。

想了想說：「是，男朋友。」

大翟的驚嘆聲要震破她耳膜：『妳談戀愛了？什麼時候的事？男朋友做什麼的？家境好不好？身體健康嗎？人怎麼樣？』

尚之桃面對這麼多問題顯然有些無措，一時之間不知道該從何答起。欒念自沙發裡站起身，走到她旁邊，拿過電話，不卑不亢一句：「阿姨好，我是欒念。」

他回答大翟所有的問題，年齡、身高、收入，說到收入的時候，他聽到大翟小聲問老尚：『太高是不是也不好，來路不明的……』

於是想了想：「不到兩百萬一年。」少說了很多。

這一輪有來有往，將自己的家底透露得乾乾淨淨，尚之桃抿著嘴看外面湖面的波光，總覺得眼睛發熱，說不定哪一下眼淚就會落下來。

用孫雨的話說：守得雲開見月明。

到了晚上，她醉在月光裡，擠進欒念懷中，總覺得風景這麼好，應該做點什麼。欒念將她的手死死按在腦側，腿鎖著她的，惡狠狠威脅她：「妳給我老實點！不然把妳丟出去餵狼！」

「我想。」

「妳先把妳那口氣捣明白再說吧！」欒念捏她臉：「妳別碰我啊，萬一有個好歹我他媽還得幫妳收屍。」

「我今天還行。」尚之桃又纏將上去，被欒念鎖死：「滾！」

他讓她滾，可又硬梆梆頂著她，恨不得將她揉碎。在她耳後咬牙切齒：「真想弄死妳！」

推了她一把，去沙發睡了。

他一走，尚之桃又覺得空落落的。就逗他：「我幫你吧。」

「用不著。」

「那我們說一下話好不好？」

「嗯。」

「就從盤古開天闢地開始說起吧……」尚之桃說完這句，聽欒念噗一聲，「你別笑。」尚之桃抗議：「我要說的是從我第一次見你時說起吧……」

那是二〇一〇年的夏天，她坐在凌美一樓的大廳裡，欒念推開那家咖啡店的後門走了出來，像一個腔調十足的紳士。當時尚之桃就想，這是我這輩子見過最好看的人了吧？

她絮絮叨叨，欒念一直聽她講，後來她有點睏了，但還是不死心，問欒念：「你呢？你第一次見我的時候，覺得我怎麼樣？」

欒念想了半天，說了四個字：「像個傻子。」

大傻子。

西藏之旅結束了，有了這一趟旅行，這一年剩下的所有日子都不難熬了。尚之桃洗了幾張他們的合照夾在自己的書裡，偶爾翻看，覺得很好。

總之這一年又這樣過去了。

還是這樣一年，尚之桃回冰城，欒念去美國，中間又要兩三個月才見。

那年冰城禁止燃放煙火，鞭炮沒有幾聲，盧克坐在窗前十分納罕，怎麼沒有五光十色了？尚之桃安慰牠：「能放鞭炮的時代過去了，但說不定過幾年又可以了。好在這裡有你最喜歡的雪。」

盧克汪了一聲，尚之桃聽懂了，但這裡沒有牠最喜歡的Luke。

大洋彼岸的欒念好像聽到了盧克在叫，破天荒傳了一則拜年訊息給尚之桃：『新年快樂。明年要不要一起看極光？』

尚之桃看了半天，哧哧笑了。

新年快樂。只要跟你一起，天涯海角我都去。

二〇一五年過去了，他們永遠懷念它。

# 第二十九章 人間風塵

在這一年春四月的時候，西北也迎來了它的春天。

孫遠翥結束了在西北的派駐，他要先行回到北京，在臨行前來見尚之桃。那一天，山花在路邊開了一兩株，他折了一枝帶給她，讓她裝在花瓶裡。

尚之桃看著繁盛的那個枝椏，猛然想起多年前，她收到的神祕花朵。於是對孫遠翥說：「事情過了這麼多年，都覺得蹊蹺。剛剛看到你折的這枝花，突然覺得那些花似乎是你送的。」

孫遠翥坐在她旁邊，他們面前是開著花的山梁。他帶了簡易小凳和茶桌，兩個人坐在山間：「那時覺得妳特別想收到花，可收到事先安排的花又缺少驚喜。於是惡作劇送了妳幾天。希望當時的妳能喜歡。」

尚之桃終於笑了。時隔多年終於有了答案。

她有多喜歡呢，那時的她因為欒念送一束花給臧瑤難過不已，如今想起來，又覺得那麼可笑。人在年輕時總會攀比，哪怕只是一束花，也要徹徹底底比一番。到頭來才發現，那虛榮只是年輕的不甘。

「謝謝你，孫遠翥。」她看著孫遠翥，儘管他已經瘦得沒什麼樣子，可在尚之桃眼中，他還是那個在清晨跟她一起出門帶著少年氣的男子，朗潤的少年。

「妳別跟我客氣。難得西北的春天又不颳風，我們好好欣賞山景。」他將茶推給尚之桃，拿起自己那杯喝了一口。茶葉沒有味道，花也沒有顏色，世界就這麼在他眼中黯淡下來。

尚之桃又是沒來由的難過，對他說：「孫遠翥，我專案應該會提前，差不多八月就能回去了。等我回去，我陪你……」尚之桃想說等我回去我陪你看醫生好不好，想起孫遠翥永遠不肯向外人展示的脆弱和內心那孤傲的自尊，將話停下，又換了方向：「我陪你去看午夜場好不好？加上孫雨我們三個，每個週末都去看午夜場，把所有老電影都看了。」

「那一定要我請客。」

「讓孫雨請吧！她現在有錢呢，帶著幾百人的團隊，單日兩百多萬的業務流水，我們就讓她請，不僅讓她請看電影，還要讓她請吃飯。」尚之桃玩笑的說。

孫遠翥笑了笑，過了半天才說：「她不容易。每一分錢都賺得辛苦。」

「你心疼她是不是？她如果知道，一定會高興死。我現在就告訴她孫遠翥心疼她！」

孫遠翥按住尚之桃拿出手機的手：「別。」將她的手機扣在簡易折疊桌上：「別打擾她。」

關於他們之間那些不能說的、不便說的事，就這樣要求尚之桃緘默。尚之桃點頭：

「好，我不告訴她。那我們今天還能去吃那家拉麵嗎？」

「能。」

「那你自己能吃一小碗嗎？」

「我盡力。」

還是他們兩個人坐在那家簡陋的拉麵館裡，孫遠翥還是淺淺兩口，放下了碗筷。尚之桃看著他面前那碗麵眼睛頓時紅了：「人不能靠喝露水活著。」聲音有一點哽咽，辣椒油嗆進嗓子裡，她咳了幾聲，咳得眼淚都出來了。孫遠翥安慰她：「我只是早上出門吃得多而已。」

你說謊。尚之桃在心裡這樣說，終究還是沒說出口。他們吃過拉麵，尚之桃與他告別。他站在西北的春天裡，站了一下，又走回到尚之桃面前：「妳別擔心，妳和孫雨都別擔心。我回去以後會認真看醫生，認真配合治療。我不會有事的。等妳專案結束回北京，我應該會胖回去了。」

尚之桃想，這大概就是孫遠翥了，他什麼都知道，只是從來不肯說而已。她點點頭：「我知道，你一定很辛苦。如果你願意，可以隨時打給我。你知道的，我特別特別特別願意跟你聊天。每次跟你聊天，我都覺得快樂。」

「嗯，好。」孫遠翥難得拍拍她的頭：「我記得。」

尚之桃目送孫遠翥離開，微風吹動他的褲管，褲子貼在他纖細伶仃的腿上。尚之桃想，下次見你的時候，請你一定要胖一點啊！請你吃麵吃到四口或五口啊！

她打電話給孫雨，孫雨剛剛經歷一場宿醉。昨天是她們公司司慶，她被下屬灌量了。也跟尚之桃抱怨：『欒念也挺垃圾，本來我們是你們甲方，但因為是他引薦的投資人，所以就邀他坐到主桌。這大哥，喝酒要捎帶我，說我不喝他不喝。結果我半斤酒下去了，他對我說妳不好不喝？這他媽不是有病嗎？』

尚之桃聽她絮叨半天欒念，在她喝水的時候終於插上話：「孫遠翥今天的飛機回去。我們剛剛分開。」

『他沒跟我說。』

「所以妳在家等著就好。他還說：他會好好看醫生。」

尚之桃聽到孫雨在電話那頭突然緘默，過一下才吸著鼻子說：『他真這麼說嗎？』

「是。」

『我很欣慰。』

孫雨掛斷電話，忍著頭疼出去收拾客廳。孫遠翥喜歡乾淨，她喜歡他一腳踏進一個纖塵不染的家。她裡裡外外的打掃，看春日的光裡飄著一點點灰塵，有一種天上一日的錯覺。家裡打掃好，又去清理自己，敷了面膜，洗了臉，將宿醉的疲態遮掩。終於，門響了一聲，開了，孫雨心裡的那扇門也吱呀一聲，開了。

孫遠翥站在門口，陽光將他整個人打得薄薄一層。看到孫雨站在客廳裡，對她笑了：

「妳怎麼沒去上班？」

「我昨天晚上喝多了。」孫雨跑到他面前，無論她幾歲，在愛的人面前，永遠是十八歲、二十歲；無論她坐擁多少資產，管理多大的公司，在他面前，仍舊像最初時一樣真誠。

「你要不要吃我做的酸辣麵？」孫雨問他。

「好啊。我可以幫妳。」

「走。」

兩個人有奇怪的默契，在廚房裡都沒有講話，但孫雨一伸手，孫遠翥就知道她要什麼，把東西一一遞給她。麵做好了，孫遠翥吃了兩口，想強迫自己吃第三口，孫雨按住他的手，拿過筷子，將剩下的麵吃完。

「我餓了。我都吃了。你想吃我再去做。」孫雨這麼說，然後推孫遠翥回他房間：「你去睡覺。」

「好的。」

第二天一早，孫遠翥真的看了醫生。孫雨偷偷跟在他身後，看他走進醫院。傳訊息給尚之桃：『這次應該會好了。』

『我覺得一定行。要告訴他家裡人嗎？』

『不要。』

孫遠翥會崩潰的，他不想讓家人知道他的事。他心裡繃著一根弦，好像一碰就會崩裂。

孫雨不允許他崩裂。

她坐在車裡，等孫遠翥出來。這時間多麼難熬，孫雨知道。她的手機不停地響，都是工作電話。從一個落魄的失業銷售員到一個B輪投資公司負責人，她用了六年時間。這六年，吃過多少苦，受過多少委屈，她都吞了嚥了不聲不響。

她只在孫遠翥面前哭。

他在大雨滂沱的那一天，把腳受傷的她背回家，從那天開始，他就長在了她心裡。她公司遇到技術難題，他找人幫忙攻克；她想不清楚業務邏輯，他幫她想。他一心只想做一個對人類有貢獻的科學家，卻無數次幫孫雨解決賺錢的問題。

她難過時，他在身邊；高興時，他也在身邊。

孫雨成長為這麼獨當一面的女性，卻永遠依賴孫遠翥。不戀愛沒關係，他在那裡就很好。

孫雨一直等到下午才看到孫遠翥走出醫院，他手中拎著一個白色的袋子，裡面裝得滿滿的都是藥。孫雨看著他走遠，又在車裡等了一個小時，才啟動車回家。孫遠翥已經到家了，他正在吃藥。

孫雨裝作什麼都不知道，問他：「你在吃藥？」

「我今天去醫院了。醫生讓我做了很多測評，開了很多藥。我可能還需要其他治療。」

「什麼治療？」孫雨問他。

孫遠翥沒有回答她，反而說起看病的事：「醫生說我沒有任何問題，這次干預手段多，只要積極配合，早晚會康復。妳別擔心。」

「好啊。」孫雨將包放在沙發上：「所以我們現在做點東西吃怎麼樣？」

「還是酸辣麵吧。」

孫雨去廚房，她心情很好很好，好像接連下了幾個月雨突然天晴的那種好。她想，果然人的健康最重要。只要健健康康，就什麼都來得及。

她傳訊息給尚之桃：『他去看醫生了，會持續治療。我心情特別好。』

『我也是。』

人這一輩子，人來人往會遇到多少人呢，但總有那麼幾個也只有那麼幾個，值得你以心換心，並且堅信無論什麼時候他都不會傷害你。尚之桃想，能擁有這樣的朋友，我該多麼幸福。

很難得的。孫遠翥在群組裡主動講話。他問張雷：『上次說晉升，成功嗎？』

張雷傳來一張名片，附言：『以後請大家叫我商業化產品副總經理。』

『總經理呢？』孫雨問他。

『空缺中。』張雷傳來一串哈哈哈，然後說：『兄弟姐妹們，我覺得我值得請一頓大的。』

『多大的？』尚之桃問。

『評論網站，價格降幕，第一家。』

孫雨傳來截圖：『這個？只吃貴的？不吃對的？』

『我覺得行。』張雷回：『為了你們，值得。等尚之桃回來。』

『好啊。』

張雷傳訊息給尚之桃：『我其實挺想告訴妳的，我原本喜歡過妳。』

『？』

『現在嘛，我要做鑽石王老五了。』張雷傳來一個大笑的表情，他一直是這種人，挺逗的。都不需要尚之桃講話，他一個人演完了一個暗戀故事。

『恭喜你，張鑽石。』尚之桃回他。她很感激張雷什麼都沒表現出來，他搬了出去，卻跟他們保持長久的聯絡，關心他們、幫助他們，甚至從來沒對尚之桃表現出特別的關心。

尚之桃遠在西北，遠離風暴，精心去打磨一個專案。起初只是覺得想做一個超級專案能幫助自己成為專家，漸漸的，她發現這個專案的真正意義，那就是其實可以幫助當地的百姓真正去改善生存狀態，提供很多就業崗位，幫助更多人認識那裡，她從來都沒有這樣的成就感。

公司臨時召她回去參加部門員工會，說是新的部門負責人到崗。

她和欒念三個多月沒見了，那天大家都坐在會議室裡，新的企劃部負責人 Josh 坐在欒念身邊。尚之桃進門後仍舊坐在不顯眼的位置。但大家對她的態度與從前大不相同，Grace 招呼她：「Flora，坐在這裡。」

「我坐在這裡就好。」她習慣了低調。

Grace 說：「來嘛。」

盛情難卻，眾目睽睽之中走向 Grace，在她身邊坐下。抬頭的時候看到欒念的目光，悠長悠長的。

『好久不見。』欒念傳訊息給她。

『好久不見。』尚之桃回他。

尚之桃收起手機，看到 Yilia 也在看她，就對她笑了笑。

「感謝大家從多個城市回到公司參加會議，今天的會議主要是部門負責人 Josh 的見面會。」欒念說：「Josh 是我們在市面上找了很久，也挖了很久的真正的頂級創意專家。接下來，Josh 將日常管理企劃部的工作。」

大家象徵性鼓掌，Josh 戴著眼鏡，看起來像一個科學家，並不像做創意的人。但他的目光又很凌厲，令人有三分畏懼。

「感謝大家，Luke 過獎了。未來共同努力。我想認識一下各位同事，之前有一些已經見過了，有個別派駐的還沒見過。Flora 是哪位？」

「您好 Josh。我是 Flora。」

「妳好。」Josh 看了眼尚之桃，又去念別人的名字。

大家都沒想到，欒念新挖來這個人，是這樣的。會上大家都很安靜，散會後尚之桃回到工位，見到了好久沒見的 Lumi。Lumi 朝她挑眉：「妳好啊 Flora。」

又看尚之桃的行李箱：「直接從機場來的？」

「嗯呢。」尚之桃放下包，坐在工位上回郵件。Lumi 對她說：「今天晚上 Luke 要跟你們部門開慶功會。噓，場地我定的。」

「什麼慶功會？」

「Yilia，她爹，今年百分之八十的廣告預算給了凌美。」

「多少錢？」尚之桃問。

「二點五億，全平臺。」

「哇。那是值得慶功啊！這段時間我看群組裡 Luke 一直帶大家做案子投標，但他沒在群組裡說成功的事。」

「今天上午出的結果。然後 Will 讓我安排慶功，但是說要保密。」

「那妳也沒保密啊！」尚之桃逗她。

「跟妳？我沒有祕密。」Lumi 朝她挑眉：「買咖啡？」一看就是有八卦。

「知道為什麼凌美拿到二點五億嗎？」

「為什麼？」

「因為 Luke。」

「我不信。」尚之桃對她說：「他不是這種人，如果他是這種人，為什麼姜瀾這麼多年沒如願？」

「妳知道沒如願？」

「我不知道。」

Lumi大笑出聲：「逗妳的！倔驢跟別人睡沒睡關我屁事。我要跟妳說的是……」Lumi把尚之桃扯到樓後吸菸區角落，將自己的衣領拉下，她鎖骨上赫然一個吻痕，看起來挺激烈。尚之桃睜大了眼，看著Lumi。

Lumi吹了個口哨：「來，妳今天還沒問我呢！」

「Lumi今天睡到Will了嗎？」

「睡到了，昨晚。別看他表面斯文，其實就是個畜生！」

「好的，我懂了。盧女士很開心。」

當晚慶功宴，大家喝了很多酒。尚之桃滴酒未沾，坐在那裡看大家推杯換盞，欒念似乎心情不錯。Yilia作為拿下二點五億大單的功臣坐在他身邊，端起酒杯對欒念說：「感謝Luke的指導和幫助。」欒念與她碰杯：「辛苦了。」

酒桌上大家形色各異，尚之桃安靜地聽同事們聊天。大家都知道她不喝酒，所以不怪她。但很久沒見她，就很想她。Grace說起尚之桃今年夠資格申報專家了，大家就起鬨：「Flora，今天桌上三個評審，怎麼也要喝三杯。」

Grace 忙為她解圍：「我就不用了啊，Flora 幫我不少忙，我們不講究這個。但是 Josh 和 Luke 還是要敬的。尤其是 Josh，妳得好好自我介紹一下。」

尚之桃被架到了火上烤，所有人都看著她，不喝太過掃興了。伸手欲倒酒，聽到 Josh 問：「所以公司每年有幾個專家名額？」

「一個。」Grace 答。

「那在座就有兩個競爭者了。」Josh 說：「妳們都加油。」

尚之桃倒酒的手頓在那裡，抬頭看著 Josh。

「董事會今天下午特批了一個競崗名額，所以，這杯酒 Yilia 和 Flora，我們三人一起喝吧。都是企劃部的人，妳們兩個無論誰成功，我都替妳們開心。」Josh 舉起酒杯，很認真的看了尚之桃一眼。Tracy 跟他講過尚之桃的情況，他覺得這個員工很有意思。

桌上突然很安靜，所有人都看著尚之桃，職場風雲突變，沒有什麼規則是固定不變的。一切都要為資本讓路。多個競爭者而已，其他部門也有競爭者。無非是這個競爭者有二點五億鋪墊。

有同事咳了一聲，等尚之桃反應。這個場面有點過於尷尬了。可尚之桃不是二十二歲的她了，她能應付。看了杯中酒一眼，笑著走到 Josh 面前：「感謝老闆。也感謝 Yilia 願意參與到競爭中，一個充滿競爭的環境是有利於公司發展的。我隱隱期待。」

「妳能理解就好。」Josh 對尚之桃說。

尚之桃笑了笑，與他和 Yilia 碰杯，喝了這杯酒。Yilia 也喝了。

這個決定是在競標前就做下的，代表公司的態度。既保證用人開放，又保證公平競爭。只是給尚之桃增加了難度，如果沒有 Yilia，所有人都知道，今年會是她，因為她做了超級專案。但 Yilia 有二點五億和背景加持，勝負難定。

尚之桃懂。

但她不認輸。

Yilia 酒局結束後攔住她：「Flora。」

「Yilia。」

「其實我並不知情，也是在聚餐前被通知的。Tracy 說是 Luke 向董事會申請的。說 Luke 覺得公司用人太刻板。」

尚之桃認真聽她講完，緩緩說道：「我支持公司的決定。Yilia 妳很優秀，真的。我二十二三歲的時候特別平庸，當然我現在也平庸。很高興能跟妳一起競爭。」尚之桃拍拍她肩膀：「加油。」

晚上她進家門，孫遠翥已經睡了，孫雨問她：「那麼久沒見，怎麼沒去他那？」

「他喝多了。」尚之桃這樣說，走進臥室。她不怪董事會特批名額，也不想去問這個規則究竟是不是欒念改的。他作為公司管理者，有權力調整用人策略，尚之桃能理解。欒念電話進來，她接起。聽到欒念講話的鼻音有點重，他真的喝多了。

『怎麼走了？』欒念問她。

「回來看孫雨。」

『和孫遠翥。』欒念接了這一句。兩個人都安靜下來，一時之間不知道該說些什麼。

「欒念，我想問你，董事會的決定你知道嗎？」尚之桃問他。他怎麼會不知道呢？他應該第一個知道的。又或許真像 Yilia 所說，是他申請的述職改革。

『知道，重要嗎？』

「我沒有知情權嗎？」

『妳怕什麼？』欒念問她：『不過是多了一個競爭者，妳怕什麼呢？』

「我不是怕，我希望你能告訴我。」

『我告訴妳跟別人告訴妳，有區別嗎？』

「沒有。」

欒念說得對，其實是沒有區別的。因為結果是一樣的。

尚之桃知道，一旦涉及工作，他們之間的平衡就會被打破。欒念可以反對董事會的決定，他可以強硬一點，但他沒有。尚之桃知道，在他心裡，Yilia 是可以參與競爭的。他們之間合作了一年的時間，Yilia 才華橫溢，無論是這個案子還是別的，她都很出色。欒念從來都討厭那些規則，很多時候他覺得規則就是用來打破的。

「所以，你會公正評分嗎？」

『公正評分是什麼意思？』

「就是不看那二點五億，因為你知道，我真的拿不出二點五億。我希望到我們競崗那天，你能公正。」

『妳能左右所有評審？』欒念並不直接回答她，而是這樣問她。

尚之桃想了幾秒，說：「我不想左右任何人，也不想左右你。你說得對，你告訴我還是Josh在席間告訴我，這沒有區別。早點睡。」

尚之桃掛斷電話，過一下她收到欒念的訊息：『自信點。尚之桃。』

欒念不知道她的癥結在哪，永遠不知道。他要她自信點，他並沒有發現尚之桃早已不是當初那個戰戰兢兢的她了。她變了。他以為尚之桃怕輸，以為她覺得自己不如人。

不是的。

儘管她知道職場上永遠沒有絕對的公平，人情、資本、關係，似乎永遠排在能力前面。但她還是覺得這是淩美，是破格錄取她讓她快速成長的淩美，是一切都有可能的淩美。

所以她並不覺得自己會輸。

她只是希望欒念對她能有一點不同，直接告訴她：「妳多了一個競爭者，但我相信妳，加油。」

就這麼一句話就足夠了。

但他沒有。

或許在他心裡，結局已定。

第二天一早她就飛到西北。會開完了，老闆見了，專案還要繼續。專案一期即將結案，政府官員來視察，看到尚之桃好像比當時黑了一個色號，就問她：「西北苦不苦？」

尚之桃點點頭，又搖搖頭。

官員笑了。

「西北苦不苦，我們都知道。妳一個年紀輕輕的小女生在這裡待這麼久，兢兢業業，不叫苦不叫累，為了什麼呢？」

大概是為了理想吧。

但尚之桃沒有說。理想多可笑呢，妳說出來別人會說，理想能換錢嗎？妳看那些理想主義者，都死在追趕理想的路上了。

官員看她不言語，笑了。官員見過多少人呢，政客、商人、知識分子、農民，見過那麼多人，眼前的女生心裡想什麼他能看不出嗎？就對她說：「別急，慢慢來。」

尚之桃點點頭。

「所以一期結案後，妳就回北京了？」官員問她。

「是的。我會繼續遠端服務，但其實二期是施工階段，我們的介入會很少。」尚之桃耐心解釋。

「那太可惜了，來這裡扎根多好。」政府官員這樣說。

「謝謝您。有機會我一定來。」

她送政府官員走後，Shelly對她說：「剛剛多好的機會，讓政府官員幫妳跟公司打個招呼，別管是老闆娘還是甲方，都得讓路妳說對嗎？」Shelly遠在西北，卻也懂公司政治。不管是二點五億還是二十五億，都不如政治管用。

尚之桃搖搖頭：「如果我用這種手段贏，我會看不起自己。」

有一些原則永遠不能被打破，正直永遠是底線。

尚之桃工作六個年頭，早已知道真正的捷徑是什麼，該怎麼走。她可以選擇更容易的方法，但她不想。她希望她得到的都是透過正規途徑獲得的，儘管那真的傻透了，但她願意做那個傻子。

堅持自己，是擁有獨立人格最難的那一部分。

她晚上回到家，開了燈，看到坐在沙發上的欒念。那天她從北京不辭而別，欒念並沒問原因。他那麼聰明，原因他心知肚明。

「過來。」

尚之桃放下背包，換了鞋，走到他面前，坐在他旁邊。姿態有一點疏離。

「所以，妳因為我沒告訴妳就不辭而別？」欒念問她。

尚之桃沒有講話。

「說話。」

「說什麼？」尚之桃問他：「你在該說話的時候說了嗎？如果沒有，又憑什麼要求你每次講話我都要無條件回應呢？」

「我告訴妳能改變結果嗎？」

「這個結果是你促成的嗎？」

「妳什麼意思？」

「我沒什麼意思。」

尚之桃從前最懂得欒念的情緒，今天她也懂。她知道欒念不開心了，欒念特別生氣。但她不想被欒念影響，從沙發上站起來，坐到對面的椅子上。過了很久，她把自己的情緒消化殆盡，才緩緩開口：「我不介意跟 Yilia 競爭，這是職場，誰行誰上。我也沒有覺得自己比她差。以上是我們今天溝通的前提條件，你認同嗎？」

欒念不講話，尚之桃繼續說：「那我當你認同了。基於這個前提條件，我希望我的男朋友在知道結果的時候親自告訴我一聲，讓我有心理準備。這個要求過分嗎？」

「不過分，但沒有意義。」

「我不想尋求意義。我只需要我的男朋友在不違反原則的基礎上，站在我這邊。」我尋求的是我男朋友對我的心裡認同。尚之桃心裡這樣說，她突然覺得跟欒念談戀愛太累了，他什麼都不懂，她不想跟這樣的人戀愛了。

「所以？」欒念這樣問她。

這句「所以」令尚之桃突然之間不知道該說些什麼。她有說不出的委屈，因為在那樣的酒局上，她被架到了那樣的位置。她本可以不用那麼狼狽的，如果欒念提前告訴她。但他沒有。

尚之桃覺得她跟欒念永遠說不出什麼，至少在工作這件事上。他有他自己的判斷標準，一切好的壞的，都自成一派。尚之桃無法逾越。

「妳不用在意妳的競爭對手究竟是誰，只管好好做好自己。這有那麼難嗎？」欒念問她。

尚之桃抿著嘴不講話，他們就這樣莫名僵持。過了很久很久，外面起風了，窗子響了一聲。尚之桃終於開口講話：「你說的都對，無論經由誰告訴我，結果其實都一樣。我錯就錯在以為你跟別人不一樣。現在我知道了。」她永遠等不到欒念低頭或說一句軟話，她也永遠沒辦法成為他心中那種才華橫溢的、值得他出頭打破規則的人。

「我建議妳冷靜。」欒念說：「這不是什麼大事。」

「對你來說不是。」

「對妳來說就是嗎？妳這麼生氣無非就是覺得我沒有特殊對待妳是嗎？那好，我現在告訴妳，我永遠把工作和生活分得清，我也建議妳分清，不然妳沒辦法自處。」

「好。我知道了。我現在分清了。」

「那現在是工作還是生活？」

「工作。」尚之桃：「今天明天後天大後天，都是工作。」她走到門前，將門打開：「我不需要我的大老闆給我特殊待遇。」

欒念抬腿就走，一腳跨出門外又收了回來：「不管妳承不承認，妳就是對 Yilia 參與競崗有危機感，這麼多年過去了，妳依然不能坦蕩面對競爭。妳最核心的原因就是不自信。」

「我再說一遍，我只是不喜歡在酒局上被別人告知這個消息。」

「如果妳不是我女朋友呢？在酒局上被告知這個消息妳又要怪誰？怪董事會？怪 Yilia 帶來二點五億訂單的背景？怪妳新老闆講話的時機不對？我為什麼要為妳的不自信買單？」

尚之桃喉嚨堵住了。

她沒有開口講話，因為她開口就會哭出來。只微微抬手做了一個請你離開的手勢。

欒念頭也不回地走了。

尚之桃沖澡的時候哭了一鼻子，她特別特別生欒念的氣，比任何一次都厲害。出浴室的時候聽到開門聲，看到欒念開門進來，將東西丟在一旁，又動手脫衣服。

尚之桃不想跟他講話，轉身朝臥室走，卻被欒念一把拉過抵到牆上，尚之桃的浴巾落在地上，他們進行一場無聲的角逐。幾個月沒有過，尚之桃無比敏感，才開局就繳械。

欒念抱著軟成爛泥一樣的她，用力咬她嘴唇：「不信我是嗎？」

尚之桃不講話，欒念深深埋進去：「說話！」

「不信。」

「只信孫遠翥是嗎？」欒念用力頂她：「嗯？」

「是！」

都不再講話。欒念越發凶狠，尚之桃咬緊牙關不發出聲音。她明明也愉悅，卻搞得像是他在強迫她。

欒念突然覺得索然無味。

動作停了下來，看著尚之桃的眼睛：「妳挺沒勁的妳知道吧？」

他生氣的時候特別想傷人，這個毛病永遠改不了。站起身穿上衣服，這次是真的走了。

尚之桃沒有主動找他，欒念也沒有找她。

孫雨經常打電話給她，對她說：『遠翥今天又多吃了一點。』

『他除了用藥，還接受了心理干預和其他治療手段。明顯見好，今天笑了幾次。』孫雨永遠無法直接說出其他治療手段是什麼，她覺得那太殘忍了。

『他們公司司慶，他去參加了。還跟同事一起表演了節目，我把影片傳給妳，妳可以欣賞一下。』

『妳什麼時候回來？孫遠翥說一起去看午夜場。』

尚之桃覺得儘管日子很平淡，好歹孫遠翥有了起色，也算是很好很好的。

她回北京述職時，去欒念家裡看盧克。她跟盧克玩了很久：「你等我回來就接你回去了。雖然我們自己的家小，但好歹也是家對不對？」

欒念在一邊皺著眉沒有講話。尚之桃抬頭對欒念說：「盧克好像不願意跟我回家。」

「妳以為盧克跟妳一樣沒良心？」欒念這樣說，起身去做飯。尚之桃站在他旁邊看他煎牛排，對他說：「我那份七分熟。」

「沒有妳的。」

「那我吃你的。」

欒念回頭看她一眼，心裡突然有一點很難察覺的委屈。欒念真的從來都沒有讓自己委屈過，他自己都覺得新鮮。

兩個人一人一份牛排義大利麵，還有欒念做的酪梨奶昔，都很好吃。尚之桃特別特別喜歡欒念做的牛排義大利麵，以至於她在任何一家餐廳都吃不習慣，還有他做的桂花牛奶。任何一個人都泡不出那種味道。

「我明天早上能喝你做的桂花牛奶嗎？」尚之桃問他。

「嗯。」

尚之桃在打包西北的行李。

她在西北待了十四個月。這十四個月，風裡雨裡，無比辛苦。

突然有點捨不得離開這個小小的家。

將行李打包寄回北京，又將欒念買的那個上好的床墊送給不嫌棄的同事，這麼一折騰就到了傍晚。

拖著一個小行李箱去機場，Shelly 去送她。兩個人朝夕相處十四個月，不知道闖過多少專案難關，在這個時候，突然有一點惺惺相惜的感覺。

「不如申請來西北做分公司總經理好了。」Shelly 這樣說。

尚之桃笑了：「倒也可以。」

「我講真的，北京不好混，尤其我們公司。有錢的，帶著關係的，說不定哪一下就得罪誰。還是這裡好，山高皇帝遠。幾年出一個專案，出一個專案吃幾年。」

「說到專案，公司總共批了四十多萬專案獎金，應該年底一起發。」

「真好。謝謝妳。真的，考慮一下我的提議，來這裡做分公司老闆吧。」

尚之桃哈哈笑了。

回到北京，又回到輿論漩渦。可有一件事特別好，她和孫雨孫遠翥找一天去看午夜場電影。空蕩蕩的電影院裡，三個人各自守著一排空座，將自己的喜怒哀樂在昏暗之中放空。出來的時候並排走路，孫雨說起那年耶誕節。下過雪，他們三個走出電影院，踏著雪走了六公里。

那天晚上他們在社區裡拍了很多很多照片，但他們最喜歡的還是那張三人合照。三個人站在雪中，是他們人生最盛年的時候。那時他們都沒受過太多的苦，一個個都是青澀模樣。

「那樣的日子回不去了吧？」孫雨說。

「我們再拍一張合照吧？」尚之桃提議。

那天晚上，他們又拍了一張合照。孫雨拿著照片偷偷對比，眼睛就泛紅了。對尚之桃說：「妳看他，像變了一個人一樣。」

「可他身上的暖意還在啊。」尚之桃安慰她，自己卻也有一點難過。

她走了十四個月，重新坐在辦公室的時候，覺得恍如隔世。打開抽屜，看到資料夾下面那張三十歲前的願望清單，基本都實現了，只有那一行字還乾乾淨淨：「我想在北京有一間小小的房子。」

她看了那張紙很久，幾年過去了，紙已經有些破舊了，她輕輕將紙放回抽屜。

「Flora，來我辦公室一下？」Josh 找她談話，她回：「好的。」

起身去了 Josh 辦公室。

他看到尚之桃進來指了指辦公桌對面的椅子：「坐。」

尚之桃坐下去，Josh 從電腦上抬起頭：「述職文件準備了嗎？」

「還沒有。前段時間專案一期結案，一直沒有時間寫。」尚之桃還像從前一樣，端端正正的坐著。Josh 看她的坐姿對她說：「不用拘謹。」

「不是的，我一直這樣。」

「嗯。」Josh 把電腦推到尚之桃面前：「我在看妳過去幾年的工作考核，覺得妳真的很棒。但妳也有弱項。」Josh 打開職級能力模型：「自己對應過嗎？」

「對應過。」

「剖析過嗎？結論是什麼？」

「剖析過。創意能力是我的弱項。」

Josh 點頭：「所以述職的時候要懂揚長避短。妳寫完述職報告要給我看，我會幫妳多過幾遍。」尚之桃想問 Yilia 的您也會幫忙看嗎？但她最終沒有問出來。這沒什麼可問的，出色的主管會在這個時候看起來一碗水端平。

「謝謝您。我寫完第一時間寄給您。」

「別您，叫我 Josh。」

「好的，Josh。」

尚之桃的嚴肅認真把 Josh 逗笑了：「不必看起來如臨大敵。我希望妳成功。我那天本不想在酒桌上說，是大家提起，我不得不說。希望妳諒解。」

「沒關係的 Josh。」

尚之桃出了 Josh 辦公室迎面遇到 Tracy，她笑著問尚之桃：「怎麼樣？」

「什麼？」

「述職資料。」

「還沒開始準備。」

「妳好好準備，Flora。」Tracy 對她說：「我相信妳可以。」

「謝謝妳，Tracy。」尚之桃相信 Tracy 的祝福是真誠的，她無比信任她。

回到工位上看到 Lumi 來了，看到尚之桃回來了就拉著她陪她買咖啡，電梯門關上，Lumi 就對她說：「妳什麼都別怕。Will 也是評審。」

「什麼？」

「今年的評審是各部門老闆加兩個專家，Tracy 也是評審。我幫妳分析過了，Will 是我睡的人，敢給妳打低分我弄死他；Tracy 從始至終對妳好；Luke 倔驢應該會公平對待；妳跟 Grace 關係不錯。變數就在妳新老闆身上。」

Lumi 認認真真幫尚之桃分析，她寧願自己一輩子什麼也不是也不希望尚之桃輸。她就希望尚之桃贏了那些人，站到高處。

尚之桃根本無法對 Lumi 說有多愛她，只能說：「咖啡，我請。」

那天她的心情特別好，特別特別好。

她打電話給孫遠翥和孫雨，問他們晚上要不要一起吃飯，他們都欣然答應。

孫遠翥甚至在群組裡傳了幾家餐廳，他說：『這幾家怎麼樣？』

他們在群組裡討論餐廳和口味，最後孫遠翥說：『算了，我們回家吃吧。孫雨做的飯好吃。』

『那就這麼說定了，我下午不開管理會，等等去接桃桃，然後去接你，我們三個一起去買菜。』

『好啊。』孫遠翥說，他的心情看起來特別好。

尚之桃偷偷對孫雨說：『我覺得治療有效果了。妳看他現在，吃得多了，也愛講話了，那天晚上我們三個看電影回來，他還笑過幾次呢！』

『桃桃，我特別開心。』

『我也是。』

那一天真的是稀鬆平常的一天，他們在各自的崗位上工作，卻醞釀著下班一起去菜市場買菜回家做飯。他們計畫好，孫雨去接尚之桃，然後她們兩個一起去接孫遠翥，接著他們去菜市場買菜，最後回家做上一頓豐盛大餐。

一切計畫都很完美。天氣也很完美，秋高氣爽，微風不燥。

那天傍晚的雲霞特別好看，尚之桃和孫雨兩人同時拿出手機來拍，她們還把雲霞傳到群組裡，說：『快看，詩一樣的黃昏。』

他們把車開到孫遠翥公司樓下，孫雨打電話給他，他沒有接聽。

公司樓下被圍得水泄不通，她們兩個擠進去，問一個年輕女生：「怎麼啦？有活動嗎？」那女生眼裡噙著淚，說：「我們一個同事跳樓了。」女生好像被嚇壞了，並不覺得這樣的事會發生在她身邊。

「活得好好的，怎麼跳樓了呢？」

尚之桃和孫雨向人群裡擠，孫雨一直在打孫遠翥的電話，都沒有人接聽。她們擠到人群最內側，被警戒線攔住。她們看到一個人躺在地上，一條白布罩在他身上。

孫雨手中的電話還沒有放下，她看到一個人舉著電話到警察身邊，警察拿過電話接起：『喂。』

孫雨聽不清警察說了什麼，無數聲音在她耳中炸開，炸出了驚天動地的響聲，炸得她耳骨崩裂。她看著尚之桃，一滴淚都沒有流出來，她死死捏著尚之桃的手，孫雨看到尚之桃的目光黯淡下去，終於變成了疑惑。

她掛斷電話，手抖得不成樣子，牙齒也敲在一起，顫抖著聲音懇請尚之桃：「桃桃，妳能幫我看看是他嗎？能嗎？」

「什麼？誰？」

「那個人，能去幫我看看嗎？」

尚之桃眼睛閉了閉，過了很久才睜開，她說：「好。」

五十公尺的路，像走了一輩子，尚之桃踉蹌過一次，被保全扶住，他說：「也說不定不是。」

尚之桃被人帶到那具屍體前，白布揭開，那張血肉模糊的臉，尚之桃閉上眼睛，滿腦子都是孫遠翥那句：「真想跳進雲海裡。」

真想跳進雲海裡。

那天的晚霞特別美，特別特別美。孫遠翥死於紅霞滿天的黃昏，帶著他一身溫柔。他連死，都帶著詩意。

人們都在議論：「大好青年，不知道為什麼想不開？」

「是無人駕駛部門的青年科學家，國家棟梁，真的太可惜了。」

「也不知道遇到什麼想不開的事。」

所有人，所有人都以平常的姿態去議論這個死去的人，所有人都把這生死當成人間尋常事，他們不知道，離開的這個人，是別人渴求一生的愛人，是別人最好的朋友，是世間不尋常。

尚之桃終於失聲痛哭。

她問孫雨：「妳要再看一眼嗎？要跟他告別嗎？」

孫雨搖搖頭：「我不要，我要永遠記得他乾淨的臉。」她自始至終沒有任何表情。

尚之桃想不起那天後來發生的事了，不記得她在眾人面前怎麼哭泣，不記得孫雨怎麼拉著她離開，不記得她們怎麼回到家裡。

一切都是空洞的。

這個溫暖的家裡還有孫遠翥親自打造的書架，為盧克做的圍欄，親自粉刷的牆壁，親手種的花。

我不知道你們有沒有失去過最好的朋友，我有。尚之桃想，那種感覺真的太不真實了。她和孫雨坐在客廳裡，屋裡都黑透了，月光也如水。兩個人都盯著那扇門，總覺得再過一下孫遠翥就會開門走進來，他那麼瘦削，也那麼溫柔，對她們笑笑說：「我回來了。」

她突然想不起孫遠翥的樣子，只有一張虛無的臉，上面架了一副眼鏡。

「妳還記得他的樣子嗎？」她含著淚問孫雨。

孫雨沒有講話，起身走到廚房煮麵。她太餓了，胃裡特別特別空，急需用食物填滿。她吃了三碗麵，吃到胃裡堵得滿滿的，尚之桃搶她的筷子，哭著求她：「妳別這樣，孫雨。」孫雨端起碗喝湯，胃開始絞痛，她好像突然能夠理解為什麼孫遠翥不喜歡吃東西了。放下碗走進臥室，關上門。

尚之桃坐在房間裡整夜無法闔眼，天亮了，她突然想起孫遠翥的模樣，是在下過雨的清晨，跟她一起走到公車站。對她說：「我叫孫遠翥。」

她說：「猛志逸四海，騫翮思遠翥的遠翥嗎？」

猛志逸四海，騫翮思遠翥的最後一句是「古人惜寸陰，念此使人懼」。

這本來應該是很好的一天，卻成了她們生命中最糟糕的一天。

第二天傍晚，孫遠翥的爸爸和妹妹來收拾他的遺物。他的妹妹長得可真好看，神情像極了他。屋子裡明明有四個人，卻沒有人講話。尚之桃和孫雨站在門口看著孫遠翥的親人們為他整理遺物，掀開他的床，下面也堆滿了書，還有一個小盒子。老人打開，看到小盒子裡裝著七七八八的東西，盒子上貼著標籤：贈予雨桃。

她們接過這個盒子，孫雨看到她在過去這麼多年中送給孫遠翥的那些小東西：一把梳子，一塊玉，一支鋼筆，一封信。孫雨把她成年後所有的溫柔都藏在了這些禮物裡，打開那封信，看到孫遠翥在信後加了一行字——

我將於人世外看妳戀愛、結婚、生子，一生喜樂，永不受苦。

還有一個核雕的小人，是尚之桃綁在枝椏上的那一個。

人世間風塵僕僕，是旅人也是歸人。

這些禮物，統統是孫遠翥在漫長歲月中的溫柔相贈，從此她們只能回報以風。

是在一個夜裡，尚之桃連續失眠的第七個夜晚，孫雨一直睡了吃吃了睡的第七天，她躺在床上，聽到客廳裡有聲音。循聲而去，看到孫雨站在客廳裡哭，她回頭看著尚之桃，淚雨滂沱：「第七天了，他不會回來了。」

尚之桃抱住孫雨，緊緊攬住她最後一絲魂魄。

「我不會戀愛結婚生子的，我那樣做了，他就不會看著我了。」

「我希望來世我在十七歲就遇到他，我要把我一生的愛都給他，從少年到暮年。」

「我希望我對他說過的那些我愛你都變成他離去路上的燈，照亮他腳下的路。」

「我希望他再也不會痛苦。」

人生至暗，我想為我的愛人點燃一盞長明燈，一路送你到路的盡頭，送你到你想去的雲裡。自此我在塵世，你在雲裡，也在我心裡。

願你長命百歲。

# 第三十章　再見北京

是 Tracy 給欒念看的影片。

HR圈子裡盛傳的員工不負重壓跳樓影片，影片的最後一個女孩撕心裂肺的哭。

欒念看到痛哭的尚之桃，也沒來由跟著難過起來。他將手機還給 Tracy，低下頭問她：「死者的名字？」

「為了尊重死者，並沒透露他的名字。據說姓孫。」

欒念抬頭看著 Tracy，又看向尚之桃空著的工位。

「Josh 給假了。」Tracy 對欒念說：「這種特殊情況，我們不好強行讓員工上班。畢竟她崩潰了。」

「好。」

欒念一直撥打尚之桃的電話，卻無人接聽。起身出了門。他去過尚之桃的家，一個溫馨的小家。手在門鈴上按了十幾分鐘，才聽到有腳步聲緩緩而來。門開了，他看到一個了無生氣的孫雨。

「有事嗎？」孫雨問他。

「尚之桃呢？」欒念問她。孫雨側過身體讓他進去，自己則回到臥室。欒念的心抽痛了一下。他走到門口，推開門，看到靠在床上看書的尚之桃。

她抬起頭看他，目光遙遠，像在看一個不太熟的人。欒念坐在她床邊，過了很久，手去尋她的，手心貼在她手背上，對她說：「節哀。」

尚之桃抽回手，並沒有講話。欒念就這樣陪她待著，她屋裡沒有開窗，還拉著窗簾，令人覺得窒息。她好像有兩天沒有睡覺了，眼底有淡淡一層黑眼圈。也沒有洗澡，房間裡甚至有發霉的味道。

「要出去走走嗎？」欒念問她。

「有沒有覺得開心？」尚之桃突然這樣問他。

「什麼？」

「你最討厭的孫遠翥死了，你有沒有覺得有一點開心？」尚之桃將書放下，看著欒念：「被你汙衊數次的孫遠翥死了，你開心嗎？」

「不對，你應該不會開心。因為他跟你沒有什麼關係，你一向事不關己高高掛起。自私自利。」

「妳覺得我是這樣的人？」他問她。

「你不是嗎？」尚之桃反問他。她並不十分在乎答案，只是她心裡堵得跟什麼一樣，迫切想發洩。她覺得欒念是最適合的發洩對象了，無論妳說什麼他最多只會生氣，大不了罵一句傻子，他從來不放在心上，因為他根本不在乎。像他這樣什麼都不在乎的人真的太幸福了，因為不在乎，所以他自己從來不會受苦，他只會讓別人吃苦。

很意外的，欒念這次沒有生氣。

他走到窗前拉開窗簾，陽光透過窗打在尚之桃臉上，她的眼察覺到刺痛，轉過頭去。

「拉上。」她對欒念說。

欒念像是沒聽到，轉身出門去洗手間找毛巾。她們的洗手間牆上釘著一個毛巾架，三條乾淨的毛巾掛在上面，距離適中。木架上用彩色筆寫著名字，欒念拿起「桃桃」下面的那條，打開水龍頭洗了擰乾，又走回臥室。

尚之桃的書放在她手邊，她正看著窗外不知道在想什麼。欒念走到她面前，手剛伸上去就被她打開：「你走開！你別碰我！」

欒念一言不發，將她按倒在床上，不顧她激烈掙扎，把毛巾蓋在她臉上，擦拭的動作卻很輕。她臉上還有隔夜淚痕，欒念的心又疼了疼。

尚之桃的眼睛騰地熱了，她咬緊牙關，將眼淚憋了回去，頭偏過去不看欒念。她不想見他，尤其是在這樣狼狽的情況下，她只希望他快點離開，讓她安安靜靜看一下書。

欒念從來不會如她願。

他拎了把椅子放到她床邊，坐了下去，拿出手機來玩，不看尚之桃。

他們都不講話，空氣很安靜。

尚之桃又坐起來，拿起書看。她看這本書，連書頁都不敢折，輕輕地翻。孫遠翥那滿屋子的書都留給她了。

尚之桃想，我得買一間大一點的房子，這樣我才能有一面書牆，才能放下這麼多的書。

他們兩個就這樣對坐到傍晚，欒念一句話都沒有講。天再黑一點，他走到廚房，打開冰箱，發現她們家裡沒有什麼存糧。就拿著尚之桃的鑰匙出了門，他開車回家，取了桂花、糖漿和牛奶，又去市場買了菜。

再回到尚之桃家，打開門，屋裡一片漆黑。欒念幫尚之桃做了她最喜歡的桂花牛奶，端到她面前：「喝。」

「我不想喝，我也不想吃。我不餓。」尚之桃轉過臉去。

欒念將被子放在她床頭櫃上，轉身走出去。

廚房裡乒乒乓乓響，桂花的淡淡香氣入了她的鼻，鼻子一酸，眼淚又流了下來。

外面是燒熱的油鍋炒菜的聲音，米飯的香甜也飄了進來，尚之桃聞著那香氣，突然覺得有一點睏，靠在床頭睡了一下。

等她睜眼的時候欒念已經走了，桌上擺著飯菜，孫雨坐在桌邊，正低頭吃飯。

尚之桃也坐過去，只吃了幾口，就不想再吃。

欒念接連來了六天，但他從來不講話。尚之桃不知道他為什麼要來，他明明什麼都不關心。是在孫雨終於痛哭後的那個晚上，兩個人好像覺得重新活了起來。

隔天，她們正常梳洗上班，像一切都沒發生過。

尚之桃到了公司，同事們投以同情而異樣的眼光，Lumi 走在她身邊，突然罵了一句：「看他媽什麼看！」

尚之桃拉住她的手，不許她罵人。她已經失去了一個很重要的朋友，剩下的那幾個朋友，她希望她們永遠都不要煩惱，也不要生氣。

尚之桃陪 Lumi 去買咖啡，看到欒念站在櫃檯前，就等在門外沒有進去。欒念回頭看到 Lumi，突然沒來由問了她一句：「睡到 Will 了？」

「哈？」Lumi 有些震驚，不知道他為什麼這麼問。

「好，我知道妳睡到了。好不容易睡到的，要好好利用。」欒念拿著咖啡走了。

他經過的時候，尚之桃轉過身並沒跟他打招呼，她不知道這樣的疼痛什麼時候會過去，有時她刻意忽略那突如其來的難過情緒，做一個看起來很開心的人。只有她自己知道，她非常想念她的朋友，非常非常想念。

她週末還是會去欒念家裡，只是他們不再做愛了。尚之桃對做愛失去了興趣，她只是喜歡跟盧克待在一起。在欒念家裡，她也不會跟欒念講什麼話，頂多就是那幾句「請你幫我拿一下……謝謝……」。

她曾經對欒念那些很熱烈的情緒慢慢消失了，她甚至能察覺到那情緒消失的過程。這跟孫遠翥的離世沒有關係，是在他飛去西北找她，他們吵了一架那天真正開始的。

她想把盧克接走，可現在孫雨十分害怕聲音，盧克如果突然大叫，會嚇到她。她對盧克說：「你在這裡再待一些日子好不好？等孫雨姐姐好點了，我就接你走。」

她經過漫長的準備，終於迎來了述職。

述職的那天，已經是初冬的一天。

她穿著一身幹練的衣裙，還化了妝。那天下午風很大，坐在會議室裡能聽到外面樹枝的響動。尚之桃的對面坐著七位評審，真奇怪，今年的評審陣容太過強大。

Tracy 對她微笑：「Flora，開始吧。」

尚之桃講了她過去的六年，一個一個關卡的解決方案，一個一個專案沉澱出來的經驗，最終講到那個影響力巨大的專案。這個陳述過程甚至有一些感人，Tracy 在她陳述結束後突然說：「我還記得跟 Flora 第一次通話時妳講了什麼。」

「我也記得第一次見妳時妳的樣子。六年過去了，時間真的太快了。我想在其他評審提問前先代表公司感謝六年來妳的辛苦付出，謝謝 Flora。」Tracy 起身擁抱她。

欒念想起他第一次見尚之桃的樣子，並不是在 Alex 的辦公室裡，而是那天早上，他推開咖啡店的後門走出來，餘光看到大廳的沙發上坐著一個女生，坐姿端正筆直，都二〇一〇年了，還有人這樣坐著，無比謙卑。

六年過去了，尚之桃身上的謙卑並未隨能力的增長而褪去，那謙卑是一直都在的。她總有無窮無盡的求知欲，經常在各種會議上打破砂鍋問到底。她可以向任何人請教和學習，甚至並不羞於向實習生提問。這太難得了。

時光改變人，也雕塑人，卻沒辦法改變尚之桃的內核。她多麼堅韌。

Will問了尚之桃在市場部工作的專案，他非常感興趣。尚之桃工作扎實，也思考嚴謹，更難得的是，她也敢於設想和打破常規，甚至針對目前的預算工作給出了建議。

在這期間，欒念並沒有提問。在所有問題結束後他才說：「如果重新給妳一個機會，妳還會選擇去西北嗎？」

「會。不為選擇後悔。」尚之桃說。

欒念點點頭：「評分吧。」

凌美的晉升機制非常嚴謹，評審根據職級和崗位模型梳理出不同的評分參數，要匿名針對每一個參數進行評分，最終算出七個人的綜合分數。

尚之桃看著他們打分，評審就是評審，妳根本看不清他們的想法，因為他們面無表情。打分結束後，上傳系統。

Tracy對她說：「打分結果會在今天晚一點進行公示，辛苦了。」

尚之桃點點頭：「辛苦各位評審老師。」

她走出會議室，看到 Lumi 對她揚眉，就走到她面前問她：「怎麼啦？」

Lumi 指指手機：『尚之桃同學，Will 說妳非常棒。他給了妳綜合評分最高。』Lumi 傳完這句又加了一句：『Will 說跟妳是不是我的好朋友沒有任何關係。單純是因為妳真的很厲害。』

尚之桃看著 Lumi，這個在職場上陪了她六年的人。她好像沒有那麼在乎輸贏了，她突然意識到，眼前的人、在她身邊這些人才最重要。

可 Lumi 不同意，Lumi 對她說：「如果一定要有一個人贏，這個人為什麼不能是妳？」

「不是妳我第一個不服。」

會議室裡的老闆陸陸續續走了出來，尚之桃看到欒念深深看了她一眼，走進了辦公室。

尚之桃想起那時她因為他沒提前告知她宋鶯參與競崗的事而難過，好像今天也沒那麼想讓他提前告知她結果了。

她看著欒念皺著眉坐在辦公桌前，過一下他拿起電話，再過一下 Tracy 走進欒念辦公室坐在他對面。他們不知道在談些什麼，神情都很嚴肅。

尚之桃坐在工位上等一個結果，她不知道結果會以什麼形式通知她，只有參與過的人才知道，但奇怪的是大家對此似乎都不願意多談。

時間過得真快。

六年了。

尚之桃終於知道評審結果是如何通知的了。

她收到一封郵件，郵件上寫著：『十分感謝您對工作的高度付出，很抱歉的通知您，您本次晉升失敗了。相信以您的能力，下次一定可以通過。別灰心哦！』

多平常的幾句話。

尚之桃好像並不意外，她甚至心如止水。但她還是點開了郵件裡的網址，網址裡是評語，以及各個評審的匿名評分。二十多個維度，每一個候選人的評分對比都在上面。

她的各項評分都很好，只有兩個評審，在創意能力和業績貢獻這裡給了她極低的分數。

Grace 傳訊息給她：『桃桃我是不是要恭喜妳！我給妳打了很高的分數！Tracy 也給妳打了高分！我剛剛問她了！』Grace 傳來她的評分截圖，剛好跟其中一個相差無幾。

尚之桃知道其中一個低分評審是誰了，儘管評分是匿名的。

因為他曾無數次說過：「創意能力多半是天生的，後天努力未必能實現。」

「妳的特長在專案管理，甚至是團隊管理，做創意需要靈感，不要為難自己。」

「承認自己比別人差有那麼難嗎？」

尚之桃想，我用了六年的時間換不來你尊重的平等對待。她從前沒有這樣的勇氣，因為那時她特別特別愛他，愛到一次次低頭，愛到她自己都覺得卑微可笑。

Lumi 那天恰好加班，看到她還沒走，就問她：「結果出來了嗎？」

「出來了。」

「成功了嗎？」

尚之桃搖搖頭，闔上電腦：「喝一杯嗎？」

「好。」

她們兩個去了從前經常去的小酒館，尚之桃喝了三兩白酒，就不肯再喝了。無論Lumi怎麼勸，她都搖頭。

「喝點吧？」

「不了，我還有重要的事要做。」

她們出酒館的時候天上飄起了小雪。

「靠。這幾年雪越下越寒磣了。好歹也是一個北方城市，你給老娘下大點行不行？」

尚之桃咯咯笑出聲來：「不如以後來冰城，我帶妳看世界上最好看的雪。冰城的雪下得可大了，鵝毛大雪，轉眼間就白頭了。」

「還他媽等以後幹什麼？老娘現在就買機票，明天就去。」

「不請假啦？」

「請他媽什麼假請假！老娘有的是錢！想幹什麼幹什麼！犯得著請假嗎？」

「吵架了？」

「沒吵。他不配。一個離了婚的老男人值得我吵？」

「也不算老吧。好像比Luke小一歲。」

兩個人在一起等車的時候聊了男人究竟多大歲數算老，並沒有什麼結果。尚之桃上了車，報了欒念家的地址。

這城市這麼喧鬧，車窗外燈火闌珊，街邊的人步履匆匆，她卻無處落腳。在途經一個路口，看到下晚自習的孩子們在路邊笑鬧的時候，尚之桃的情緒突然崩潰了。她哭得很厲害。

司機不停回頭看她，終於忍不住問她：「妹妹沒事吧？遇到什麼大事了啊？不行妳跟叔叔說說，叔叔什麼事都遇到過。」

尚之桃什麼都說不出來，只不過是在競爭中失敗而已，她又不是沒輸過，明明是這麼小一件事，她卻過不去了。她也不想讓這件事過去。尚之桃一邊流淚一邊想，就是因為她過去的無數次退讓才變成今天這樣的。

她進了欒念家門，盧克跳上來迎接她，欒念剛剛脫了大衣，準備喝一口水。回過頭的時候，看到正在流淚的尚之桃。

她從來沒在他面前哭過，從來沒有。無論她多麼難過，她都咬緊牙關不許自己哭。她哭的時候很狼狽，眼睛腫起，鼻尖通紅，應該哭了很久。

欒念向前走了一步，他想抱抱她，想對她說：沒關係的，只是一次平常的競爭，妳那麼出色，下次一定能行。卻聽到她哽咽的說：「你為什麼給我評那麼低的分數？」

「評分是匿名的，妳怎麼知道是我評的低分？」真可笑，尚之桃對他連基本的信任都沒有。

「不是你還能是誰？」

「妳確定妳優秀到會讓所有人給妳各個維度高分嗎？妳確定妳平常維護的那些狗屁關係就是可靠的嗎？」

尚之桃不想聽欒念講大道理，她搖搖頭：「我就想問是不是你？」

「我說不是妳信嗎？」

「不信。」

「那不就得了嗎？」

「你永遠對我有這樣的偏見！覺得我不行！覺得我沒有天分！你永遠不懂尊重我！不懂平等看到我！我為什麼跟你這種人在一起六年！」

「我是哪種人？」欒念退回到原來的位置，冷冷問她。

「高傲！狂妄！自私的人！」

盧克有一點緊張，牠坐在尚之桃面前，看看尚之桃又看看欒念，最終頹然的趴在地上。

「尚之桃，我建議妳冷靜。」

「我冷靜不下來，我為什麼要冷靜！我他媽在這城市努力了六年，到頭來一無所有！你不是我你憑什麼勸我冷靜！我為什麼要冷靜！」

「妳這樣會讓我以為妳輸不起。」

輸不起。尚之桃被欒念一如既往的態度刺痛了，她不明白為什麼他永遠要這樣高高在上，從不肯與她平等講話，為什麼永遠要指責她，而看不出她需要他的安慰。

六年了，她為什麼要用六年的時間去等一個這樣的人覺醒呢？他永遠不會覺醒的。因為他根本就沒把她放在平等的位置上。

尚之桃從前不在欒念面前哭的，今天淚水卻止不住。手捂著臉，淚水還會從指縫裡流出來。她心想，我太難過了欒念。我以為我可以的，但是到頭來我什麼都沒有。這城市那麼那麼大，我什麼都沒有。我失去了最好的朋友，我輸掉了本應該贏的比賽，我三十歲之前不能擁有自己的小家，我還要繼續漂泊。

欒念就站在那裡看著她哭。

後來的他無數次後悔，那天他應該擁抱她的，可他沒有。尚之桃的話刺痛了他，因為在她眼中他是狂妄、自私的人，而她並沒有說錯。

過了很久很久，尚之桃終於擦掉淚水，她對欒念說：「我要結束我們的關係。」

「結束什麼？什麼關係？」

「我要結束我跟你之間骯髒的、醜陋的、令人作嘔的關係。」

尚之桃一字一頓，吐字清晰。

骯髒的、醜陋的、令人作嘔的。

欒念的心被什麼鑿了一下，特別疼。他從前不知道是這樣的，在他們幾乎沒什麼話講的那些日子裡，他不只一次去想，或許他們之間差了一些什麼，但不至於走到分開那一步。等過一段時間，她不那麼難過了，一切就會好起來。

「妳覺得妳的戀愛關係是骯髒的、醜陋的、令人作嘔的？」欒念手插在口袋裡，向後退了一步，冷冷看著她。

「不，我們不是戀愛關係。我從來沒把你當作我男朋友過。」尚之桃想，即便在談戀愛的這段時間裡，她也從來沒有感覺到與他相愛過。她不被他需要，不被他信任，不被他理解，他永遠要凌駕於她之上。

「所以妳跟我在一起只是為了追求事業成功是嗎？但今天妳競崗失敗了覺得我沒有利用價值了是嗎？尚之桃我告訴妳，妳競崗失敗就是妳自己的原因。沒有人應該為妳的失敗買單。」

「我競崗失敗的原因就是因為我跟你睡了六年而你最後連個公平的判斷都沒有！」

「妳也說了，睡了六年而已。可以是妳，也可以是別人。今天我為妳打的分數就是我對妳公平的判斷。」

尚之桃知道自己永遠不會回頭了，她需要的似乎就是這樣的契機，一個徹底離開他永不回頭的契機。從前的她，每當想到要離開他就會心痛不已，有一根透明的線橫在那裡，平時根本看不到，但每當她要邁出離開他的那一步，那根線就會攔住她。

今天那根線徹底斷了。

「好的，那我們就到這裡吧。」尚之桃對欒念說。

「請便。」欒念披上了那件傲慢的外衣，不肯低頭。

尚之桃看著盧克，牠好像很不開心，趴在那裡。牠大概不知道牠要離開這個富有的住所了。她轉過身去找狗繩，對盧克說：「站起來。」

盧克懵懂地看著欒念，又看著她，一動不動任由她套上背帶。尚之桃拴好牠，轉身要走，聽到欒念說：「我重申一遍，我不吃回頭草。妳是成年人，妳說的結束，就永遠不要再開始。」

「我永不回頭。」

尚之桃拉著盧克向門口走，盧克好像突然意識到什麼，向後坐不肯跟她走，口中嗚咽一聲。

尚之桃無論怎麼用力牠就是不動。

她的眼淚突然又出來了，蹲下身來對盧克說：「你只能選一個，要麼跟我走，要麼留下。如果你留下，就再也見不到我了。」

欒念背過身去，他自己都沒有意識到他拳頭攥得那麼緊，好像有什麼尖銳的東西在扎他的心，不重，然而一下又一下，就會有一點疼。

「你走嗎盧克？你要留下是嗎？那你留下。」

尚之桃鬆開狗繩，轉身出了欒念的家門，外面的雪下大了一點，她聽到門響的聲音，盧克跑了出來、跑到她面前，將自己的狗繩叼給她。

尚之桃蹲下身去抱住牠，雪落在牠身上，讓牠的毛變得濕漉漉的。她緊緊抱著牠：「盧克，跟我一起開始新的生活好嗎？」

盧克嗚咽了一聲，回頭看向欒念房子的方向。

尚之桃並沒有回頭，她再一次擦掉臉上的淚水，牽著盧克向外走。

欒念住的社區真的挺大的，下雪了，他們走得很慢，期間尚之桃好像聽到身後有腳步聲，回過頭去，身後空無一物。

門口又是那個跟她很熟的保全，見到她還與她打招呼：「尚小姐遛狗嗎？」

尚之桃點點頭：「是。」

她帶著盧克離開那個社區，身後的房子離她越來越遠。

最終變成雪中的一個孤點，看也看不清。

尚之桃牽著盧克在寂寂長夜中走了很久。

那天的雪越下越大，終於下成了 Lumi 想要的不寒磣的雪。那幾年北京真的太少下雪了，偶爾下一場，把整個城市在夜燈之下映得雪白透亮。

雪落在尚之桃的帽子上，圍巾上，慢慢就積了一層。盧克喜歡雪，有時會停下把鼻子塞進積雪裡，聞一聞。但牠不開心，偶爾會回頭。

尚之桃想攔車，但這樣的雪夜很難攔到。於是打給孫雨：「妳可以來接我一下嗎？」

孫雨從來沒見過這麼狼狽的尚之桃。

她像剛剛經歷一場霜凍，整個人還覆著寒氣。盧克在後座趴著，沒有一絲活力。

「我晉級失敗了。」尚之桃對孫雨說：「我準備了很長時間，以為自己會贏。但我輸了。」

孫雨安靜聽她說，下著雪的夜晚車行很慢。外面行人消失，也沒有什麼人，一片風雪寂靜。下雪的時候她會想起孫遠翥，尚之桃也會。就這樣安靜很久，孫雨才對她說：「桃桃，要不要來我公司做副總？妳看啊，我們明年應該會拿到C輪。這個也要得益於……」孫雨看了她一眼，避開欒念這個名字：「我覺得妳的能力，現在去任何公司做一個職業經理人都沒有問題的。妳看妳在西北，管理那麼大的團隊，把專案做得多好。我讓HR找妳談薪水好不好？妳把妳想要的薪水提給HR，讓他們評估。」

尚之桃搖搖頭：「謝謝妳。但我不想去。」

「那妳想做什麼呢？妳這麼狼狽，妳知道我不能再失去一個朋友了對嗎？」孫雨有點哽咽：「我好不容易才好一點，妳別做傻事再嚇我。我不一定能扛住。」

「我不會的。」尚之桃又流淚了：「我只是分手了有點難過。」

尚之桃的手機沒有靜音，她洗了澡，上了床，無論如何睡不著，又坐到窗臺邊看雪。剛剛經歷一場巨大的崩潰，心裡的空洞無論如何也填不滿。她的手機始終沒有響。尚之桃從來都知道，欒念不會找她。他懶得追溯，也懶得求索，妳來他就候著，妳走他就去做別的事。尚之桃沒有想過分手會讓人這麼難過。明明也是在吃飯，可飯吃不出滋味；也難得去看劇，可劇演的是什麼她看不進去；明明在洗衣服，但水龍頭總是忘了關。

孫雨陪她熬了一個週末，她知道最簡單的辦法就是打電話給欒念，讓他把尚之桃接走，那樣尚之桃就會感覺好一點。但她不能那樣做。因為下一次尚之桃會更難過。一段不健康的關係必須要經歷打破重建，只是孫雨不知道他們還會不會重建了。

在週日晚上的時候，尚之桃突然對孫雨說：「我從來都知道，他不會對我多說任何話。無論發生什麼，他永遠不會主動。」她去洗了澡，敷了面膜，第二天還要上班呢。

Lumi 沒去成冰城，週一在工位看到尚之桃，繞著她走了兩圈，誇她：「我靠，這麼好看的人是誰啊？是我的 Flora Shang 嗎？」

尚之桃對她笑笑：「我化的妝可還行？」

「相當啊！」Lumi 捏她臉：「這小嫩臉，怎麼這麼讓人嫉妒呢！」

兩個人嬉鬧了一下，起身去買咖啡。遇到開會出來的欒念。他身上是熟悉的好聞的清洌味道，在冬天更顯出這個人的涼薄。兩個人都沒有看對方。Lumi 伸手跟欒念打招呼：「Luke 開會呢？」

欒念像是沒聽到一樣，進到電梯裡，站在前面。他穿了一件材質很棒的灰色西裝外套，一件黑色高領毛衣。將整個人襯得越發挺拔。電梯裡有奇怪的靜默，Lumi 甚至覺得有點彆扭。就沒話找話：「Luke 週末去哪玩了啊？」

「聚會。」

「聚會好啊，我也經常聚會。改天一起去夜店玩啊？」

欒念不再跟她寒暄，Lumi 撇撇嘴。

尚之桃不知道是不是所有人分手後都是這樣的，彼此不再講一句話。她跟欒念沒有任何講話的欲望，她也不怕在公司裡遇到他，她不會躲避他，會從他面前正常經過，但她不再跟他講話，甚至視線都沒有交流。

十二月中旬的時候，老尚摔了一跤，尚之桃請假回去看他。

老尚真可憐，一腳樓梯沒踩好，左腳粉碎性骨折，躺在床上哼哼唧唧。尚之桃看老尚的樣子特別特別心疼，就責備他：「我媽說你跳著下樓摔的。多大歲數的人了還要跳著走！」一邊說一邊擦眼淚，指尖觸他的石膏：「你就說摔一下疼不疼？年輕人摔這一下也要三五個月，你就等半年吧！」

「我買了輪椅和拐杖給你，你都得聽醫生的，醫生讓你怎麼康復你就怎麼康復。知道嗎？」

老尚見女兒生氣，就不敢再貧嘴，嘿嘿笑：「行。妳爸身體好著呢，別人三五個月，我兩個月就走給妳看看。」

大翟在一邊瞪他：「你快閉嘴吧！一天天就靠那張嘴活了！」

尚之桃幫老尚換衣服，老尚還不好意思，彆彆扭扭：「讓妳媽來，讓妳媽來。」女兒大了，父親也要避嫌。尚之桃去找大翟，看到她在屋裡偷偷抹眼淚。

尚之桃突然覺得很對不起他們。

他們從來都由她意，她只喜歡學寫字，那就寫；她成績不算好，那就這樣；她要去南京讀書，他們送她去；她想去北京工作，那就去北京。

老尚一直說：「我老尚這輩子就這一個女兒，我不寵誰寵？」

老尚還說：「我不寵我女兒，我寵你女兒啊？」

「女兒就要嬌養。我們桃桃從小沒挨過打，性格也不跋扈。在那麼大的公司工作，成績還特別好。我這女兒養得值。」

每次尚之桃聽老尚吹牛都會臉紅。她總覺得自己不是那個最好的女兒，她不過是恰巧有很好的父母而已。

她在家照顧老尚兩天，高中同學叫她出去吃飯。她收拾好就去了。其實每年放假回來都會聚一次，但她這兩年回來被老尚安排得滿滿的，就錯過了兩次相聚。

高中同學感情都很好，很多人是在冰城讀大學，也有人大學畢業後回到這裡，真正在外面漂著的人好像就那麼幾個。冰城並不算太大，大家下班早，打個電話，群組裡嚷嚷一聲，能來的不管多遠都來。

冰城的雪很多，每隔三兩天就下一場雪，有時一場雪下兩三天。他們約在老城的一家燒烤店，因為離尚之桃家近。

賀雲是尚之桃高中最好的朋友，大學讀警校，畢業後在冰城市警察局做小小的警察。這次來挺著大肚子，尚之桃有點驚訝：「前幾天寄烤鴨給妳的時候妳可沒說妳懷孕了。」

賀雲指指肚子：「妳大姪子想吃。」

「知道性別了？」

「醫生說準備藍襪子。」

高中同學留在冰城，結婚的結婚，但都相對自由，過著普通幸福的小日子。尚之桃酒量練出來一些了，就坐在烤串店的窗邊，跟大家喝酒聊天。他們聊大家的近況，賀雲拍著尚之桃肩膀說：「高中同學裡，條件很好還單身的男人，我知道只剩隔壁班的那個邢逸了。」

「那個校草？」另一個同學問。

「對對。在政府工作，有一次來我們局裡辦事見到了。」

尚之桃聽大家聊天，一回頭就看到老城的雪中燈火，街邊行人呼出的氣蜿蜒而上，賣冰棒的人將上百箱冰棒排在地上。突然就覺得，她應該回來了。

父母在，不遠遊。

她可以回到這裡，用自己這些年賺來的幾十萬積蓄付頭期款買一間三十六坪左右的房子，重新開始熱騰騰的生活。

決定就是這一瞬間定下的。

那天他們喝了很多酒，以至於大家最後都有些喝多了，除了大著肚子的賀雲。尚之桃好像很久沒這麼歡暢了，她靠在賀雲肩上，對她說：「我覺得我們回到了十七歲。」

「十七歲的時候妳還什麼都不懂呢！」賀雲笑道，敲她頭。

可不是嘛，十七歲的尚之桃有點傻。無論誰有什麼好事，考第一了獲獎了，她都真心為別人鼓掌。同學們也會背後議論尚之桃：尚之桃不會是缺心眼吧？她怎麼不嫉妒別人？也有男孩遞情書給她，把她嚇壞了，對賀雲說：「他不會想害我吧？」

故事可多了。大家在席間講起，笑得不能自已。

是在晚上近十一點時接到 Tracy 的電話，她對尚之桃說：『本來今天想找妳面談，但 Josh 說妳家人生病請假了。沒事吧？』

「就是我爸沒有好好下樓梯，左腳骨折了。養著呢，謝謝 Tracy 關心。」

『我打電話給妳有兩件事，第一件事是今年公司的年會需要企劃部一位同事來策劃籌組，我跟 Josh 溝通過，他推薦了妳；另外一件事，我本來想當面跟妳說，但是我等不及了。』Tracy 明顯心情不錯。

尚之桃掐算著時間，用半個月時間搞定一場公司年會足夠了，就答應了 Tracy：「那另外一件事是什麼呢？」

『今年公司新增了一個特別貢獻獎，與聘用專家同等獎勵，有一點不同的是，聘用專家的股票是分三年行權。特別貢獻獎即時生效。』Tracy 頓了頓，說：『特別貢獻獎，獎勵在公司工作五年以上，近三期績效 A＋以上，操作過三個以上公司級項目，且操盤過 S＋級專案的非專家級員工。今年公司只有妳和 Frank 符合。所以 Flora，恭喜妳。』

那天冰城的雪很大，尚之桃靜靜聽 Tracy 講話。她不知不覺流了淚，天氣那麼冷，淚水都凍到臉上了。

「Tracy。」尚之桃的聲音有一點啞：「謝謝妳。」

『這是妳自己贏得的 Flora。妳不用感謝我。如果真要感謝什麼，那就感謝妳過去六年來的每一次堅守吧。』

「可是 Tracy，我想跟妳說一件事，妳可以替我保密嗎？」

『可以。妳完全可以相信我。』

「我想離職了。我說真的。如果公司把這個獎勵頒給我，公司會損失。而妳也要承擔核心員工異動帶來的壓力。」尚之桃不想給 Tracy 找任何麻煩，這麼多年過去了，Tracy 對她始終滿懷善意。尚之桃尊敬她。

『不如先拿了股票再考慮怎麼樣？妳知道的，凌美的股票特別值錢。』

「我已經決定要走了。」

『那妳接受就好。其他的事情妳不用管。』

Tracy 是非常強勢又理性的人力資源管理者，當別人數次動她的地盤修改她的規則後，她就會想去鬥一鬥。職場混到今天，誰都不是善人。與天鬥其樂無窮，與人鬥，更甚幾分。

「我……」

『接受。其他不用管。』Tracy 想，去你媽的，錢又不是我的。她已經準備好反咬一口了。

「Tracy 謝謝妳。」尚之桃鼻子凍僵了，手捂著鼻子。鼻涕淚水凍到一起，狼狽萬分。

『我替妳保密，對所有人。』

「好的，謝謝妳。」

尚之桃掛斷電話，如墮夢中。她沒有問 Tracy 為什麼公司今年突然多了一個特別貢獻獎，只是覺得這個獎來得很是時候。似乎是在為自己結束北京的生活提前放了一個禮炮，歡送她離開那座城市。

尚之桃第二天帶著大翟去看房子，她看好了一間房子，四十四坪多，頭期款五十萬左右，每個月貸款不到五千。她出得起。當天就決定了。

大翟在一邊一頭霧水，問她：「妳買房子幹什麼？」

尚之桃站在馬路邊，裹緊羽絨外套，幫大翟把圍巾繫好，然後才慢吞吞說一句：「我不買房子回來住哪？老跟你們擠在一起，鄰居不得說閒話嗎？老尚女兒在外面混了那麼多年，沒混出名堂，還跟父母擠在一起。」她說完就嘿嘿笑了。

「妳一年回來幾天，管別人說什麼呢！」

「不是媽。」尚之桃攬住她肩膀：「我的意思是說，我要回到冰城工作了。」

大翟愣了愣，近六十歲的人了，突然站在馬路邊哭了。

她走了十年了，從南京到北京，像一株浮萍，沒有根。只有在冰城，她才覺得自己腳踩在地上，這裡有她的親人、朋友，有她的童年、少年時代，有她喜歡的大雪。

還有哪怕經歷無數場霜凍，來年還能長出的野草。

像她一樣。

尚之桃把所有精力都投入到這場年會上。

凌美的年會是每年企業文化的重頭戲，頒獎、抽獎、表演，宣布重要決策。尚之桃作為專案經理，跟市場部要了 Lumi 過來幫助她一起。這是她的私心。她想讓自己在凌美最後這段工作時光，是跟最喜歡的人在一起。

好像又回到最初，Lumi 帶著尚之桃跑會場的日子。兩個人一起磨了兩天方案，然後拉著 Josh、Will 和 Tracy 拍板，沒問題了，就進入籌備階段。

他們向公司員工徵集他們人生中最喜歡的一張照片，大家也不知道是要幹什麼，痛痛快快就交了。他們又從公司素材庫裡剪出了很多當年一起玩的影片，很有意思了。

彩排那天，出了長差的欒念終於回來了。他帶著行李來到會場，看到會展公司忙忙碌碌搭建。尚之桃正在跟演員們開彩排前的會議。欒念坐到最後一排，看著尚之桃。

他們很久很久沒有講過話了。

有時在公司裡遇到，尚之桃的目光從不移到他臉上。有一兩次，欒念想跟她說一兩句話，就會想起她說的話。

——骯髒的、醜陋的、令人作嘔的關係。

——我從來沒把你當作我的男朋友過。

此時的尚之桃已褪去二十二歲的青澀，卻仍舊乾乾淨淨，站在那裡的姿態筆直鄭重，是她一貫的樣子。

真奇怪，二〇一六年了，竟還有人是這樣的站姿。

到高管表演環節，尚之桃請各部門老闆們到臺前，認真講解為他們設計的節目。欒念就站在她對面，離她近了點，看到她的黑眼圈，應該是為年會熬了不少夜。

尚之桃拿著提前列印好的節目腳本發給他們：「還請各位老闆配合。今年幫大家安排的節目是復古 Disco。我們專門請了舞蹈老師，等等會教各位老闆。動作都不難，但是很好看。」Lumi 出的餿主意，她說她想看看 Will 和倔驢扭屁股，應該挺性感。

「那妳可以安排他們跳脫衣舞啊？」尚之桃逗她。

「那不行，Will身上還有我咬的牙印呢！」Lumi對尚之桃眨眨眼。

「妳咬他幹什麼？」

「他惹我。」

Lumi才不讓自己受委屈呢，財大氣粗的拆遷小姐，又有些嘴比她還厲害的親戚，誰敢惹她啊，除了Will。

各位老闆面面相覷，都有一點抵觸。Tracy作為唯一一個女老闆卻很開心：「我跳我跳，我當年也是Disco舞王。」

其他人就看著欒念，希望他能拒絕。詩朗誦、彈鋼琴多好，說白了，職位高了，就不大能放得下身段。

欒念卻點頭：「聽導演安排吧。」

Lumi吹了個口哨，指指旁邊的服裝：「這是各位老闆的服裝，提前訂好的，也清洗乾淨了。按照各位訂公司T恤的尺寸租的哦。」

亮閃閃的衣服。

欒念一直都知道，尚之桃跟Lumi在一起，事情就會脫軌。

別人練舞，欒念坐在那玩手機，大家也不敢學他，認認真真的練。到合舞彩排的時候，每個人站到自己的位置，燈柱打下來，衣服閃閃亮亮，別提有多酷有多復古有多凌美。

欒念沒練，卻記得動作，跳得比別人好。Will古板，不肯扭臀，Lumi舉著大聲公喊他：「Will 老闆，您得扭起來啊。掉隊啦！」

「扭慢啦！」

「動作再大點！」

尚之桃在一旁憋著笑，目光終於掃過欒念，驀然想起第一年，她做秩序引導，站在臺下看他帶著他的朋友們表演搖滾樂。Lumi 對她說：這樣的男人，妳可以睡他，千萬別愛上他。

真正年會那一天，老闆們的節目果然令大家瘋狂。

燈柱一打，大家就開始在下面鼓掌起鬨，音樂響起，是改編版的〈Stupid Love〉。欒念依舊自信狂妄，依舊令人瘋狂。尚之桃站在舞臺旁邊，看到第二桌宋鶯的眼神，亦是她當年看欒念的眼神。這一次尚之桃覺得這一切都與她無關了。

置身事外的感覺真好。

二〇一六年年末的淩美新年晚會，是一場復古晚會。所有節目的設計都極其高級又有創意，有趣生動。有人問：「今年的導演是誰？也太棒了吧？」

「Flora 啊！還能是誰？」

尚之桃在第七個流程走完後去了後臺，她也有一個節目，是這場晚會的最後一個節目，邀請了幾個職場好友跟她一起表演。

她上一次當眾唱歌應該是八年前，時光真的不等人。

她站上升降梯，緩緩露出舞臺，她也有一束光，很柔和的光。身後是她們提前剪好的影片，影片的最初是當年他們在普吉島旅遊的笑聲，以及公司多年活動拍攝短影片出來的笑聲，甚至能夠分辨那些笑聲來自於誰。

舞臺安靜下來，尚之桃開口唱了第一句：「那片笑聲讓我想起我的那些花兒～」欒念終於抬起了頭，看到舞臺上的尚之桃，一個他從來沒有見過的尚之桃。真奇怪，他們在一起六年，他竟然不知道她唱歌這麼動聽。

所有人都看著尚之桃。從前他們覺得 Flora 是一個普通但努力的人，今天終於明白，每一個人都有自己的高光時刻。尚之桃太美了，一襲簡約白裙站在那，不戴任何綴飾，乾淨得像清晨荷葉上的露水，早春湖面的微波。

聲音也清澈。

身後的畫面更動人。

大家看到了彼此最珍視的照片，尚之桃的那一張，是二〇一〇年聖誕，她和孫遠翥、孫雨站在雪中，時光馥郁馨香，帶走了很多，也留下了很多。

歌聲漸漸淡下，又是一段影片，大概從五六年前剪起，他們在各種場合的深聊，動情處幾度落淚。

Lumi 站到桌子上，舉起手中的燈牌，大聲喊：「尚之桃，我愛妳！」

大家都喊尚之桃。

凌美的人習慣叫英文名字，這一天，卻共同在喊一個中文名。不管平時對誰虛與委蛇，不管誰家財萬貫背景雄厚，這一刻，所有人都明白，大家真正喜歡的人是誰。

是那個在職場中永遠正直、善良、樂於助人、傾囊相助的尚之桃，是那個言必出、行必果永遠最可靠的尚之桃，是那個永遠為別人進步和收穫真心開心的尚之桃，是那個敢於在性騷擾中頂著壓力站出來的尚之桃。

六年了，尚之桃用她的謙卑和堅韌完成了人生的蛻變，這可以是任何平凡人的蛻變。

欒念突然覺得眼眶發熱，低下頭去。

是在那一天，所有的表演落幕，在後臺更衣間裡，欒念遇到了剛換好衣服的尚之桃。他們的腳步停在幾公尺遠的地方，看著對方。

眼神撞到一起，好像都有很多話想說。

尚之桃無非是想告別，最終卻沒有開口。

「尚之桃，我明天要緊急飛去美國。等我回來，我們好好談一談吧？」他終於開口講話，是那天之後兩個人單獨講的第一句話。

尚之桃點點頭：「好。」

「唱得很好。」欒念又說。

「謝謝。」

「Flora，合照啦！」Lumi 在叫她，尚之桃回頭看了眼，對欒念說：「大合照了。」

「好。」

兩個人一起走向舞臺，大家已經等在那，尚之桃拿起大聲公安排大家站合照隊形，都站好了，Lumi 才問：「妳站在哪？」

「我隨便。」

「那不行，導演站中間！站 Luke 旁邊！」遠道而來的 Shelly 說。於是欒念身邊迅速移出了一個位置給尚之桃。她放下大聲公，站到那個位置，手臂背到身後，距欒念一拳的距離。

攝影師喊：「一二三茄子！」

大家喊了茄子，很拘謹。

「這還是凌美嗎？凌美的人要躁起來啊！」攝影師不滿，眾人大笑出聲，釋放了天性，姿勢千奇百怪。只有欒念和尚之桃，筆直站在那裡，微微笑著，完成了這張合照。

就這樣結束了。

熱鬧散去，尚之桃和 Lumi 癱坐在會場裡，看著彼此，都有散場後的落寞。

「喝一杯？」Lumi 問她。

「好，叫上孫雨。」

三個女人一起喝酒，那天都喝了很多。酒至深處，抱頭痛哭。也不知道哭的到底是什麼。好像女人喝多了都特別喜歡哭。如果不哭，就證明沒喝多。

孫雨捏著尚之桃的臉：「一定要好好的啊。」

「妳也是啊。」

Lumi在一旁抹掉眼淚，哭著說：「我靠！我最討厭告別。」

「真巧，我也是。」

尚之桃在凌美的最後一個工作日，她的離職審批已經審完了，到Josh就可以。剛好因為她沒有評上專家，審批到Josh這裡，流程就釋放了。

那天凌美搞了一個跳蚤市場，說要辭舊迎新。尚之桃把欒念送給她的包用Lumi的車載了過來。

Lumi從來不知道尚之桃有這麼多奢侈品，十四個包，全新的：「妳竟然是土財主！尚之桃妳從來沒跟我說過妳那麼有錢！」

尚之桃笑了笑：「說來話長。那就不說了吧！」

尚之桃第一次拆開了欒念送她的禮物，那麼多包。欒念的審美真好，他沒有買任何一個大眾款，他為她挑的包，每一個都好看。

「我靠！」Lumi站在她旁邊問她：「妳準備賣多少錢？」

「我不知道啊。妳幫我定價吧！」

「九七折就能賣。」

「那就九七折好了，幫我貼價格標籤。」

Lumi特別懂包包，所有的價格她都清楚，落筆特別快，尚之桃按住她的手：「妳等等。」

「什麼？」

「妳喜歡哪一個？我送妳。」

「太貴了。」

「五折。妳也看到了，我有錢。」

Lumi笑了，指了指最貴的那一個：「這個。饒是老娘坐擁幾間房產也沒忍心下手。」

「多少錢？」

「不到二十萬。」

尚之桃點點頭，欒念可真捨得花錢。她也捨得：「五折賣給妳。」

「那不行，姐妹關係再好，不能占妳十萬塊錢便宜。五折賣我，我再送妳兩個舊包。反正我不想背了。」

尚之桃被Lumi逗笑了：「好。」

她還五折賣了一個，賣給了 Tracy。Tracy 也不肯，尚之桃強買強賣了。她對 Tracy 說：「Tracy，我真的很愛妳。一個包而已，我甚至想送給妳。」

「別了。」Tracy 抱抱她：「Flora，不管去哪家公司，不管妳在哪裡，我希望妳能明白，妳特別優秀，是我見過最優秀的員工。不要相信任何人對妳的詆毀，妳只管相信自己。」

「好的。」尚之桃眼睛紅了：「謝謝您。」

公司裡的人都震驚了。他們都沒想到平時身上沒有一件奢侈品的尚之桃竟然有這麼多精品。偷偷議論她到底什麼來頭。尚之桃淡然處之，下班的時候她背著包走了，甚至沒有跟大家告別。

她離開北京的那天，北京也下了一場雪。盧克已經在前一天被朋友開車捎回冰城。

她將行李箱拖到門口，最後看了這間住了六年的房子一眼。這裡有她最美和最痛苦的回憶。眼淚沒來由的落了下來。明天孫雨也要搬走了，屬於她們共同的故事在這裡落幕了。

「走吧。」孫雨對尚之桃說。

車一路開往火車站，是最初的她們。那天下著雨，剛剛失業的孫雨用笑容迎接初到北京的尚之桃，並穿著雨衣帶她去逛了一次菜市場。

路過那個菜市場時，尚之桃一直向後看。好像看到四個二十多歲的人拎著肉和菜笑談著走出來，那是很年輕很年輕的他們四個。

她在火車站跟孫雨和 Lumi 告別，她說：「我會換掉電話號碼重新開始生活。等我打給妳們的那一天，就是我真正重生的第一天。謝謝妳們。」

三個女生相擁在一起，都忍著沒哭。

Lumi 說：「老子才不哭呢！丟人！」

可當火車緩緩駛離月臺的時候，她突然放聲大哭。

尚之桃看著車窗外 Lumi 突然咧嘴哭了，她的眼淚也決堤。火車軋在鐵軌上發出了鈍響，她的心像被碾過一次。

終於拿出手機，流著淚傳了一則訊息給欒念：『感謝六年來的陪伴，祝你一切都好。』

然後將欒念所有的聯絡方式都刪除了。

那幾年網路上突然開始流行逃離北上廣，當她的火車駛出北京的時候，尚之桃想：這不是在逃離，這是一場盛大的撤退。

因為我想擁有另一種可能。

再見，北京。

# 第三十一章　冰城重生

欒念是在幾個小時後看到那則訊息的。尚之桃每年過年都會傳一則這樣的訊息給他：祝你一切都好。

他愣了一下，甚至以為那一天是過年。就問梁醫生：「過年了？」

「什麼？」

「今天是除夕嗎？」

欒念翻出日曆，確定那一天不是除夕。他傳了一個問號給尚之桃，訊息卻傳不出去了。

欒念打字的手頓了一下。

梁醫生放下手裡的東西看著欒念：「你怎麼了？」

「沒事。」

「等等你爸爸講話的時候，你不要搗亂。也跟你那幾個朋友說不要起鬨知道嗎？」梁醫生叮囑欒念，這是她和欒爸爸結婚三十五週年紀念日，她三令五申讓欒念回來參加，不然別人該以為他們老來喪子了。

「好的。」

梁醫生察覺到欒念情緒不對勁，但他不說，她就不好多問。只能拍拍欒念肩膀：「有不開心的事你可以告訴媽媽，雖然我不一定幫得上，但我可以嘲笑你。」

真是親媽。

梁醫生和欒明睿的結婚紀念日辦得很溫馨。欒念看著父母穿著禮服站在那，平素嚴肅的父親今天也數度動容，突然覺得或許他也可以擁有這樣的人生。跟心愛的女人結婚生子，度過十年二十年五十年六十年紀念日。這一定也是充滿冒險卻也很好的一生。

他迫切想回國見尚之桃，梁醫生正在跟欒明睿含淚對視的時候，欒念拿出手機訂了票。

梁醫生問他為什麼著急走？多待幾天多好？

「去見妳喜歡的尚之桃。」

「我什麼時候能見見她？」

「或許過年的時候妳和我爸可以回國。她沒有簽證，現在辦來不及了。」

梁醫生真的認真思考了，而後說：「我覺得可以。要不要再飛去冰城見她父母？我記得她是冰城人。反正也回去一次，把該辦的事情都辦了。」

「應該見不到。」

「為什麼？」

「因為我們現在是分手狀態。」

果然搞砸了，梁醫生心想。每當她跟欒爸爸說覺得兒子快要修成正果的時候，欒爸爸總是撇撇嘴：我覺得妳兒子會搞砸。

自己生的兒子自己知道，他太難感受愛也太難愛別人了。

「如果和好了就對人家女生好點。媽媽沒記錯的話，你們在一起好幾年了吧？不容易。」

「好。」

欒念想跟尚之桃隨便說點什麼，在上飛機前打了一通電話給她，可電話是忙線狀態。這是尚之桃第一次封鎖他。從前他們之間無論發生什麼，她都沒有這樣過。

下飛機直接去了公司。那天是工作日，員工們應該都在上班。辦公室裡很安靜，他的眼落在尚之桃空著的工位上，沒來由的一陣心慌。

坐在電腦前，調出員工離職名單，看到尚之桃的名字。她在年會結束後的第四天離職了。他對此毫不知情。

欒念想起那天在年會後臺，尚之桃看著他欲言又止。那時他以為他們還能有機會坐下好好講講這六年。卻不承想那是她的告別。尚之桃用那一種方式跟他告別。

欒念知道她不是虛張聲勢，她從來都不虛張聲勢。

他打給 Tracy：「我想問問妳，為什麼核心員工異動沒有人跟我報備？」

『我去找你。』

Tracy 走進欒念辦公室，鎖上了門，坐在欒念對面。指著手邊的包問欒念：「我的包怎麼樣？」

「審美不錯。」

「從 Flora 那裡五折買的。」

欒念的眼落在那個包上，是有一年他去新加坡出差買給尚之桃的，他記得。她從來沒背過。欒念不會送人禮物，就覺得送包是不錯的選擇。很多包再過幾年會升值，尚之桃從來不背，他送貴的，或許有一天她遇到難處又不肯與他開口的時候就賣了。

但不是五折賣。

不是像甩掉一隻蒼蠅那樣賣。

「誰都想不到，樸素的 Flora 在公司跳蚤市場上，一口氣打折賣了十四個全新精品包。出手闊綽令人咋舌。說不定她也有二點五億的背景，我們竟然沒有發現。」

尚之桃賣的包，只有 Tracy 和 Lumi 的是打折的，其他的 Lumi 寫價格標籤的時候都加了價，都是難買的款式，加價也能賣出去。尚之桃和 Tracy 不知道。公司裡喜歡精品的女生那麼多，Lumi 不忍心讓尚之桃最後這一次再吃一次虧。

欒念始終沒有講話，他從前知道尚之桃倔強，今日終於見識到她的決絕。心堵得跟什麼一樣，又好像被一根針扎了一個洞，又疼又癢。

「好了，八卦完了。你要問我哪個核心員工的異動？」Tracy 問他：「根據績效和職級來看，核心員工異動應該只有 Flora 尚之桃一個了。」

「我只想知道為什麼核心員工離職審批沒有到我這裡。」

「規則你定的，專家以下到部門負責人即可。」

「妳有必要知會我。」

「專家以下也要知會你？以什麼立場呢？」Tracy 問他。

「妳有話直說。」

「好，那我說了。」Tracy 神情突然嚴肅：「尚之桃第一次週末加班申請，知會人是你；第一次出差，同行人是你；每週五總是跟你前後腳離開公司；她舉報性騷擾那天，你差點弄死那個人渣。」

「Luke，你跟尚之桃什麼關係，我從一開始就知道。我沒有提醒你是因為我知道你的底線，也相信她不會破壞規則。」Tracy 多聰明的人，做 H R 的人最會看人。她就這麼揣著明白裝糊塗裝了好幾年。

「請你不要問我為什麼尚之桃離職我沒有知會你，而是請你想想她為什麼離職。你破壞我的用人實驗！」Tracy 說完站起來，問欒念：「我問你，那兩份異常評分你查不查？」

欒念抬頭看著她，神情很冷。

「在查了是吧？在查了你能不能知會我？我們還是不是戰友？」Tracy 將欒念講的話還給他，轉身出了欒念辦公室。

欒念一直沒有講話。

他從小就這樣，很少真的大喜大悲，如果他悲了，就像現在這樣不講話。

——「等我回來我們談談好嗎？」

——「好。」

可她說好的時候的神情分明是在說我不會跟你談了，我們就到這裡吧。而他沒有看懂。他或許從來都沒有看懂過她。

欒念打給一個朋友：「你可以幫我找一個人嗎？嗯，我告訴你資訊。我不做非法用途。」

他在辦公室坐了很久，北京的冬天是真的蕭瑟，也不知道冰城的冬天她會不會喜歡。欒念拿出手機打那個電話號碼，那年她生病的時候，他從系統裡看到她的緊急聯絡人電話背了下來，藉以威脅她留在他家裡養病。

那個電話是空號。

尚之桃換掉了家人的電話。

欒念看到了尚之桃的堅決。這座城市沒有任何人任何事值得她留戀，她留戀的在乎的人一定知道她在哪裡。欒念想，尚之桃從來沒有真正依賴過他，她跟他在一起的每一天，都在醞釀離開他。

是在那之後的某一天，他在電梯裡遇到了上班遲到的Lumi。Lumi笑嘻嘻跟他講話：

「今天可不是故意遲到的，路上太塞了。我們公司這地方真的是北京城裡最塞的了……」

「妳徒弟呢？」欒念突然這麼問。

Lumi愣了愣，把自己的包拎起來給欒念看：「好看嗎？我徒弟非要送我，我哪好意思啊，五折，買了。」然後對欒念笑一笑：「但我徒弟去哪了我是真不知道。」

Lumi只是混日子而已，但她不笨。她跟尚之桃那麼好，當然猜出他們之間不簡單。但她從來不說，沒必要，沒意義，做個聰明的糊塗人。

欒念「嗯」了一聲，眼掃過那個包，出了電梯。

還有一天，他在活動中遇到孫雨。

「尚之桃呢？」欒念問她。

孫雨想了想對他說：「桃桃走了，她把電話換掉了，也沒告訴我號碼。她說她會聯絡我的。」

「所以Luke，你為什麼問我桃桃在哪呢？你出於什麼立場呢？」

欒念沒有講話。

孫雨說得很對，他沒有任何立場。任何過去的事都不留戀不追溯，她走得堅決無非就是不想再見他。

欒念出了會場，再一次打給那個朋友：「那個人不用幫我找了，不重要了。」

一個過客而已。

既然她要徹底放手，那他尊重她。

那天他開車上山，酒吧裡很熱鬧。馬上就要過年，他又要飛去美國。梁醫生在電話裡問他什麼時候安排和尚之桃見面，他說不用了，我們徹底結束了。欒念在酒吧裡找個位置待著，有人帶了一隻小狗來，那小狗在酒吧裡跑來跑去，十分開心。欒念想起那隻叫盧克的狗，突然悲從中來。

那天尚之桃離開，盧克坐在門口嗚咽，看看門又看看欒念，欒念的心像被什麼切碎了一樣。他對盧克說：「沒白對你好，但你跟她走吧。」

他開了門，盧克用頭蹭他褲管，跑了。

他看到盧克時不時回頭看他，那個雪夜一切都很清晰。欒念覺得所有的一切他都能接受，他只是不喜歡那幾個詞——

骯髒的、醜陋的、令人作嘔的。

他知道自己不會愛人、不會講話、不會看人臉色，他缺少愛人的能力，他從來不是完美的人。尚之桃給過他錯覺，那就是即便他是這樣的人，也可以被別人真心接納。這恰恰是最令人難受的部分。

他把儲藏室裡所有的狗零食都送給那隻狗的主人。

那個人問他：「上次來好像看到有一隻薩摩耶，特別可愛。」

「朋友的狗，寄養在我這。」

「下次如果遇到可以一起玩。」

「不會遇到了。」

那一年結束的時候，欒念傳了一則訊息給尚之桃：『新的一年到了，祝妳一切都好。』

他知道她看不到他的新年祝福了。

後來的欒念還像從前一樣，玩命工作玩命玩，依然不好相處，所有人都對他又愛又恨，他仍舊不在乎。

是在那一年在芬蘭看極光，突然想起那年新年的訊息裡，他對尚之桃說：明年一起看極光吧。

他們一行人追極光追了五天，第五天晚上，當極光如煙波浩渺一樣於天地間，喝多了的欒念突然很難過，他說：「極光真的很好看，我要跟我心愛的人講一講極光。」

他這一輩子從來沒有過那樣的失態，醉酒的人對著一個空號喋喋不休，中間幾度哽咽。

他的朋友錄下他的糗態，後來經常嘲笑他，卻從來沒有提起過，他大著舌頭說的那句——

我知道我不配被愛。

尚之桃剛回冰城這一年，真的是很難的一年。

購房的貸款來來回回要跑，還要溝通裝修的事。是在過年前的一個晚上，大翟心情好做了一桌菜，大翟做飯真的是一絕。尚之桃吃得虎虎生風，一邊吃一邊說：「媽，我覺得啊，我之所以不會做飯，是因為妳沒把做飯的基因遺傳給我。」

「做飯需要基因？」大翟摘掉老花眼鏡：「就是妳不肯好好學！也不知道妳在北京這幾年都怎麼吃飯？沒餓死真是奇蹟了。」

尚之桃塞了一口飯，突然想起孫雨做的拿手貴州菜、酸辣麵，還有欒念隨便做一做也能很好吃的飯。

「我室友做飯很好吃，孫雨，妳還跟她講過話呢！」

「哦對，孫雨和盧米都喜歡我做的小鹹菜。回頭妳再寄點給她們。」

尚之桃想了想：「過段時間吧？現在太忙了。」她喝了一口酸菜湯，抹掉鼻尖的汗：「媽，幫妳和我爸開個小飯館怎麼樣？也不用多大，就那五六桌，妳的好手藝也別浪費了。」

「我炒不動啊，太累。」

「僱人啊！」

「那倒是。我和妳爸還有點積蓄，我們也來個老年創業。」

尚之桃嘿嘿笑出聲：「我股票賣了開飯館還能剩好多錢呢。妳和我爸要是同意，我就琢磨琢磨飯館怎麼開。」

「我覺得行。」大翟踢了老尚那條好腿：「你覺得呢？」

「開唄。但不用女兒出錢，我們自己出。留著錢也帶不進棺材裡。」

「行！」

一家三口吃著飯就把事情定了，尚家人大概就是這樣，沒什麼大夢想，但在小事上也不糾結。尚之桃吃完飯裹上厚羽絨外套出門，大翟在她屁股後面問她：「又去哪啊？」

「我看看餐廳適合開在哪。」

尚之桃回來這些日子每天晚上都出去走路，風雪不誤。分手這件事就像鈍刀子殺人，分的時候痛痛快快，起初那幾天也覺得自己真厲害，說分手就分手。再過幾天，在某個尋常時刻，心突然就空了。尚之桃心空那天是在她整理寄回來的書籍的時候，翻開其中一本，看到他們在拉薩的合照。

她像不小心觸了電，慌忙闔上書扔在一邊，不敢再看。那天起，她晚上總要出去走走，如果不出門待在家裡，她就會覺得悶。

她在冰城的街道上漫無目的地走，冰城冬天冷，走的時間久了，凍得鼻子耳朵都要掉了，她就買了一頂賣冰棒爺爺的那種帽子，帶兩個耳朵的，遮得嚴嚴實實的，挺滑稽。

有一天她在一家飯店門口，看到一個男人走進去，那男人的背影簡直跟欒念一模一樣，肩寬背闊臀翹腿長，站姿筆挺，姿態疏離。尚之桃的心突然間就炸裂了。

或許是她跟辛照洲分手的時候太過年輕，年輕的時候拿得起放得下，現在近三十了，分一次手真的要了她的命。關於北京那座城市發生過的事情她已經盡力不去想了。但人就是人，不是動物、不是畜生，離開了朝夕相處的人一點也不想念那是不可能的。

她每天出去走，老尚和大翟就會擔心。兩個人悄悄嘀咕：「不會受了什麼刺激吧？」

「也說不定是為了減肥。」

「她又不胖。」

她在街上閒逛，把冰城的大街小巷摸得清清楚楚，像一個不務正業的人。還真的摸到了一個地方，就在老舊街邊的民宅下，臨著街，她趴在透明落地窗就著月光看了看，三十幾坪，幾張桌而已。

尚之桃迅速在頭腦中形成一套創意，一對老夫妻，一家平常的炒菜餐館，吃的是家常菜，但每道菜都經過打磨，特別好吃。就這麼決定了。

她當即掏出手機打上面的電話，是一個年輕男人接的電話，「你好，我看到一個商鋪出租。」

『二街那個吧？』男人問。

「是的，我能進去看看嗎？」

『能，但得等一下，二十分鐘左右。』

尚之桃拿著冰糖葫蘆在街邊吃，酸酸甜甜的，心裡那點悲戚戚的情緒就散了。男人來的時候她正咬最後一顆山楂。

「看房？」

「是。」

尚之桃看了眼男人，總覺得有點眼熟，但想不起來。看他開了門，開了燈，就跟了進去。屋子裡面很乾淨，上一家做麻辣燙，賠了。

「多少錢一年？」

「六萬。家裡好幾個鋪子，這個地方誰幹誰倒。隨便租吧。」男人好像有點缺心眼，說完看了尚之桃一眼，這才發現那老頭帽下是一張年輕女生的臉。再看一眼就覺得有點面熟。

「妳姓尚？」

「是的。你怎麼知道？」

男人笑了：「我是邢逸。妳高中隔壁班。」

尚之桃把帽檐往上推了推，仔細打量一眼，還真是他：「這也太巧了。」

兩個人都笑了。

「妳租鋪子幹什麼？」

「想開個飯館。」

「這地都倒了好幾家了。」

「我幹應該不會。」

「那這樣吧，反正認識，五萬一年吧。」邢逸自動降了價，想抓緊把這破地方租出去。

「那就謝謝了。簽合約嗎？」尚之桃問他。

「簽吧。」

兩個人找到一家咖啡館，邢逸回家拿合約，尚之桃喝咖啡等他。他動作快，將合約放在桌上，脫掉外套，坐下的時候看到尚之桃的頭髮被帽子壓貼在頭上，一張臉被凍得通紅。

「妳還跟高中時候一樣啊！」邢逸說。

「哈？」

「眼神還那樣。」

「你記得我高中時候？」

「記得啊。妳不是老是幫老師幹活嗎？」

「……」

尚之桃沒帶身分證，邢逸覺得無所謂。他家七八個商鋪，都是老倆口這些年有餘錢陸續買下的，也不差這幾萬房租。看尚之桃也不是壞人。

就這樣簽了合約，尚之桃轉帳給邢逸，邢逸把鑰匙給了尚之桃。在分開的時候他說：「有事妳就打電話給我。畢竟是同學，緣分。」

尚之桃回到家把合約給老尚大翟看，看到父母睜大了眼，他們沒想到尚之桃現在這麼果斷。尚之桃也沒意識到，過去六年對她的改變早已融入她的血液。確定了就立刻做，果斷至極。

馬上過年了，她在年前確定了兩件大事，就開始張羅裝修新房和店鋪。

那年除夕，因為尚之桃不再遠行，這個年過得格外鬆弛。她跟老尚每天溜達著去市場超市置辦年貨。她最喜歡冰城過年的氣氛，年畫春聯凍梨凍柿子都擺在地面上賣，遠遠看去紅通通一片。

她牽著盧克，跟老尚擠公車，突然覺得或許應該買一輛車，這樣以後往來方便。家裡原本有一輛車，但老尚不愛開，就放在那，該報廢了。

於是又去付頭期款買了一輛總價二十多萬的ＳＵＶ。

日子就這樣過了。

除夕那天，她和盧克窩在沙發上看春晚，外面很遠的地方傳來鞭炮聲，盧克也沒有鬧著要去看。好像狗年紀大一點後就跟人一樣了，變得對過年沒有什麼興趣。

凌美對尚之桃的最後一次饋贈是發生在年後。

那年過完年，也就是二〇一七年的開年，凌美的股票走了五個漲停，跌了三天後又連漲了四個點。漲得尚之桃有點慌了，拿出手機翻新聞，看到凌美全面進軍網路廣告的新聞。業內都看好凌美這個重大變革，她在看這則新聞的時候還看到了在美國總部接受採訪的欒念，他依舊是那樣不苟言笑。

採訪下有留言誇：好帥，我喜歡，想嫁。

那條採訪尚之桃看了兩遍，欒念的眼神非常堅定，那這件事應該沒錯。她並沒有著急拋股票，欒念篤定，她就不急。又持有了將近一個月，到三月中下旬時，股票總價已經漲了接近百分之四十，尚之桃在陽光明媚的一天拋售股票。

徹底斷了與凌美的最後一個關聯。

她有了這筆錢，漲出來的那部分負擔兩間房子的裝修費用，剩下的，準備開一家活動公司。

開公司不容易，這錢來得又曲折，尚之桃花起來格外小心。她一個人從市場調研開始做，跑各種飯店、風景區，見各種人、進各種人去了解冰城的活動市場。做了市場調研，開始做預算。她的預算做得精準，註冊公司、租房、用人、雜項，每一項預算都清清楚楚。

到了六月份，她在新城區的一個商住兩用社區租了一個六十坪的辦公室，她的公司就這樣啟航了。

招募的時候，很多人不看好這個剛剛成立的公司，畢竟辦公室裡就老闆一個人。只有一個剛畢業的小夥子，大學時是體育部部長，身體素質非常好，人又長得陽光朝氣。跟尚之桃聊了半個小時，就覺得這個老闆厲害，看起來很有見識，比市面上那些公司的ＨＲ高級多了，也可靠多了。

他問尚之桃：「薪水能不能多給點？」

「七千。」尚之桃給得高，剛畢業的孩子，又是在冰城，開這個薪水真的算高，小夥子笑了，露出一口白牙：「行，老大。那我們今天就開始上班吧！我回家也沒事。」

小夥子叫付棟，齊齊哈爾人，在冰城讀大學。父母都是老師，他對工作沒什麼大追求，用他的話說：「開心就行。」

兩個人用兩天的時間把辦公電腦、電話都裝上，擺好花花草草和零食櫃，又用一天時間裡裡外外打掃了衛生。終於有公司的樣子了。

然後兩個人坐在辦公室裡，付棟終於忍不住問：「老大，我冒昧問一句啊，我們去哪找單子？」

尚之桃被他逗笑了，拿出手機，走到自己的辦公室打了一通電話。

電話接通後她說：「孫雨，是我。」

過去的歲月席捲了她們，尚之桃在電話這頭，孫雨在電話那頭，突然都不講話，都有一點心酸。

過了很久，尚之桃聽到孫雨擦鼻子的聲音，然後問她：『妳好了？』

「我好了。這是我的電話。」尚之桃吸了下鼻子，對孫雨說：「我買了一間房子，已經裝修好了。我裝了一大面書牆，把孫遠翥送我的書都擺了進去。我開了一家小餐館，已經營業一個月了，好評很多。我還開了一家活動公司。」

『活動公司是吧？』

「是。」

『我讓我們公司市場部的人聯絡妳，我們公司在你們省的線下活動剛好要引進新的供應商。』

不知道是不是所有好朋友都是這樣，可以很久不聯絡，只要妳開口，她就會在。尚之桃無比感激：「孫雨，妳要不要來冰城找我喝酒？」

『我覺得可以。我明天就去。』

尚之桃請盧米和孫雨在她的新家裡喝了一頓酒。

盧克見到孫雨和盧米像瘋了一樣，繞著她們跑了好多圈，又跳起來抱抱這個抱抱那個，不夠牠高興的。

盧米捂著自己的包：「嘿！小子！你注意點！你盧姨這包可是很貴的，你別給我刮破了！」說完摘掉包丟到一旁，蹲下去抱起盧克，累得她直喘：「好傢伙！外婆沒少餵啊！你小子再胖就找不到老婆了！」

她的新家裝得很漂亮，有一個特別大的陽臺，尚之桃在陽臺上種滿了花，還放了一張書桌。最好看的是那面書牆，上面擺滿了書。

孫雨站在那面書牆前很久很久，小心翼翼抽出其中一本書《人類群星閃耀時》，那本書乾乾淨淨，但孫雨知道，孫遠翥一定捧著它細細讀過。因為書裡夾著他做的讀書筆記：已閱。

孫雨知道他寫「已閱」的情形，應當是最後那段日子。因為他從前的筆記，簡單精煉，但會提煉思想，還會標注閱讀日期。

她不知不覺淚流滿面，又擦掉眼淚：我是世人眼中的女強人，我不能隨便流淚了。

那天她們吃到了大翟的拿手好菜，還有她們最喜歡的鹹菜。

尚之桃的新家剛裝修完不久，她沒有宴請過任何人。當她打掃完衛生時就想：「我應該請孫雨和盧米來。」

那天她們都喝多了。

喝多了，話就多。

盧米打電話給 Will，在電話裡講不著邊際的話，大意是：你要是再跟老娘較勁，老娘就拍拍屁股走人了，你別以為我幹不出這種事，我厲害著呢！我走了都不告訴你我去哪，讓你找不到我。

Will 問她：『妳現在在哪？』

「冰城。」

尚之桃和孫雨被盧米逗笑了。

三個醉酒的女人在尚之桃的新房裡笑得前仰後合。笑聲很大，盧克坐在一旁很困惑。牠大概以為牠這輩子都聽不到這樣的笑聲了呢！

尚之桃在這笑聲中重生了。

一切都特別好。

尚之桃新公司的第一筆單子是孫雨公司的。

他們在冰城搞了一次招標會招供應商，尚之桃帶著付棟去了。

去之前付棟問：「老大，我們什麼也沒有，就一個六十坪的辦公室，還有一個ＰＰＴ，能行嗎？」

「能。」

「還得墊資呢！」

「我還有點積蓄。」她核算成本的時候特地將墊資的錢算進去了，起初他們是不能接大單子的，大單子一場活動墊資一百多萬，尚之桃墊不起。資金鏈一旦斷了公司就完了。賣股票還剩了些錢，夠墊資孫雨公司四場小型活動，四場後資金就會回流了。

尚之桃還有一筆錢，但她永遠不會動。她在想，我或許應該選一個好的時機把這些錢捐出去。

兩個人去了招標現場，其他來競標的公司看起來很有錢。付棟沒來由緊張，額頭冒汗，問她：「老大，行嗎？」

「行。」

尚之桃帶付棟磨方案、談會場，付棟覺得老大真厲害，什麼都懂。他跟同學說起尚之桃是這麼說的——

「你們是真的沒見識過來自於世界頂級公司的女老闆什麼樣，超酷！」

「簡直什麼都懂！沒有什麼能難得住她！」

「跟她在一起工作什麼都能學到，她特別愛教我，從頭到尾跟我講得清清楚楚。」

「這麼說吧，你們確定你們的公司能教你們這些？在冰城這個地方還能找到比我桃子老大更專業的人？」

兩個人就這樣上了。尚之桃的PPT幾乎是一份她的個人履歷，上面是她過去那些年做的項目。付棟不停在心裡我靠，這樣太厲害了。

得知競標成功那天，尚之桃請付棟吃了頓好的，號稱是公司Team Building。他們公司現在只有他們兩個，但是要招人了。同時他們也要有可靠的落地執行公司。這個時候就想起邢逸，他在文旅局工作，應該認識很多可靠的執行公司。

邢逸果然可靠，不出半個小時帶著執行公司老闆來了，幾個人一起吃了頓飯，尚之桃的公司就這樣正式起步了。

吃過飯，邢逸送尚之桃回家。

兩個人走路回去。其實兩個人已經很熟了。邢逸熱心，「老倆口酒館」他沒少幫忙幹活。尚之桃剛回冰城人生地不熟，邢逸幫她解決了很多問題。

「你這樣的性格在政府工作會不會覺得不適應？」尚之桃指的是邢逸的愛好，他喜歡打籃球，高中時候不知多少女生看他打球。

「其實還好。除了偶爾要喝很多酒我不喜歡。說實在的，要喝酒，跟朋友喝最自在，跟同事沒辦法喝。」

「也對。」

「妳呢？開公司累嗎？我看妳都覺得累，又是公司又是餐館宣傳。妳的宣傳做得好，都宣傳到我同事那了，昨天舉著手機問我，這家你吃過嗎？我心想，這不是我家房子嗎？」

尚之桃被他逗得哈哈笑。

邢逸看她笑得開心，也咧嘴笑了。

她開始體會孫雨剛開始創業那幾年吃的苦，什麼都要做，應酬、做方案、提案、執行、財務，每一樣她都要親力親為，好在付棟學得快，跟了幾個專案後就能獨立搞方案和執行。尚之桃在年底的時候幫付棟漲了一次薪水，每個月一萬，年底還有獎金，也把新招的幾個人交給他帶。尚之桃在用人上一直在學習 Tracy，學習她的魄力和專業。

「老倆口酒館」的生意也越來越好，去吃的人越來越多，到了晚上還會排隊，也有人會打包東西帶走，一切都往好的方向奔跑。除了婚姻。

鄰里漸漸有人議論尚家這個獨生女兒，說她帶著大筆錢從北京回來開公司買房子買車，可能在北京做小三了。被老尚無意間聽見，跟那鄰居狠狠幹了一架，再也不理人家。也有鄰居偷偷議論，說老尚家的女兒三十歲了，至今沒著沒落的，這兩年又比從前好看了一點，要求太高，大概也嫁不出去了。也有好心的，幫尚之桃介紹對象，尚之桃怕父母為難，就會去相親。相親頻率從半年一次發展為半個月一次。她覺得自己頗有一點閱男無數的氣質了。其中有一兩個不錯的男人，聽說尚之桃從前在北京搞市場，又聽說她現在經常應酬，就委婉的表示不適合。

尚之桃無所謂。公司開到第三年，業務已經相對成熟了。但尚之桃有危機感，總覺得公司的業務模型太單一，抗風險能力太低。用從前欒念的話說：對一個項目 All in 的人都是傻子，聰明人要懂得把雞蛋放在不同的籃子裡。

她考察了很多業務，有一天看到張雷在個人頁面發他在代理大會上講話的照片，突然就覺得做廣告代理商似乎是不錯的選擇。於是就真的開始琢磨做廣告代理。

但廣告代理需要交大筆保證金，還要組團隊，需要大筆啟動資金。她諮詢張雷應該怎麼做，張雷對她說：「我可以幫妳擔保。妳的保證金少交一點，但組團隊租場地是需要大筆錢的。啟動資金至少一百五十萬。」

尚之桃看著自己手下那些嗷嗷待哺的小夥子們，陷入了糾結。三年過去了，小夥子們跟著她雖然日子過得不賴，但大家都還想再闖一闖。

但張雷勸她別急：「政策總是在變，擔保金的問題不是緊要問題，緊要問題是其他資金。妳如果不行，就先做二級代理。」

「不，要做就做大的。但是可以先掛幾個帳戶看看。」

尚之桃研究廣告代理市場的時候，盧米打電話給她：『我的好姐妹，我要請妳幫忙。』

「怎麼啦？」

『公司下個月要開行業峰會，定在了你們冰城。但從前那家供應商換了人，在你們冰城又吃不開，方案被斃了三版了。再這樣下去來不及了。』

「需要我做什麼？出方案嗎？好。」

『不，我要妳幫我接過去。』

「流程呢？」

『流程走特批，妳別擔心。』

「好的。」尚之桃掛斷電話後傳訊息給她：『出席等級呢？』

『凌美是部門負責人，其他參與者是客戶老闆。都是大客戶。』

尚之桃聽到出席級別，確定欒念不會來，就痛快接下這單生意。

她不是不敢見欒念，只是覺得欒念不是辛照洲。跟辛照洲分手後兩個人還能好好聊天相處，如果再見欒念，說不定又要遭受他多少惡語。

尚之桃現在的脾氣肯定不會由他傷人，一來二去，就會鬧得很難看。

她帶著團隊小夥子們快速出了一版創意，把之前先開會再遊玩的方案推翻了，先去遊玩，再回冰城開會。尚之桃了解凌美的銷售方式，無非是要做影響力和簽協議，既然是這樣，先去玩，讓銷售跟客戶充分接觸，主動滲透，回來再開會，效果可能會更好。

這個季節來這裡，無非是為了看雪。她跟盧米確認了幾次真正的需求，微調了創意，交了上去。Will 在高管會上同步了這版創意，等著欒念最終拍板。

「上次那家做的？」

「不是，Lumi 緊急換了一家，要不然來不及了。」

「嗯。這版好多了，顯然更契合我們的目標。」

「那就這樣執行？」

「好。」欒念應了聲好，轉頭對祕書說：「幫我協調一下元旦後的時間，我全程參與這次活動。」

大家面面相覷，突然緊張了起來。

Will 開了會出來，攔住準備下樓蹺班的 Lumi：「妳去哪？」

「買咖啡啊。您喝不喝？給您來一杯？」Lumi 看起來畢恭畢敬。

「Luke 臨時決定要參加這次峰會，咖啡別喝了，跟供應商磨方案吧！」Will 板著臉，還是那副老古板樣子。

Lumi 眉頭揚起，好像幹了什麼壞事得逞了一樣：「方案我託管了。我還沒跟你說這次特批的供應商是誰吧？瞧我這記性。Flora Shang。」

哪怕尚之桃離職了，Lumi 仍舊在 Will 面前 Flora 長 Flora 短，Will 也記得跟尚之桃合作過的那些項目，尚之桃辦事他放心，就放 Lumi 去買咖啡了。

Lumi 到冰城那天，尚之桃當然要請她吃飯。問她想吃什麼，她說想吃大翟的菜。於是把吃飯地點定在了「老倆口酒館」。

『我把我老心肝帶上行不行？』老心肝是 Lumi 幫 Will 最新取的外號。她對尚之桃說，我的老心肝一把年紀了，身體還不錯。我好吃好喝伺候著，生怕他身體垮了。口無遮攔。

「當然可以啦！」

『那就這麼定了。』

又過了一下，Lumi 又傳來一則訊息：『老心肝要帶兩個人，行不行？』

『好啊。你們先去哈，我這裡還有點事。要把後天出發的事情都對一遍。』

『沒問題，反正我跟妳媽熟，妳來不來基本上沒什麼用了。回頭見吧您！』

欒念看到 Will 傳給他的定位，眉頭皺了皺。

一邊的朋友宋秋寒問他：「怎麼了？」

「沒事。」

宋秋寒就是之前欒念介紹給孫雨的投資人，去年開始回國來做投行在國內分部的負責人，年輕有為。

兩個男人都話少，到了飯店放好行李就出發去那家餐廳。到了門口才發現是一家小餐館。

宋秋寒說：「貴司招待水準有待提高。」

欒念看他一眼：「你跟林春兒吃蒼蠅館子[1]的時候怎麼不見你嫌簡陋？」

宋秋寒聽到林春兒三個字，嘴角就揚起。林春兒是他千金不換的心頭好，聽到名字就能讓他開心。

兩個人走進去，看到 Lumi 和 Will 已經到了，欒念簡單介紹，就安靜下來。Lumi 點了六道菜，這裡的菜分量不少，但是每一樣都好吃。她對欒念解釋：「Luke，不是供應商小氣哦，是這家餐館真的很棒。自家開的，味道好。」

他們四個人坐在這一桌很惹眼。男士們都很體面，唯一的女士看起來又有一點野，總之賞心悅目。

Lumi 起身幫大翟忙活，順便對大翟說：「看到穿高級襯衫的那個沒？是我和桃桃從前的大老闆，脾氣可差了。」

大翟點頭：「看起來就像脾氣不好的。長得倒是真英俊，一看就是老闆。」

Lumi 嘿嘿一笑，又回到桌上。

1 蒼蠅館子，泛指店鋪舊、簡陋、面積小、衛生環境一般的小餐館。

大翟上菜的時候欒念起身去接，對她說了聲：「謝謝。」

「不客氣，以後常來吃。」

「好。」

開席就要喝酒，Lumi一直講不著邊際的話，講得欒念腦仁疼。酒館門口的鈴鐺響了，門吱呀呀開了，一陣寒氣湧起，Lumi大叫一聲：「尚之桃！」衝了上去。

欒念回過頭去，看到幾年未見的尚之桃。她像千里雪原上獨獨一棵紅梅樹，自顧自盛放。

尚之桃視線對上他的，又淡然移開。

將過去一筆勾銷。

# 第三十二章　過往冷藏

尚之桃覺得老天爺真的厚待欒念，就連歲月也拿他沒有辦法。他好像一點都沒變。還是那麼清冷的人，看人的眼神深幽幽的令人害怕。

她走到桌前，脫掉羽絨外套，一件貼身黑色毛衣。好像跟欒念提前說好要穿情侶款一樣。

欒念記得她說他們之間的關係是骯髒的、醜陋的、令人作嘔的，也記得她將他送她的所有禮物打折變賣，還記得她的不辭而別。臉色並沒有多好看。

尚之桃坐下去，用開水燙杯子。

Will 適時開口：「之桃是凌美的前員工，跟我們 Lumi 關係很好。」

「欒總可能不記得我了，我在凌美工作六年。」尚之桃接話，把兩個人從前的種種掩埋得乾乾淨淨。

「的確沒有印象。」欒念眼掃過她，多一句都不再說。

Lumi 噗哧一聲沒忍住笑，在座人等都看著她，不知道她在笑什麼。Lumi 是在笑欒念裝模作樣。她輕咳一聲，對尚之桃說：「入庫了凌美的供應商，以後免不得要跟欒總，嘿，我們凌美叫英文名，妳還記得欒總的英文名吧，Luke。」

「記得。」

「那就敬 Luke 一杯呀！」

尚之桃幫自己倒了白酒，恭恭敬敬端起杯：「感謝 Lumi 和 Luke 對我們小公司的照顧，未來還請多多關照。這杯我乾了，各位老闆隨意。」

她乾了這杯酒，看到對面的宋秋寒一直拿著手機，嘴角笑著，心情很好的樣子。

宋秋寒是在兄弟群組裡直播：『欒念偶遇空號。原來欒念喜歡這樣的女生。』還順便傳了尚之桃的照片。大家這幾年都納悶，欒念這樣的人，身邊一個女人都沒有，每天做那個將老的和尚。也記得那年他放了大家鴿子跟一個女人去了西藏，還說回來帶給大家看，後來就沒有任何消息了。

『真欲啊。』陳寬年和譚勉說。

『你們這麼說我不是很同意，我就坐在她對面，女生坐姿端正，講話溫柔禮貌，一看就有好教養。欒總眼光不錯。』宋秋寒為尚之桃正名：『「欲」不足以形容，畢竟人很澄澈。』

欒念並不知道宋秋寒他們在講什麼，他看到尚之桃毫不猶豫喝下那杯酒，心裡緊了一下，也疼了一下。社會磨練人、改變人。他猶記得當初他對她說：「不能喝就一口都不要喝，不要開那個先河。」

她說：「好。」

「尚之桃同學，明天的洽談安排好了嗎？」Lumi 問尚之桃。

「安排好了，順便也請了一些本地的媒體，算作我司的贈送服務。後天的行程也安排好了，明天晚上我們還會再對一遍。」尚之桃回答她。

「那就行。不談工作了，聊點別的！」Lumi 跟尚之桃聊起陳年舊事，說起尚之桃第一次跟拍攝，車子在荒郊野嶺拋錨的事。

「那時妳抖著聲音打電話給我妳記得嗎？要嚇死了。」Lumi 一邊笑著一邊講。

這個故事的後半段是欒念打給她，誇她勇敢。

「我記得！我那時膽子太小了！」尚之桃跟 Lumi 兩個人喝得熱熱鬧鬧，吃了一口菜，涼了。就大喊：「老闆娘！熱菜！」

大翟聽到喊聲走過來端菜走，一巴掌拍在她頭上：「死丫頭！少喝點！」

尚之桃脖子一縮，撒嬌一句：「媽！這麼多老闆和朋友在呢！」

「打得好！」Lumi 搖頭晃腦稱讚大翟，然後對欒念說：「這家店是 Flora 開的哦，剛剛的老闆娘是 Flora 媽媽。這可是冰城的火爆餐廳，別看門面小，名氣可不小。Flora 是這個。」Lumi 豎起拇指。

欒念仍舊面無表情，也不動筷，也不喝酒。大翟送菜來對他微笑的時候，卻也扯出一個笑臉。

Lumi幾不可見地挑了挑眉，心想你倒是再倔一點呀！別跟人家媽媽擠笑臉啊！

欒念聽尚之桃跟Lumi講話，講她這幾年創業艱辛，說到「有一次喝多了去打點滴」的時候，欒念喝了杯中酒起身穿衣服，問一旁的宋秋寒：「下半場走不走？」

「哪裡有下半場？」宋秋寒拆他臺，他還沒看夠戲呢。這兩人坐在一張桌子上，一眼都不看對方，如果必要時候看，也就匆匆一下，好像對方是什麼洪水猛獸，又好像有什麼深仇大恨。

都有一點欲蓋彌彰的意思。

「脫衣舞。你不去？」

「去。」宋秋寒站起身，對另外三人笑笑：「明天見。」

「明天見。」

欒念和宋秋寒出門的時候尚之桃看了一眼，心想這酒館的門到底做矮了。又回過頭來與Lumi講話喝酒。

外面的宋秋寒追上欒念問他：「去哪看脫衣舞？」

欒念看他一眼不作聲。

「不看脫衣舞？」宋秋寒又問他。

「你跟林春兒報備了嗎？」

「她不會管我。她自己可能看得比我起勁。」宋秋寒故意逗欒念：「這大概就是相愛的人互相信任？」

「走吧，回飯店。頭疼。」

欒念又回頭看了尚之桃的小酒館一眼，她將小酒館裝得很有煙火氣，紅燈籠掛在門口，被白雪襯著；格子落地窗外是寒冷的冬天，窗內是熱氣騰騰的世界。是下了功夫的。

那時她在他家裡，變著法哄他做飯。她說她要衣來伸手飯來張口。她無論做什麼都認真，除了不會做飯，偶爾讓她煮個麵，能把廚房搞得像戰場。這樣的她卻開了一家小酒館，她的媽媽親自督導，所以她從此不需要男人會做飯了。因為最好吃的飯就在她身邊，在她眼皮底下。

「人家說應酬喝多了去打點滴，你抬腿就走。你是心疼了嗎？」宋秋寒問他。

欒念抿著嘴不講話。他不懂心疼，還生氣。跟她說過多少次，不能喝就別喝，不喝酒一樣做業務，她他媽的就是不聽。

「跟我有關係嗎？」欒念問他。

宋秋寒覺得欒念真是個傻子，他心疼了抬腿就走，看在別人眼裡就是他根本不喜歡這個話題，又或者他在輕視誰。做了這麼多年朋友，宋秋寒是懂欒念的，但不是所有人都能懂。在別人眼裡他就是一個嘴毒心狠的壞人。

宋秋寒覺得欒念不懂，他自己其實也不懂，是在與林春兒重逢後才漸漸明白愛是要直接表達的。都是需要學習的。

「尚之桃結婚了嗎？」宋秋寒突然問他。他自從戀愛後人就變了一點，大概是跟林春兒學壞了，總喜歡在人心上插刀。

欒念瞪他一眼：「關你屁事。」

過了一下又加了一句：「關我屁事。」

宋秋寒呵呵笑了一聲，兩人各自回了房間。

欒念去了健身房舉鐵加有氧，回到房間已經是深夜了。他手機裡有幾通未接來電，都是冰城的號碼。挑了一個回過去，是一個男聲：『您好，請問您是欒總嗎？』

「是。」

『欒總您好，我是這次活動執行公司的付棟。我想跟您約一下明天出發去見面溝通的時間。請問您幾點方便？』

「十點。」

『好的。那就十點去接您。祝您晚安。』

「謝謝。」

尚之桃帶的人有禮貌，講話清清楚楚。她在西北帶專案團隊也是這樣，整個團隊的人都像她，謙和有禮，辦事有力。那時欒念覺得她有帶團隊的天賦，也曾想或許可以把一個小部門交給她，只是欠缺時機。

欒念掛了電話又去回另外一通，電話響了幾聲，一個有點含糊的聲音接起：『喂。』好像站在風雪裡，這聲音一下穿透進欒念心裡，他們上一次通話是三年多以前。

欒念將電話拿遠，看了這個號碼一眼，丟出去一個字：「說。」

『欒總。』

「凌美沒有叫『總』的習慣。」欒念說。

『Luke。』尚之桃心裡罵了他一句，臭嘴！

「妳也不是凌美的人。」欒念又說。

尚之桃酒醒了一半，心想如果不是你們還沒付錢，我才不伺候你。

『那叫您什麼呢？』尚之桃問他。

「我叫欒念。」

『可我好像沒跟您熟到要直呼您大名呢！』

尚之桃第一次跟欒念開槓，突然發現原來槓人這麼爽，怪不得他天天沒事槓人呢！

「有事說事。」

『剛剛我司付棟聯絡不上您，他要跟您約明天接您的時間。』

「聯絡完了。」

『好的。那不打擾您了。』尚之桃掛斷電話前聽到欒念說：「以後在清醒的時候打電話給我。」

她沒理他，徑直掛斷了。

盧克在一旁看著她，汪了一聲，尚之桃將帽子戴緊，對盧克說：「還不去尿尿？」

對尚之桃來說，喝酒分兩種。一種是跟喜歡的人喝，比如Lumi、孫雨、賀雲；另一種是應酬。做活動公司十分辛苦，每一天都忙得團團轉，必要時候還要自己動手搬東西。有一次展臺做不好，她自己爬上高架，下來以後才覺得腿軟，告誡自己再也不要那樣做。她只招小夥子，因為女生吃不了這樣的苦，她也不忍心讓女生吃這樣的苦。辛苦之餘最累人的就是應酬。

尚之桃不喜歡應酬，她寧願窩在床上什麼都不做，可她回到冰城開公司，人脈資源都要從零積累。酒桌就成了最好的地方。

今天喝酒她很開心，因為有她最愛的Lumi。欒念走後她們聊很多很多陳年舊事，Will又皺著眉坐在一旁，就差搶Lumi酒杯。

Lumi在Will去洗手間的時候偷偷對她說：「老心肝不喜歡我喝酒。我才不管他。」

「可妳分明怕他。」

「胡說！老娘怕過誰！」

尚之桃替Lumi開心，她跟Will分明在相愛。哪怕是欒念在的時候，Will也沒有表現出距離。

盧克尿完尿跑回來，又仰頭看著她。

「你看什麼看啊！」

盧克「汪」了一聲：剛剛接誰電話！

「你不認識。」

「汪！」胡說！

尚之桃跟盧克吵著架進了門，換了衣服躺在床上。人一躺下。酒意就盛了，昏昏沉沉睡去。盧克跳到床上對她叫，格外躁動。

尚之桃氣得坐起來，瞪著牠：「盧克！不許叫了！」

盧克跳下床趴在那，可憐兮兮的。

尚之桃對牠說：「我跟你說啊，我不會再讓你見到他。你不要以為你跟我鬧我就會妥協！你好不容易放下的，就別再撿起來。狗不能走回頭路！」

盧克剛回冰城的時候像生了病一樣，每天都坐在窗前看著窗外。有時尚之桃叫牠好幾聲牠都反應不過來。

老尚說：「盧克怕不是生病了吧？」

尚之桃從不回答。

她知道狗跟人一樣，一開始離開一個人都不習慣，慢慢的就能好。

這不是已經好了嗎？

欒念做訪談的時候尚之桃就在外面。

凌美給的錢多，她得伺候好。做完這一筆生意就準備過年了，她還想開開心心出去玩。一點差錯都不敢有，兢兢業業。

省臺省報的記者問她：「還要多久能進去採訪？」她透過透明玻璃朝裡看了一眼，欒念身體微微向前跟人聊天，於他而言是不耐煩了。

就對他們說：「五分鐘之內上一波就能結束。」

「妳沒去問？」省臺的記者關係已經很好了，看到尚之桃沒像從前一樣進門問，就提出質疑。

「我看了一下，差不多了。」

她從前幫欒念安排過多少採訪呢，最了解他的姿態。果然，三四分鐘後，欒念拍對方肩膀，跟 Will 他們一起把人送了出來。

尚之桃對記者們說：「請吧。」

欒念眼掃過尚之桃，轉身進去了。他面對玻璃牆站著，能看到外面的尚之桃。她一直在打電話，應該是在對接下來的流程。Lumi 走過來站在她面前，尚之桃掛斷電話，朝 Lumi 笑笑，遞給她一杯提前買好的咖啡。

欒念收回視線，專心接受採訪，結束的時候他有一點累，付棟把他帶到休息間休息。

欒念看著付棟裡裡外外跑得很勤快，就問他：「來這家公司多久了？」

「欒總，我來三年多了。」

「不怕公司倒閉？」

「……那不能。老大幹公司都倒閉，那別的公司也好不了。」

你老大又不是神仙，欒念想站起身，付棟忙說：「您坐您坐，是不是想喝咖啡？Lumi姐叮囑過，美式。已經備好了。」他跑出去拿過咖啡放到欒念面前，又解釋一句：「Lumi姐說欒總最喜歡喝冰美式，但我們冰城冬天太冷了，喝了真要命。熱的好。」

欒念皺起眉頭，問他：「你們這接待禮儀誰培訓的？」

「我們老大培訓的。我們老大說了，除了不能陪睡，其他都行。」

「陪睡是底線？」欒念問他。

「嘿嘿。」付棟口無遮攔，他就隨便一說。尚之桃可沒培訓過他們這些，無非是要他們學會看眼色。

付棟嘿嘿一笑：「您先休息一下，我不打擾您。」風一樣走了。

「我要喝冰美式。」欒念突然說。

「這……」付棟有點為難，會場周圍根本沒有冰美式，除非從地上挖冰給他。倒也不敢這麼說：「欒總您等等，我們去看看。」

出去找尚之桃，對她說：「欒總要喝冰美式。」

一旁的 Lumi 睜大了眼睛：「這麼大歲數喝冰美式？對前列腺不好吧？」

尚之桃噗哧一聲笑出來：「真不好伺候。這附近就沒有冰美式。」

「那怎麼辦？提這個要求的時候嚴肅著呢。我不敢說沒有。怕他不給我們結帳。」付棟跟尚之桃在一起久了，滿腦子都是錢。做生意不回款哪能行呢！

「妳去！」Lumi 推了尚之桃一把，對她說：「我們是為他好。」

「我不去。」尚之桃咬了招待甜點一口：「愛結不結，不結我告你們。」轉身走了。

她不想接招。她跟欒念在一起六年，離開他以後很多事慢慢都能想得通，哪些是他虛張聲勢，哪些是他欲擒故縱。他這個人就是這樣，總喜歡控制別人。別人低頭他就滿意。可惜尚之桃現在不會低頭了。

欒念在休息間坐了很久，沒等來冰美式，也沒等來尚之桃。她把他晾在那了。

欒念大概明白尚之桃的意思了：我賺的是這份錢，但我不伺候你。她自己摸爬滾打幾年，也磨練出脾氣和風骨了。

到晚宴的時候，姜瀾姍姍來遲。她途經正在看上菜的尚之桃身邊，腳步慢了下來，退回來。手指著她，又敲敲自己的頭，努力想尚之桃的名字。

「姜總好久不見，我是 Flora Shang。」

「噢噢噢！」姜瀾連噢了三聲：「妳回凌美了？」

「不是。我在冰城開了一家活動公司。」尚之桃從口袋裡拿出名片雙手奉上。姜瀾拿過來認真讀了，放在包裡，口中念了一句：「挺好。」深深看了尚之桃一眼，走了。

姜瀾坐在欒念身邊，問他：「猜猜我剛剛看見誰了？」說完將尚之桃的名片推到欒念面前，頗有興致的看著他，湊到他耳邊說：「我大概知道你為什麼突然又來了。」

不等欒念反應又對宋秋寒講話：「宋總，上次請你吃飯不肯賞臉，今天好好喝兩杯。」

「好。」

宴請的都是凌美的大客戶，尚之桃看著他們開了席，又叮囑付棟幾句，就離開了會場。

她晚上還有相親。

相親定在一家川菜館裡，她到的時候看到那小夥子已經坐在那。

介紹人說小夥子長得挺帥，還真沒說謊，濃眉大眼，看起來就不錯。

小夥子健談，都不用尚之桃講話，一個人就能自燃，挺好玩。

兩個人聊到工作，小夥子對尚之桃的工作充滿好奇：「所以妳一直奔波於各個飯店？」

「會場。」尚之桃糾正他。

「都行。那妳豈不是跟很多飯店都熟？能拿到特價房？」

「……也能。也可以不花錢。」

「真棒。」

尚之桃相親相到麻木了，又跟他聊了一下，藉口要加班就走了，飯都沒吃幾口。

Lumi打電話給她：『相親怎麼樣？』

「就那樣，走過場。」

『特別好？』Lumi跟聾了一樣：『特別好的意思就是成功了？』她一邊說一邊從後視鏡裡看欒念，大哥面無表情，動都沒動。Lumi覺得自己有點多餘了。說不定她就是多餘。但她不死心，總想再試試。

第二天一早就打電話給尚之桃：『妳出發了嗎？』

「還沒。付棟他們先去了。」

『那太好了。妳是不是開車去？』

「對。」

『我報名單的時候把Luke忘了，妳把他捎過去吧。』

「我再找輛車。」

尚之桃掛斷電話去找車，這個季節的冰城找長途車太難了，打了十幾通電話都無果。Lumi又催她：『快點，倔驢問了。萬一知道我沒安排，今年年終獎泡湯了。』

「哦。」

尚之桃開去欒念飯店，然後打給他：「我來接您去目的地。」

『你們公司沒別人了？』

「要不然您遠程參加？」尚之桃對欒念沒什麼耐心，他不好好講話，她就更厲害。她現在特別討厭不會好好講話的人。

她聽到電話裡欒念的呼吸聲，知道他又生氣了。就默不作聲，等他發難。過了很久，聽到欒念說：『在飯店門口等我。』

尚之桃昨天熬了大半夜，這時戴著框架眼鏡，眼底還有黑眼圈。大把的頭髮散在頸側，特別懶散。她並沒下車幫欒念開車門，天太冷了、還下著雪。再不走等等高速公路封路了，不知道到目的地要幾點。

尚之桃上週剛提的新車，公司業務發展得好，有時見客戶需要撐門面。太貴的她買不起，就付頭期款買了這輛不到七十萬的車。欒念上了車，繫好安全帶，淡淡一句：「賣包錢買的？」

尚之桃看他一眼，對他笑了笑：「賣身錢買的。」

他們兩個都知道彼此說的是什麼，尚之桃沒什麼感覺，欒念心裡被鑿了一錘子。挺狠。

沒有別人在，都不用裝客氣。尚之桃不講話，開了車。

欒念想在車裡睡一下，但尚之桃在車裡放很吵的音樂，什麼「東邊不亮西邊亮啊」，還有「哎呀我說命運呀！」嗩吶聲吵得欒念腦仁疼，皺著眉看尚之桃，在上路一個小時後終於開口：「妳聽歌品味是這樣的？」

「民族的就是世界的。」尚之桃大聲回了他一句，又專心開車。

她昨天加了大夜班，如果不聽這種歌會犯睏。聽了也有一點睏，踩著油門的腳漂了漂。

聽到欒念問了一句：「怎麼開車呢？」

尚之桃將車停在路肩，外面雪下得有點大了，塞車是一定了。就對欒念說：「你能幫我開一下嗎？我昨天加班太晚了，開不動了。」

「下車。」

兩個人下了車，風雪之中交錯身體，換了位子。尚之桃坐上副駕就睜不開眼，靠在座椅上睡了。欒念終於能把那些吵鬧的音樂關了，安心開車。

三個小時過去了，行車進度緩慢。漸漸就塞車了，有人想插隊進來，欒念不願讓，那車半個車頭塞進來了，欒念輕踩一腳油門蹭了上去，力度適中，兩輛車剛好都花了，又沒撞變形。尚之桃驚恐睜開眼，看到撞在一起的車，裹緊羽絨外套下了車。

欒念也下了車，對方是個大漢，問欒念：「怎麼開車呢？」

「插隊有理了？」欒念這個人特別強勢，你不好好講話，正好，他就沒講過好話，對尚之桃說：「妳給我上車！」

尚之桃太冷了，瞪了他一眼，忍著怒火上車了，她剛提的車，這時弄死欒念的心都有了。

不知道欒念在外面跟那人說什麼，眼睛一瞪，拿出手機拍照，還要打電話報警，被那人攔下，好像明顯心虛了。兩個人當場加了通訊軟體好友，對方轉帳，私下和解了。尚之桃大概知道那人小辮子被欒念抓住了，不然也不可能這麼痛快。

欒念上了車關上車門就聽到尚之桃生氣的說：「你怎麼開車的！讓他插隊怎麼了！」

「我上週剛提的車！」

「你賠錢給我！憑什麼撞我的車人家轉帳到你那了？」

她氣得要死，一句又一句的說，機關槍一樣。欒念聽她念叨半天，在她喝水的時候問她：「妳沒撞過我的車是吧？」

尚之桃心虛收了聲，靠在椅背上不聲不響。欒念看了她一眼：「我怎麼給妳錢？」

「算了，不要了。或者你轉帳到我帳戶。」尚之桃拿出手機，將自己的銀行帳號用訊息傳給他。

臉看向車外，假裝聽不懂欒念的意思。她不是二十二歲的小女生了，加他聯絡方式收他錢，然後一步步掉進他的網裡。那時他步步為營，她什麼都不懂，看起來是她一直主動，其實就是跳進他圈套了。老狐狸。

兩個人都不講話，欒念在服務區休息的時候打舉報電話：「對，套牌車。」然後又詳細說了車行方向和位置，又登上平臺上傳了照片。尚之桃一點都不意外他這樣，他這人就是睚眥必報。睥睨他一眼，默默喝溫水。水喝完了，付棟電話進來了：『老大，我們到了啊。飯店跟我們提要求，說要加價？』

「合作這麼多次他們要臨時加價？」

『是。說是旺季了。』

「放屁。」

『讓姐夫打個招呼？』付棟說。

欒念聽到姐夫二字，回訊息的手頓了一下。

尚之桃打電話給邢逸：「飯店欺負人，你管不管？」

車用導航裡傳出邢逸的笑聲：『不至於因為這點小事動氣啊。我打個電話。』

「好。那萬一再出爾反爾呢？」

『他們不敢。有我呢，別怕。』

「哦。」尚之桃哦了一聲。

『到哪了？』邢逸又問她。

「還有五十公里。」

『注意安全，到了告訴我一聲。』

「好。拜拜。」

尚之桃掛斷電話，車裡出奇安靜。

欒念有想過尚之桃這樣的性格或許到哪都能交到朋友，同性的異性的，也會有男人喜歡她，她也會談一兩次戀愛。他都想過。但他有點難受。

一直到終點他們都沒有再講話。

到了地方，欒念下了車拿了房卡，沉默著辦了入住。

Lumi 正在那裡跟付棟對下一天的會議安排，見欒念這樣的神情就問尚之桃：「怎麼了？妳惹 Luke 了？」

尚之桃聳聳肩：「不知道。我沒惹他。」

親朋好友介紹男朋友給尚之桃之前會問她：「喜歡什麼樣的？」

尚之桃經過認真思考後，幾乎告知所有熱心人：「我想找一個脾氣好的，會講話的，寵著我的。」

「別的呢？身高外貌收入都不要求？」

「別的沒了。」

親朋好友牢牢記住尚之桃的要求，介紹給她的男朋友統統都會講花言巧語。別管人怎麼樣，講話都能到位。

大翟想不通，問過她一次：「妳這要求不是很具體。有的男人，說一口花言巧語，但辦事不踏實。妳怎麼有會講話這樣奇怪的要求？」

「媽妳不知道，有時候講話是把刀。插在心上可疼了。」

「哦。那我是不懂，妳爸一直好好跟我講話。」

眼前的 Lumi 拿著流程對尚之桃說：「朋友，我沒看錯吧？三語主持人是妳？」

「怎麼啦？市面上請一個太貴，我上。我們也省點錢。」

尚之桃創業這幾年，能省則省，能自己上就自己上。公司墊資的時候是大把的錢，有時一兩萬也能接場小活動。她算得清清楚楚。

活到三十多歲，人好像通透了一點。她對誰都還是那麼好，所有人都說：「尚總大方得體。」

見慣了尚之桃好脾氣的付棟偷偷跟同事念叨：「不知道為什麼，老大對欒總很凶。」

「老大從來不對任何人凶。」

「我不騙你。」

凌美的會議標準一直以來都是一流的。

之所以要求三語主持是因為他們的客戶遍布世界，很多來的人都是業內大咖，並且這次會議要求全球分公司直播，非常考驗人。

尚之桃在市場上找過人，中英雙語好找，加法語就難找。好不容易找到一個外語學院的高材生，人也十分漂亮，開價兩萬，還不包括往返差旅和稅。

尚之桃小家小業，為這兩萬塊錢折腰了。

她自己帶了一件黑色正裝連身裙，讓化妝師將頭髮幹練梳起，戴鑽石耳飾，租的，踩著一雙高跟鞋，就這樣上場了。從小養成的好姿態今天幫助了她，出場時帶著一點雷霆萬鈞的氣魄又有一點知性的優雅。

站位、定場、微笑，為了讓客戶覺得錢花得值，她練習過無數次，練習久了就會有自己也有這樣的天賦的錯覺。

宋秋寒坐在欒念旁邊，手指敲了敲他椅子扶手，讓他抬頭別回訊息。欒念嗯了一聲，抬起頭，看到了光彩奪目的尚之桃。她正開口講第一句話：「朋友們，下午好。」

主持稿子寫得好，不落俗套。

她說：「北國有雪，但心意滾燙。凌美感謝各位與我們共赴一場冰雪之約。」

然後是英語和法語翻譯。

欒念從來都不知道尚之桃會英語和法語，他不知道她從他家裡消失的那些週末，回到家裡拿起書本穿梭於北京城，去學習語言和知識。

所有的成長幾乎都是無聲無息的。需要恆久的忍耐和克制，那些時光是孤寂而痛苦的，卻也帶著暖意。尚之桃記得後海夜晚的微風，記得北京金秋的黃葉，記得地鐵裡的行色匆匆。時光被切成一小段一小段，也被圈成一點一點，散在妳的身體裡，融進妳的骨血裡，最終重塑妳。

欒念上臺演講時，與尚之桃擦身。她微笑的眉眼是三十歲女人的篤定。

再沒有了當初的惶恐。

他演講，她在臺下，又交換了位置。但好像又沒有交換位置。欒念從來都喜歡她的注視，從第一次與她一起參與活動開始。

論壇的時候，尚之桃坐在欒念旁邊。

幾位嘉賓依次而坐，討論數位化廣告的未來。到姜瀾那一部分，她講起協會和聯盟對從業公司和從業者的影響，尚之桃心念動了動。

她想做廣告代理，就要站到局裡去，成為局內人。峰會結束後，姜瀾在跟欒念聊天。看到尚之桃就招呼她：「Flora，來聊一下。」

尚之桃走到她面前。

「從前不知道，妳會法語。」姜瀾誇她：「口音純正，看出來是用心訓練的。」

「前幾年業餘學的。」

「凌美那麼忙，妳有時間業餘學習？」

「有的。週末不會很忙，就找了老師來學。」

欒念忽然知道了答案。那些她早起消失的每一個週末，並不盡然是去做婚托，而是去學習——悄悄的、不動聲色的、六年來從未提起過的。

「姜總。」尚之桃對姜瀾笑笑：「我想請教您一個問題：剛剛聽您講行業聯盟和協會，我想諮詢一下，一個剛成立的廣告代理公司如果想加入，需要交多少會費？」

「會費是次要。重要的是擔保人。妳有嗎？」

「什麼樣的人可以做擔保人？」

姜瀾指指欒念：「你們欒總這樣的。」

尚之桃看了站在一旁不講話的欒念一眼，點點頭：「好的，我清楚了姜總。」

「妳可以請你們欒總擔保，反正妳從前在淩美工作，你們是上下屬關係。」姜瀾眼裡帶著興趣，閃著精光。純粹覺得好玩。

尚之桃不想開這個口，她連啟動資金都沒有呢，擔保什麼擔保。她現在滿腦子都是錢。公司要發展，業務要多元化。做廣告代理是一個全新的業務領域，她要解決錢和人。

大家在整理會場的時候跟付棟聊起，付棟說他有一個學廣告學的女同學畢業後去了冰城的代理公司，目前在做廣告投手，帶了一個小團隊。

「我能不能見見？」尚之桃問他。

「當然能。我每天在同學群組裡吹牛，好多同學想見妳。」付棟嘿嘿笑了。

「那回去後找個時間你把人約出來，我們去學習學習怎麼樣？」

「好啊。然後呢？」

「然後，想辦法搞到錢，如果你同學願意，也適合，我們就挖過來，搭團隊做代理，給我們公司業務加一層保障。」

「好！」

兩個人一邊商量一邊把活幹了，尚之桃叮囑付棟：「明天客戶滑雪，一定要確保安全。後天的賞雪，一定要保證餐食。重頭戲結束了，別在臨了的時候出現什麼意外。」

「好。」

「等回到冰城，團隊放幾天假吧。老是這麼熬夜也會死人。不只是我。」

尚之桃內分泌失調了。她得回去喝中藥。剛好趁著過年的時候調理一下。這也是她想再開發一個業務的原因。

Lumi 走過來對她說：「晚上我請妳，我們飯店自助餐廳吃。」

「好。」

「還有 Luke 和 Will 和宋總。宋總明天一早就回去，後面的行程不參加了。當作送行。」

「那我不去了吧？你們自己的事。」

「Will 說叫上妳。」

「哦。那我晚上安排一下請各位老闆去酒吧坐坐吧？飯店的酒吧也還行。我有一個朋友是去大理認識的那個歌手。他後來流浪到這裡，待了兩年。尚之桃每次來都要跟他坐一下，聽他唱歌，聊聊天。

在這裡唱歌。」

「好。看 Luke。他這幾年性格越來越奇怪，不知道願不願意去。」

「他不去不是剛好嗎？」尚之桃反問 Lumi。

Lumi 眉頭挑挑，沒有講話。她看出來了，尚之桃對欒念，如臨大敵，如遇蛇蠍。也不知道兩人到底發生過什麼。Lumi 想跟尚之桃聊聊，可她不開口，她也不好問。做朋友講究分寸。Lumi 雖然大大咧咧，卻有分寸感。

吃完飯的時候欒念來了，去酒吧的時候他也去了。

酒吧裡三三兩兩坐著凌美的客戶們，欒念看了看問 Lumi：「晚上有安排嗎？」

「沒有。」

「那客戶的單我來買。」

「好的。」

Lumi 走到臺前，拿過麥克風：「剛剛欒總說，請在座所有客戶朋友喝酒。是我們照顧不周，忽略了各位晚上想來酒吧坐坐。」

大家鼓掌。

欒念起身敬酒：「暢飲。」

Lumi 問尚之桃：「仍舊你們墊付嗎？」

尚之桃點點頭：「好。」

這家飯店是邢逸的關係，尚之桃只交了很少定金。於是走到一邊打電話給邢逸：「朋友。」

『怎麼啦？』

「我又要額外多一筆款項……」

『晚結對吧？』

「對。」

『行。那妳請我喝杯酒吧。回頭。』

尚之桃回過頭，看到邢逸跟幾個人坐在一起。應該都是他們政府的同事。笑著走過去跟他們打招呼，邢逸手搭在她肩膀上：「跟妳介紹一下，這是我們單位的上司們，明天要在這裡開業務研討會。」

邢逸一一為尚之桃介紹，她從隨身名片夾裡拿出名片，一一雙手奉上。寒暄過後跟尚之桃走到一邊，問她：「順利嗎？」

「順利。」

「順利就行。我等等找他們老闆，幫妳做擔保。別有壓力。」

「行，回頭請你喝酒。」

「喝酒行，叫上尚之樹。」

「……都分手了你叫她幹什麼？」

「分手了就不能叫了？叫出來，我跟她辯論辯論。」

「能辯論出什麼？你想復合對嗎？」

邢逸笑了：「我婚房都裝修完了。」

兩個人站在一邊熱絡的聊天，宋秋寒看欒念表情，發現他面無表情。就在群組裡說：

『有一個問題我不懂。』

『什麼？』

『欒總到底喜不喜歡他的小桃桃？』拍了一張欒念的照片丟到群組裡，朋友嘛，互相貶損，高高興興：『也不知道是失魂落魄還是麻木不仁。』

『說實話，我總覺得這女生我在哪見過。』譚勉說。

『你應該見過，原來凌美的人。』宋秋寒這兩天算是把欒念和尚之桃的事理清楚了。

『？』

『錯過跟欒總空號相識的機會了吧？』陳寬年笑他們：『你們都不行，這樣吧，我前去打探一番。』

幾個人在群組裡嘻嘻哈哈，欒念也不看手機，專心聽歌。

尚之桃坐了回來，其他人只留了欒念坐的雙人沙發一側給她。她並沒有扭捏，坐在欒念身邊。坐下去的時候沙發陷了陷，尚之桃向一側移了移，拉出跟欒念的距離。

「我還記得好多年前 Luke 在年會上唱歌的事！太帥了！那時我就說沒見過這麼帥的爺們！今天再來一個給大家助助興啊！」Lumi 起鬨，欒念一動不動，當沒聽見。

「我好像也好久沒唱歌了。來。」宋秋寒站起身：「一起來一個。」邀請欒念。

「不。」欒念不想動，年會表演那是趕鴨子上架，現在的他沒有那種心情。

宋秋寒做了個請的姿勢，也只有他們幾個敢這樣對欒念了。剛剛陳寬年單獨拉了個群組，說要輔導欒念把空號變成常用聯絡人。給宋秋寒一個任務，就是讓他配合欒念發揮他的魅力。

譚勉說：『欒念這種人，傢伙年久不用，萬一生鏽了呢。』

欒念上臺抱起吉他，宋秋寒拿起另一把，朋友們平時在一起玩，練了很多歌。

「唱什麼？」宋秋寒問他。

「隨便。」

「〈You're Beautiful〉？」

「好。」

「送給在座所有的客戶朋友們。」欒念說。

「I saw your face in a crowded place……」唱到這句時欒念的視線撞上尚之桃的注視，就那麼一下，她移開眼。

欒念這幾年特別難受的時候，會飛來冰城。有時隨便在哪個街角坐坐，然後再飛回去。他自詡不是什麼深情的人，只是跟尚之桃在一起那幾年，不是特別濃烈的幾年，但那感情是慢慢滲透的。在他覺得他的身心都是尚之桃的時候，她抽身走了。

欒念覺得自己傷害了她，也被她傷害了。

是在隔天晚上，他們住在雪鄉。雪鄉啊，到處都是雪，乾淨的，寒冷的，凜冽的。他傳訊息給尚之桃：『出來。我在前面的小路上等妳。』

尚之桃看到訊息，但她遲遲沒有動。她知道這次偶遇無可避免，也知道依欒念的性格他一定會找她談。他會困惑她為什麼賣掉他送她的禮物，也會生氣她的不辭而別。

尚之桃清清楚楚知道，那六年，欒念也曾真心付出過。她記得他為她打過的架，記得他們之間那次說走就走的旅行，也記得他善待盧克。

但是相處就是這樣的，即便有這樣短暫的甜蜜，但大部分時間，他們並不愉快。尚之桃那幾年一直身處迷霧之中，對待感情裹足不前、猶豫不決、一邊滿懷期待一邊不停給自己潑冷水，那樣被不停拉扯的時光她再也不願回去了。

透過窗看到小路的盡頭，欒念站在燈籠下。雪鄉已經很冷了，他的姿態更冷。

尚之桃嘆了口氣，終於穿好衣服走了出去。

腳踩在雪地上咯吱咯吱，雪鄉的寒冷凍得人嘴都張不開。周圍沒有鳥也沒有聲音，太冷了，寒冷將一切都冷藏了。

包括那些過往。

——《早春晴朗》03 完——

高寶書版集團
gobooks.com.tw

YH 187
**早春晴朗（03）**

作　　者　姑娘別哭
封面繪圖　YY
封面設計　單宇
責任編輯　楊宜臻
內頁排版　賴姵均
企　　劃　何嘉雯

發 行 人　朱凱蕾
出　　版　英屬維京群島商高寶國際有限公司台灣分公司
　　　　　Global Group Holdings, Ltd.
地　　址　台北市內湖區洲子街88號3樓
網　　址　gobooks.com.tw
電　　話　(02) 27992788
電　　郵　readers@gobooks.com.tw（讀者服務部）
傳　　真　出版部(02) 27990909　行銷部 (02) 27993088
郵政劃撥　19394552
戶　　名　英屬維京群島商高寶國際有限公司台灣分公司
發　　行　英屬維京群島商高寶國際有限公司台灣分公司
法律顧問　永然聯合法律事務所
初版日期　2025年03月

原著書名：《早春晴朗》由北京晉江原創網絡科技有限公司授權出版。

國家圖書館出版品預行編目(CIP)資料

早春晴朗 / 姑娘別哭著. -- 初版. -- 臺北市：英屬維京群島商高寶國際有限公司臺灣分公司, 2025.02
冊；　公分. --

ISBN 978-626-402-188-3(第1冊：平裝). --
ISBN 978-626-402-189-0(第2冊：平裝). --
ISBN 978-626-402-194-4(第3冊：平裝). --
ISBN 978-626-402-195-1(第4冊：平裝)

857.7　　114001365